그녀의 눈물 사용법

그녀의 눈물 사용법

천운영 소설집

창비

그녀의 눈물 사용법

초판 1쇄 발행/2008년 1월 30일
초판 8쇄 발행/2016년 12월 20일

지은이/천운영
펴낸이/강일우
책임편집/박신규
펴낸곳/(주)창비
등록/1986년 8월 5일 제85호
주소/10881 경기도 파주시 회동길 184
전화/031-955-3333
팩시밀리/영업 031-955-3399 · 편집 031-955-3400
홈페이지/www.changbi.com
전자우편/lit@changbi.com

ISBN 978-89-364-3703-9 03810

* 이 책은 한국문화예술위원회의 2008년도 문예진흥기금을 받았습니다.

차례

소년 J의 말끔한 허벅지

1

여자의 벗은 몸은 싸구려 트로피 같다. 테니스공이건 골프공
이건 상관없이 자랑처럼 품은 젖가슴. 언젠가는 벗겨져버릴 금
도금의 맨질맨질한 피부. 승자도 없이 참가자 전원에게 지급될
똑같은 모양의 무의미한 곡선. 아무 감동도 없는 육체.

이제 막 가운을 벗은 여자가 흰색 배경지 위에 올라선다. 스튜
디오 안은 코끝이 시릴 정도로 싸늘하다. 여자가 연방 팔을 쓰
다듬으며 떨고 있는데도 그는 난방기를 틀지 않는다. 그는 여자
의 매끄러운 피부에 소름이 돋고 그 소름 하나하나에 솜털이 일
어나기를 기다리고 있다. 여자는 제 잘못이 무언지 모른 채 벌
을 서는 아이처럼 겁에 질린 표정으로 그를 바라본다. 그는 여

자의 피부에 애원의 기미가 보일 때에야 작업에 들어갈 것이다.

누드 사진을 찍을 때 모델을 편안하게 해주는 것이 우선요건이지만 그는 오히려 형벌을 내리듯 불편함을 요구한다. 그것이 모델들을 장악하는 그만의 방법이다. 조명을 점검하고 광도를 측정하는 동안 모델을 철저하게 외면하는 것 역시 의도된 행동이다. 불친절할수록 모델은 안달이 날 테고, 그 안달남이 모델의 몸에 자유를 부여하리라고 그는 믿고 있다.

"머리카락을 앞쪽으로 다 넘기고 목선이 드러나게 해줘. 고개 돌린 상태에서 목과 얼굴선이 확실히 보여야 해. 엉덩이뼈가 도드라지게 다리를……"

말이 채 끝나기도 전에 아내가 시야를 가로막는다. 아내는 이미 그가 원하는 자세를 간파하고 있었다. 그런 아내의 눈치빠름이 그에게는 도움보다는 오히려 불편함을 주곤 한다. 아내의 설명을 듣고 있는 여자의 얼굴에 두려움과 의심이 교차한다. 누드 사진을 찍으러 오는 대부분의 젊은 여자들이 그렇듯 여자는 남자친구에게 줄 사진을 원했다. 그런 용도의 사진은 노출이 심하지 않으면서도 몸을 친밀하게 드러낼 수 있어야 한다. 하지만 그는 한동안 여자에게 억압적인 자세를 요구할 것이고, 작업이 끝날 때까지 가운을 걸치거나 편안하게 휴식을 취하는 것도 허락하지 않을 것이다. 몸에 휘감기는 조명만이 유일한 온기라는 걸 깨달아야 비로소 풍부한 표정이 나온다고 그는 확신하고 있다. 구부리고 뒤틀고 벌리고 짓누르는 동안 여자의 몸은 자유를 얻게 되리라.

아내의 설명이 길게 이어진다. 조금은 굴욕적인 자세를 납득시키느라 애를 쓰고 있을 것이다. 어느 순간 여자의 얼굴에 수줍은 미소가 번진다. 아내는 로댕의 「다나이드」를 언급했을 것이다. 모델을 장악하기 위해 육체를 억압하는 것이 그의 방법이라면, 예술의 힘을 빌려오는 것은 아내의 방법이다. 아내는 조각가의 명성이 주는 예술적 허상을 이용할 줄 안다. 밑빠진 항아리에 물을 길어담아야 하는 천형. 물항아리와 함께 지쳐쓰러진 절망적이다 못해 아름다운 육체.

아내가 고개를 돌려 미소를 짓는다. 저 가증스럽고 교활한 미소. 자기가 우위에 있음을 인정하라는 득의만만한 표정. 그는 입꼬리를 살짝 올리는 아내의 미소를 볼 때마다 섬뜩한 한기를 느낀다. 가능한 한 빨리 아내의 눈초리에서 도망가야 한다. 카메라만이 아내에게서 벗어날 수 있는 유일한 피난처다. 그는 지체없이 카메라에 눈을 들이댄다.

이 절망적인 자세의 사진은 폴라로이드 폴라그래프400을 이용할 것이다. 콘트라스트가 높은 즉시현상용 슬라이드 필름이지만, 노출만 정확히 맞추면 매우 극적인 하이키 효과를 얻을 수 있다. 조명은 선과 양감을 살리고 뼈의 굴곡들을 도드라지게 하기 위해 오른쪽 측면에서 비춰주면 되겠다. 노출은 1/60초 f/8. 이제 여자가 제대로 자세를 잡아줄 일만 남았다.

배경지 위에 여자가 엎드린다. 바닥에 늘어뜨린 머리카락은

항아리에서 쏟아져나온 물줄기처럼 보여야 한다. 여자는 다행히 길고 풍성한 머리카락을 가졌다. 어깨도 적당히 말랐고 목뼈도 제법 선이 난다. 엉덩이에 살이 좀 많은 게 흠이지만 각도를 잘 조절하면 괜찮겠다. 숨을 깊게 들이마신다. 그는 호흡을 멈춘 채 첫 셔터를 누른다. 셔터를 누르는 순간, 피사체의 오른쪽 측면에서 내리꽂히는 텅스텐 조명. 엉덩이를 휘감았다가 재빨리 돌아가는 섬광 같은 채찍질.

어서 일어나 물을 길어. 도드라진 등뼈에 가 박히는 한줄기 붉은 선. 이 비천하고 더러운 몸아, 영원히 채워지지 않을 더러운 욕망아. 어김없이 후려치는 매서운 채찍질. 울어라, 소리쳐라, 절규해라. 애원하는 등뼈, 절망하는 목, 울고 있는 어깨, 순종하는 엉덩이. 그는 살점이 뜯겨나가고 피가 낭자해질 때까지 가혹한 채찍질을 멈추지 않는다. 무의미하던 여자의 몸이 살아움직이기 시작한다.

카메라에서 눈을 떼고 길게 숨을 내쉰다. 사진을 찍는 내내 숨을 참고 있던 사람처럼 심호흡을 한다. 이제 한 자세를 끝냈을 뿐인데 그는 제법 피곤함을 느낀다. 폴라로이드를 확인한 여자의 입가에 만족스러운 미소가 번진다. 그가 예상한 대로 여자는 이제 벌거벗고서도 아무렇지도 않게 스튜디오를 활보하기 시작한다. 여기에 약간의 환상을 불어넣어주면 여자의 몸은 완전한 자유를 얻게 되리라.

"신부의 아침."

그는 아내를 향해 짧게 말하고 쎄트를 정리한다. 아내가 그의 옆을 지나가다가 걸음을 멈춘다.

"계속 그렇게 인상쓰고 일할 거야? 그렇지 않아도 범죄자 같은 머리를 하고선."

그의 귓불을 스치는 낮고 건조한 목소리. 땀이 식으면서 싸한 냉기가 번진다. 맨머리를 누구보다 좋아한 아내였다. 자고 일어나면 베갯잇에 제법 많은 머리카락이 붙어 있다 싶더니, 이마가 넓어지고 급기야 정수리까지 허연 속살을 보이고야 만 것은 불과 이년 전 일이다. 그는 사진가는 스타일이 살아야 한다는 아내의 충고에 따라 머리칼을 모두 밀어버렸다. 당신 꼭 파계승 같아, 아내는 한동안 그의 맨머리통에 흥분했다. 그 순간 그는 욕정에 굴복한 파계승이었고, 아내는 종교적 신념을 무색하게 만든 요부였다. 하지만 파계는 파계의 순간만 짜릿한 법이었다. 그 순간이 지나면 파계승은 거추장스러운 짐으로 전락하는 법.

아내의 몸에 아무런 흥분도 느끼지 못하는 것은 그 역시 마찬가지다. 정기적인 피부관리와 체계적인 몸관리로 젊음을 유지하는 아내의 매끈한 몸은 오히려 현실감이 없었다. 언제부턴가 그는 카메라를 통해 육체를 바라볼 때만 흥분할 수 있었다. 그에게는 조명을 받으며 카메라에 들어온 몸만이 피가 흐르고 온기가 도는 살아 있는 몸이었다. 그는 금단현상을 보이는 알코올 중독자처럼 손을 떨며 카메라를 부여잡는다.

윈도우 라이팅 앞 씰루엣 사진. 흰 면사포만 둘러쓴 알몸뚱이.

엉덩이까지 늘어진 베일과 창에 드리워진 레이스 커튼이 투명성을 감소시키면서 효과를 배가시킨다. 씰루엣을 살리기 위해서는 몸을 최대한 펴는 것이 중요하다. 손가락은 쫙 펴고 두 팔을 올려 윈도우 라이팅에 얹을 것, 다리를 벌린 채 엉덩이를 뒤로 밀듯이 젖힐 것, 면사포는 엉덩이의 두툼한 굴곡과 다리 사이의 십자선에 닿을 정도.

여자는 쎄트를 이동하며 몇가지 다른 포즈를 잡는다. 그의 카메라 속에 여자는 공단으로 얼굴을 감싸고 정면을 바라보거나 성실한 학생처럼 몸을 꼿꼿이 세우고 의자에 앉아 있다. 그는 여자의 가슴을 훔치고, 다리를 자르고, 엉덩이를 확대해 카메라에 담는다. 촬영을 마치기 직전 그는 여자의 배꼽을 클로즈업해 프레임에 채운다. 조금 튀어나왔다 싶은 여자의 배꼽은 육체의 다른 어떤 부분보다 풍부한 표정을 갖고 있다. 뒤틀린 배꼽은 어쩐지 웃고 있는 것 같다. 심술궂은 아이가 무슨 일인가 벌이고 난 직후에 짓는 순진하면서도 악마적인 미소. 불현듯 새침하게 돌아서며 오므리는 계집애의 입술. 내면의 비밀을 꼭꼭 숨기고 있는 듯하면서도 한꺼번에 까발리는 구멍이자 돌기인 배꼽.

조명이 꺼진 스튜디오는 다시 싸늘한 냉기가 감돈다. 그는 의자에 앉아 몸을 늘어뜨린 채 담배를 피워문다. 노곤하면서 달짝지근한 잠깐의 휴식. 대기실의 시끌벅적한 소리도 그의 휴식을 방해하지 못한다. 오늘 아내가 데리고 온 일본 관광객은 모두 여섯 명, 이제 둘만 더 찍으면 된다. 그는 대기실 쪽으로 연기를 길게 내뿜는다.

"냄새나게 왜 자꾸 스튜디오에서 피우는 거야. 좀 참았다 피우지. 이번엔 둘이 함께 찍겠대. 성기는 안 나왔으면 좋겠고. 자세는 지들이 알아서 한대. 올가을에 결혼할 건데, 방에 걸어놓을 사진이래. 젊은것들, 정말 재밌게 살아. 한 컷만 원하니까, 금방 해치울 수 있지?"

그는 말없이 담배를 비벼끈다. 아내의 입술이 신경질적으로 올라간다. 무슨 말인가 하려는 듯 그를 노려보다가 이내 등을 돌린다. 거울 앞에 서서 머리를 매만지고 옷매무새를 가다듬는 아내를 그는 묵묵히 바라본다.

"확실히 젊은 게 좋아. 안 그래?"

그는 아내의 말 속에 가시 돋친 비아냥거림을 듣는다. 아내가 들으란 듯 내뱉는 말들. 이제 수염까지 하얗네. 당신 옷에서 복덕방 냄새 나. 내가 사준 향수는 어디다 팔아먹었어? 당신이랑 다니면 꼭 아버지랑 다니는 것 같아⋯⋯

마침 예비부부라는 남녀가 가운을 입고 스튜디오 안으로 들어온다. 똑같은 흰색 가운을 입은 남녀는 결혼하기엔 너무 어린 애송이들이다. 그들은 시키지도 않았는데 다짜고짜 가운을 벗고 거울 앞으로 다가간다. 서로 밀치고 잡아당기고 툭툭 건드리며 장난을 치는가 싶더니 어느새 정색을 하고 정자세를 취하기도 한다. 키득거리며 장난을 치는 그들은 성인 남녀라기보다는 개울에서 옷을 홀딱 벗고 물장난을 치는 어린애들 같다. 부끄러움이나 욕정과는 상관없이 그저 놀이에만 열중하고 있는 아이들. 근육이란 찾아볼 수 없이 곱고 메마른 남자의 몸. 도발적이지도 육감적이지도 수줍지도 않은 여자의 몸. 소년과 소녀, 소녀와 소년. 음모와 성기가 아니라면 그들에게 성적인 구분은 전혀 없어 보인다. 그들의 몸이 자아내는 가벼움과 거침없음과 모호함이 그를 당혹스럽게 한다.

두 팔을 교차해서 가슴에 붙이고 고개를 약간 비딱하게 쳐들고 정면을 응시하는 자세. 단호하다. 성기를 프레임 바깥으로 밀어내고 나자 모호함은 한층 더 강해진다. 한쌍의 자매처럼, 혹은 형제처럼. 그들은 모든 성적 징후들을 가리고 서서 대적하듯 그를 노려보고 있다.

그는 몸에서 이상한 전류 같은 것이 일어남을 감지한다. 그저 연인끼리 닮아가는 몸이라고 치부하고 싶지만, 둘의 몸을 오래 바라볼수록 무언가 다른 것이 느껴진다. 어느 한부분 맞닿은 곳 없이 따로따로 서 있으나 서로 만지고 보듬고 융합하는 친밀한 육체. 마주보지 않고서도 서로를 향해 있는 저 깊은 응시. 그들은 마치 거울에 비친 자신의 몸을 보듯 서로의 내면을 바라보고 있다. 수줍은 듯하면서도 자기애에 빠진 육체. 이 불충분한 두 육체는 함께 서 있는 것만으로도 충분해지고 있다. 웃고 울고 자랑하고 거들먹거리고 부끄러워하는 이 변화무쌍한 표정들.

육체에 정복당한 느낌. 굴욕적이기까지 하다. 눈을 부릅뜨고 카메라 속을 쏘아보아도, 조명을 받지 않은 맨몸을 보아도, 그 느낌에서 도망칠 수는 없다. 그는 눈앞에 보이는 미숙한 두 육체를 훼손하고 싶어진다. 남자의 성기를 세우고, 여자의 가슴을 부풀리고, 서로의 몸을 탐하고, 교성을 지르고. 이 건방진 육체들.

촬영을 마친 그는 완전히 탈진상태에 빠진다. 그는 내팽개쳐지듯 카메라에서 떨어졌다. 지독할 정도로 한 자세를 유지하던 그들은 촬영이 끝나자 다시 어린애들처럼 까르르 웃으며 장난을 친다. 가볍다. 그들의 웃음소리가 그의 신경을 자극한다. 촬영을 하는 내내 그는 감탄하고 시기하고 두려워했다. 그래서 그는 그 몸을 더욱더 적대시하고 부정하고 음해하려 애를 썼다. 결국 그에게 남은 감정은 깊은 죄의식이었다. 파괴하고 싶은, 그러나 보존되어야 할 순수한 육체. 그 존재 자체만으로도 불길하고 위태로운 이 낯선 육체. 그는 미간을 좁히며 머리를 감싸쥔다.

패배한 이 늙은 영혼아.

그들이 스튜디오를 나가고, 다시 바깥이 시끌벅적해지고, 아내가 들락거리는 동안, 그는 그저 멍하니 앉아 내부에서 일어난 낯선 감정들의 정체를 파악하느라 정신이 없다. 하지만 그가 애를 쓰면 쓸수록 그 낯선 감정은 더 모호해지고 어두워져간다.

"얼른 보조 스태프 구해야지. 성수씨랑 미진씨 나간 게 벌써 며칠째야, 폼 안 나게. 내가 이런 것까지 하고 있어야 돼?"

"곧, 구할 거야, 걱정 마."

그가 고개를 숙인 채 낮게 읊조린다. 아내가 그를 흘끔 흘겨본다. 하지만 그뿐이다. 아내는 거울 앞에 서서 한참 동안 머리를 매만지고 화장을 고치느라 그에게 주의를 기울일 틈이 없어 보인다. 짧은 토끼털 재킷을 걸치고 마지막으로 손가락 끝으로 어깨를 톡톡 턴 아내가 거울 속 그를 향해 말한다.

"사흘 뒤에 올 거야. 제주도 팀인데 내가 직접 갈 거거든. 사진은 그때까지 늦지 않게, 알지? 모레 춘천 팀은 알아서 하고, 아줌마들이니까 잘 놀아보셔. 그럼, 난, 간다."

그는 빈 스튜디오에 혼자 남는다. 그는 버려졌다는 생각이 든다. 허전하고 불안하다. 무엇이 그를 허전하게 만드는 것인지 알 수 없다. 모든 소음이 한꺼번에 사라진 듯한 느낌. 폭풍 전야의 이 무서운 정적.

2

눈을 뜬다. 방 안 가득 들어찬 햇살에 눈이 부시다. 다시 눈을 감는다. 눈알이 쓰벅쓰벅해서 꼭 사포질이라도 당하는 것 같다. 가까스로 몸을 일으켜세운다. 입 안에 터글터글한 가루가 씹힌다. 손가락 끝으로 가루를 묻혀내 눈 가까이 가져온다. 잇가루다.

손을 짚으며 일어난다. 저도 모르게 끙 소리가 난다. 담배 생각이 간절하다. 담뱃갑은 화장대 위에 있다. 담배를 집어들다가 그는 아내의 보석함에 담배꽁초가 뭉개져 있는 것을 본다. 심하게 비벼댄 꽁초에 지저분하게 뱉어놓은 가래까지. 침실에서 담배를 피운 것만으로도 난리가 날 일인데. 그는 가래로 뒤범벅이 된 액쎄서리들을 내려다보다 뚜껑을 탁 덮어버린다. 그러곤 다시 침대에 벌렁 누워 담배를 피운다.

지금쯤 그 애송이 녀석도 유치장 안에 앉아 담배 생각이 간절하겠지, 건방진 자식, 어디서 감히, 진단기간도 꽤 나왔겠다, 수만금을 들고 와봐라 내가 합의해주나. 그는 담배를 입에 문 채 키득키득 웃는다. 처음엔 조그맣던 웃음소리가 조금씩 커지더니, 종국엔 어깨를 들썩이기까지 한다. 그 소리는 흐느낌에 가깝다. 그 옛날 아내는 어땠을까? 그는 아내와의 첫만남을 떠올린다.

사진관을 시작한 지 얼마 되지 않을 때였다. 그나마 아버지에게 이층짜리 상가건물을 물려받지 않았더라면, 그 건물에 유일한 상가가 사진관이 아니었더라면, 그에게 사진관은 생각지도 못할 일이었다. 그때까지 그는 그저 젊음 하나만 믿고 껄렁껄렁 허송세월을 보내던 철부지 청년이었으니까. 딱히 할일도 없어 늦게까지 사진관에 남아 텔레비전이나 보고 있던 어느날, 여자가 문을 열고 들어왔다. 여자는 다짜고짜 상의를 들춰올리며 잘 나오겠느냐 물었다. 아저씨, 선명하게 찍어줄 수 있죠? 제대로 나와야 해요. 진단서는 끊어놨는데, 사진이 있으면 더 좋을 거 같아서요. 가랑이 사이에 짓이겨진 피멍, 목에 긁힌 상처, 팔뚝과 몸 구석구석에 난 검푸른 멍들. 누가 왜 무슨 일로 여자를 그

지경으로 만들었는지 그는 묻지 않았다. 어쨌든 여자가 그 일로 제법 많은 돈을 얻게 된 것만은 분명했다. 한 달 뒤 여자는 그에게 아주 비싼 저녁을 샀고, 저녁에 비하면 형편없이 싼 여관에서 잠자리를 했고, 얼마 뒤 그의 아내가 되었다.

그런데 그때 아내에게는 무슨 일이 일어났던 걸까? 그는 어젯밤 일을 곱씹어본다. 술이 좀 지나치기도 했다. 그는 자학하듯 술을 마셔댔다. 자꾸만 아른거리는 애송이 남녀의 벗은 몸을 지우고 싶었는지도 몰랐다. 그의 내부에 똬리틀고 앉은 굴욕적인 느낌을 없애버리고 싶었는지도. 하지만 없애버리려 할수록 그것들은 점점 더 강해져서 그의 몸을 장악해갔다. 어떤 맹금류의 발톱이 그의 심장을 거머쥐고 있는 것 같았다. 젊은것들이 문제라고, 모든 게 그놈의 젊음 때문이라고 그는 결론짓고 자리에서 일어났다. 바람이 매서웠다. 그는 외투깃으로 바람을 막으며 담뱃불을 붙이고 있었다. 그때 누군가 휘청거리며 다가와 담배를 빌려달라고 했다. 담배 한대를 뽑아주고 돌아서려다 그것이 웬 애송이 녀석이라는 걸 알았다. 갑자기 비위가 상하며 부아가 치밀어올랐다. 그는 녀석의 입에서 담배를 낚아채 바닥에 내동댕이쳤다. 어디서 버르장머리없이! 그때 녀석의 입에서 튀어나온 짧은 욕설. 씨,발.

선방을 날린 것은 분명 그였다. 하지만 바닥에 너부러진 것 또한 그였다. 녀석은 날렵하게 몸을 피했고, 그는 균형을 잃고 바닥에 넘어졌다. 이겨야 한다, 이깟 풋내 나는 애송이한테 질 수 없다, 머릿속엔 온통 그 생각뿐이었다. 그는 막무가내로 달려들었다. 머리를 들이밀고 팔을 휘두르고 발길질을 해댔다. 하지만 녀석은 한번도 맞아주질 않았고, 공격하려고도 하지 않았다. 그는 미친 사람처럼 날뛰었다. 어느 순간 그의 얼굴이 휙 쳐들리는가 싶더니 입 안에서 이 부러지는 소리가 들렸다. 그를 피하려고 올린 녀석의 팔꿈치가 그의 턱을 강타했던 것이다. 맞은 그나 때린 녀석이나 놀라고 당황하기는 마찬가지였다. 둘은 한동안 움직이지 않았다. 침묵이 흘렀다. 그가 퀙 침을 뱉었다. 고인 핏물과 함께 깨진 잇조각이 함께 떨어졌다. 녀석이 몸을 돌려 뛰기 시작한 것은 그때였다.

좀처럼 마음대로 되지 않았다. 어찌 바짓단이라도 잡았다 싶으면 녀석은 어느새 발을 빼고 줄행랑을 놓았다. 그는 필사적으로 뒤쫓고, 녀석은 어떻게 해서든 달아나려 했다. 골목을 돌고 쓰레깃더미에 넘어지고 부둥켜안고 떨쳐내고 잡히고 놓치고…… 잡으려는 자와 도망가려는 자의 필사적인 몸부림이 이어졌다. 그는 가까스로 녀석의 팔을 잡아챘다. 그러곤 기회를 놓칠세라 녀석의 허리를 감싸안으며 바닥에 드러누웠다. 녀석은 몸을 뒤틀며 빠져나가려 했지만, 버티는 그의 힘도 만만치 않았다. 그와 녀석은 레슬링 선수들처럼 한덩이가 되어 씨멘트 바닥을 굴렀다. 결국 먼저 힘이 빠진 것은 녀석이었다. 녀석은 몸을 늘어뜨리고 숨만 쌕쌕 내쉬었다. 그는 안도감과 함께 승리감에 휩싸였다. 이겼다는 생각에 아픈 것도 몰랐다. 그는 한동안 녀석을 끌어안고 바닥에 누워 승리감을 만끽했다.

그는 다시 이불을 뒤집어쓰고 눕는다. 온몸이 땅기고 뻐근하고 욱신거린다. 근육이란 근육이 모두 일어나 고함을 질러대는 것 같다. 맞아서라기보단 버티고 힘을 주어서 생긴 통증이다. 억지로 잠을 청해본다. 연거푸 울려대는 초인종 소리가 그의 잠을 방해한다. 현관문까지 가는 길이 까마득하기만 하다.

"전화를 받지 않으셔서 직접 왔습니다. 어떻게 몸은 좀 괜찮으십니까?"

어제 사건을 담당했던 파출소 사람. 그는 말없이 길을 내주고 쏘파로 가 앉는다.

"혼자 계신가보네요. 안부인께선 어디……?"

"………"

"저…… 이런 말씀 드리긴 뭣합니다만, 웬만하면 화를 푸시고 합의를 좀……"

"당신 눈엔 내가 괜찮아 보이오?"

"그게 아니고요, 선생님. 저, 사정이 좀 딱한 애라. 부모는 없고 조부모랑 셋이 살고 있는데, 형편이 좀 그렇습니다. 그나마 할아버지는 앓아누웠고, 할머니가 파지나 주워 팔아 겨우 연명이나 하는 모양입니다. 기특하게도 말썽 한번 없이, 공부도 잘하고, 아무튼 사정을 들어보니 애가 그럴 만도 했더라고요. 딴에는 돈 좀 벌어보겠다고 아르바이트를 했는데, 고놈의 회사가 하루아침에 없어지고 석 달친가 넉 달친가 월급도 못 받았답니다. 무슨 보증금인가로 돈은 돈대로 물리고. 그래 술도 못하는 놈이 홧김에 술 몇잔 먹었다가…… 이제 졸업반인데 그만한 일로 큰집에 보낼 순 없지 않습니까. 요즘 그 나이에 담배 안 펴본 애가 어디 있겠습니까? 사실 말이야 바른말이지, 요즘 애들 엔간히 무서워야죠. 피하는 게 상책이죠. 그냥 찔러버리거든요. 독한 놈들한테 안 걸린 게 다행이라고 생각…… 아니, 애도 깊이 반성하고 있고, 합의만 해주면 어떻게 해서든 합의금은 마련하겠다고 하니까, 선생님도 그저 자식 키우는 입장으로 너그럽게……"

"난 자식 없소."

그는 단호하게 말하고 창밖을 바라본다. 하늘은 구름 한점 없이 맑다. 그는 여전히 창에서 눈을 떼지 않은 채 체념하듯 말한다.

"알았으니 그만 가시오. 내가 좀 있다 파출소로 갈 테니."

"예, 그럼. 잘 생각해보시고……"

남자가 일어나 그를 향해 손을 내민다. 그는 쏘파에 몸을 깊숙이 파묻고 눈을 감아버린다.

열여덟. 거칠 것도 없고, 예측하기도 어려운 나이. 순종적이면서도 반항적인, 신중하면서도 가벼운, 독립적이면서도 서로에게 쉽게 전염되는 그런 나이. 그 나이 자체로도 위험이 되는 나이.

정상적이었다면, 그에게도 그 나이를 훨씬 넘긴 아들이 있었을 것이다. 어떻게 해서든 아이를 낳아야 했다. 아내는 아이를 낳으면 모든 걸 잃게 된다고 믿고 있었다. 몸과 젊음과 시간과 모든 즐거움을 아이 때문에 빼앗길 수 없다고 아내는 입버릇처럼 말하곤 했다. 그는 아내 혼자 병원에 가서 아이를 지운 사실을 알고 있다. 아이가 있었다면 뭐가 좀 달랐을까? 열여덟이라는 나이를 더 잘 이해할 수 있었을까?

곧 가겠다고는 했지만 그는 갈피를 잡지 못하고 있었다. 그는 아내가 내린 결정에 따르는 것에 더 익숙했다. 사진관을 정리하고 웨딩 촬영을 시작한 것도, 누드 사진관을 계획한 것도, 모두 아내의 생각이었다. 아내가 아니었다면 그는 지금쯤 소읍의 작은 사진관에서 증명사진이나 찍어주고 현상인화 대리점이나 하면서 살고 있을 것이었다. 하지만 그러면 또 어떠한가.

그는 아내의 열정과 욕망에 넌덜머리가 났다. 끊임없이 꿈꾸고 욕망하고 추구하는 아내. 관광가이드에서 통역사로 여행사 경영자로 변모했고, 또 여전히 무언가를 새로 계획하고 실행에 옮기는 아내. 지칠 줄 모르고 달려드는 그 지긋지긋한 욕망덩어리.

파출소에 들어서자마자 그의 눈에 들어온 것은 왜소한 몸집의 노파다. 이것저것 잔뜩 껴입었음에도 여지없이 드러나는 작고 여린 몸. 시커멓게 죽은 낯빛. 깊게 팬 주름살. 그 옆에 나란히 앉은 녀석도 발육이 좋은 요즘 애들에 비하면 형편없이 작다.

그렇지 않아도 낡아 보이는 외투는 여기저기 찢어지고 더럽혀
져 어제의 난투를 그대로 보여주고 있다. 그토록 애를 쓰며 잡
으려 했던 그 애송이가 바로 저 작고 야윈 남자애라니. 그는 밤
새 허수아비를 끌어안고 씨름한 어리석은 남자가 된 기분이다.

노파가 일어나 그의 손을 덥석 잡아준다. 거칠고 옹이진 노파
의 손. 그는 슬그머니 손을 뺀다. 노파는 아무 말도 못하고 눈물
만 흘리고 섰다. 의례적인 인사가 오고 가고, 누군가 녀석의 머
리를 쥐어박고, 그의 손에 드링크제가 들리고, 사람들이 부산을
떠는 동안 그는 의자에 앉아 아무 말도 하지 않았다.

"할머니가 합의금은 마련하시겠다는데요, 얼마를 원하시는
지······"

"너! 지금부터 내가 하는 말 잘 들어."

그는 최대한 차갑고 단호한 목소리로 말을 한다. 여태 고개를
숙이고 손가락만 만지작거리고 있던 녀석이 눈을 동그랗게 뜨
고 그를 올려본다.

"선택은 네가 해. 내가 너한테 직장을 주겠다. 내일부터 내 스
튜디오에 와서 일하는 거다. 물론 월급도 준다. 다른 사람들만
큼은 주겠다. 하지만 너에게 돌아가는 돈은 없을 거다. 반은 네
할머니한테 보낼 거고, 반은 나한테 주는 거다. 힘든 일도 아니
고, 잘하면 기술도 배울 수 있다. 일년이다. 무조건 일년은 일해
야 한다. 일년 후엔 자유다. 결정은 네가 해라. 며칠 콩밥 먹고
말든가, 아님 내 말대로 하든가."

그의 말이 끝난 뒤에도 선뜻 나서는 사람은 없다. 그저 녀석과 그를 번갈아볼 뿐이다. 먼저 침묵을 깬 것은 녀석이다.

"할게요."

변성기도 지나지 않은 것 같은 여린 목소리. 기다렸다는 듯 노파가 허리를 굽혀 인사를 한다.

"너무 고마워할 건 없어요. 어차피 사람 하나 쓸 생각이었으니까. 내 할일은 다 한 것 같으니 나머지는 당신들이 알아서 하시오."

말을 마친 그는 서둘러 파출소를 빠져나온다. 하늘은 여전히 맑고 청명하다. 그는 잠시 걸음을 멈추고 파출소 쪽을 뒤돌아다본다. 마침 노파와 함께 나오는 녀석의 모습이 보인다. 녀석이 노파의 손을 잡고 길을 걷는다. 그는 길 한가운데 서서 녀석과 노파의 뒷모습을 바라본다.

수없이 무릎꿇고 절을 하고 굴종했을 노파의 굽은 등. 순종하고 감추고 주눅들고 좌절했을 저 어린 녀석의 등. 그는 그 움츠린 두 등이 서로 쓰다듬고 위안하고 말을 걸고 있는 것 같다. 나란히 걸어가는 두 등은 그렇게 서로 소통하고 있다. 갑자기 그는 자신의 너른 등짝이 부끄럽게 느껴진다. 외면하고 고집 피우고 침묵하는 그의 등. 혼자 쓸쓸히 걸어가는 등. 바람이 그의 등을 휙 후려치고 지나간다.

잊고 있었다. 녀석에게 아침 열시까지 오라고 한 사실을 그는 까맣게 잊고 있었다. 녀석이 안 올지도 모른다고, 안 와도 그만이라고 생각했는지 몰랐다. 그는 느긋하게 아침을 먹고 치과에 들러 임플란트 치료를 받고 아무 생각 없이 스튜디오로 향했다. 녀석은 건물 입구 계단참에 고개를 파묻고 앉아 있었다.

"여태 여기서 기다린 거냐?"

녀석이 고개를 들어 그를 쳐다본다. 그 추운 데서 잠이라도 들었던 것인지 눈알이 빨갛다. 녀석은 외로 꺾은 고개만 까딱인다. 그는 스튜디오 문을 열고 들어가 난방기부터 튼다. 녀석은 안으로 채 들어오지도 못하고 엉거주춤 서 있다.

"안 잡아먹을 테니 어서 들어와."

일을 시킨다고 데려오긴 했지만, 막상 무슨 일을 시킬지 계획이 서지 않는다. 사진에 대해 생판 모르는 초짜 녀석한테 어디서부터 어떻게 가르쳐야 하는지. 미적미적 걸음을 떼는 녀석을 보니 괜한 일을 했다는 생각이 든다.

녀석의 눈은 대기실 한편에 걸린 사진에 고정되어 있다. 그가 푸른 금속 누드라 부르는 사진이다. 은색 메이크업을 한 모델이 밑칠한 금속 쎄트 위에 무릎을 세운 채 몸을 웅크리고 있는 사진. 사진 속 육체는 살아 있는 몸이라기보다 얼음에 갇힌 사체처럼 보인다. 그는 푸른빛을 최대한 살리기 위해 텅스텐 조명용 필름에 일광용 조명, 청색 필터까지 사용했다. 불편한 자세에 온몸을 뒤덮은 은색 메이크업과 차가운 금속판까지, 모델에게는 더할 나위 없이 불편하고 고통스러운 작업이었을 사진. 극적이면서도 차가운 그 사진이 그래서 더 마음에 든다. 그는 가끔 사진 속에 아내를 대신 넣어보곤 했다. 그 징그러운 입을 다물게 하고 끓는 욕정을 식히고 모든 열망과 욕심을 얼려버릴 차가운 누드. 현실에서는 얻을 수 없는 승리감을 그는 사진 속에서 만끽하곤 한다.

녀석은 푸른 금속 누드에서 눈을 돌려 다른 몇개의 누드 사진으로 시선을 옮긴다. 그는 녀석의 느낌은 어떤지 궁금해진다. 어른도 아이도 아닌, 이행기의 남자가 나체 사진을 보았을 때의 느낌.

그에게 누드 사진은 일종의 공포였다. 그가 처음 본 사진은 육체라기보다는 까발려진 성기에 가까웠다. 그는 그때의 공포감을 잊지 못했다. 그것은 추구될 환상이 아니라 경계해야 할 더럽고 무시무시한 것이었다. 그 사진은 누군가에게 전해들은 소문들과 뒤섞여 두렵고 불쾌한 것으로 확정지어졌다. 시커멓고 음흉하고 변덕스러운 구멍, 병균을 옮기는 온상지. 시간이 지나고 그것이 아무런 해도 끼치지 못할 뿐 아니라 시시하기까지 하다는 것을 깨달을 즈음, 아내를 만났다. 그는 아내의 몸에 작은 상처라도 남길까 겁이 났다. 아내의 벗은 몸을 보면 푸른 멍과 긁힌 상처들이 먼저 떠올랐다. 그는 죽음을 염두에 두고 위험한 교미를 하는 수사마귀처럼 허겁지겁 일을 치르고 아내의 몸에서 빠져나오곤 했다.

"여긴, 누드 사진만 찍어요?"

"왜, 이상하니?"

"그런 게 아니라, 그냥 좀……"

"얘기해봐."

"글쎄요, 잘 모르겠어요. 그냥 이건 너무 차고, 이건 너무 어둡고, 이건 너무 무서워요."

녀석이 손가락으로 사진 하나하나를 짚으며 말한다. 심상하기까지 한 녀석의 목소리가 그에게는 책망하는 말처럼 들린다. 녀석이 두려워하거나 겁을 내길 바란 것은 아니었다. 적어도 쑥스러워하거나 불편해할 거라고 생각했다. 하지만 녀석은 아무것도 아니라는 표정으로 주위를 휙 둘러볼 뿐이었다.

"참! 아저씨 이거요."

녀석이 가방에서 무언가를 꺼내 그에게 내민다.

"뜯어보세요. 할머니가 선물이라도 하라고 돈 주셨거든요. 근데 어른하고 싸우고 난 다음에 뭘 줘야 하는지 몰라서요. 그냥 저 좋은 걸로 샀어요."

그는 녀석이 건네는 종이봉투를 얼떨결에 받아든다. 그는 누군가에게 선물을 받는 것에 익숙하지 않다. 더구나 새카맣게 어린놈한테 선물이라니.

"두건이에요. 제가 가르쳐드릴게요. 이걸 이렇게 잡고요……"

녀석이 두건을 빼앗아들고 머리에 씌워준다. 그는 녀석이 하는 대로 내버려둔다.

28

"요즘 유행인 건데, 생각보다 잘 어울리네요. 거울 한번 보세요."

녀석이 거울 쪽으로 그를 돈다. 그는 거울에 비친 낯선 남자를 본다. 그리고 그 뒤에서 짓궂게 웃고 있는 녀석의 얼굴도 본다. 수염도 없고 적당히 각이 진 턱선, 살짝 붉어진 뺨과, 가볍게 피어오르는 안개 같은 미소. 갑자기 몸이 근질근질해지는 것 같다. 거부하면서도 슬그머니 잡아당기는 이상한 힘. 그의 심장에 한줄기 금이 간다. 쩡, 얼음 갈라지는 소리다.

3

비뚤어진 간판, 대문 앞에 놓인 짜장면 그릇, 침자국으로 더러워진 낡은 베개, 수레를 끌고 가는 노파, 늙은이의 주글주글한 발, 댓돌 위에 놓인 플라스틱 슬리퍼, 쓰레기봉투를 헤집고 있는 털 빠진 고양이.

그가 사진들을 한장 한장 넘기는 동안 녀석은 손톱을 잘근잘근 씹으며 눈치를 살핀다. 녀석은 요즈음 사진 찍는 재미에 푹 빠져 있다. 시간만 나면 그가 준 오래된 펜탁스를 들고 나가 사진을 찍어와 품평해달라고 조르곤 한다. 명령이 떨어지기를 기다리는 충직한 하인처럼 그의 뒤를 쫓아다니는 녀석이 밉지 않았다. 그림자처럼 따라붙던 녀석이 그에게서 떨어질 때는 카메라를 들고 어디론가 나가 있을 때뿐이다.

다 닳아버린 발톱에 심하게 휜 발가락, 허옇게 살비듬이 일어난 발등과 시커멓게 죽은 복사뼈. 늙고 병든 발이 어떤 것인지 여실히 보여주는 한장의 사진. 삶의 지난한 과거와, 곧 걸음을 멈추게 될 조만간의 미래를 말해주는 두 발. 그는 녀석이 들고 온 한장의 사진 속에서 한 사람의 이야기를 듣는다. 사진 속의 두 발은 단순히 늙고 병든 발이 아니다. 어느 추운 날 뜨끈한 국밥 한술 뜨는 순간처럼, 가슴 한쪽이 싸해지면서 동시에 훈훈해지는 뭉클함이 들어 있다. 그것은 노인의 발 어딘가 숨겨져 있는 녀석의 시선, 안쓰러움과 뿌듯함과 깊은 애정이 담긴 그윽한 시선 때문이다. 그에게는 이미 사라져버린 육체에 대한 다정함과 동정심. 그는 그 모든 것을 인정하고 싶지 않다.

"왜요? 너무, 형편없어요?"

녀석이 조심스럽게 묻는다. 녀석의 눈은 호기심으로 가득 차 있다. 녀석은 새로운 배움에 대한 흥분을 감추지 못하고 볼이 발갛게 달아오른다. 그것은 첫사랑의 열병을 앓고 있는 소년의 수줍은 열기, 그에겐 이미 사라져버린 열정이다. 그는 녀석의 열정과 충직함, 그 나이 또래가 가질 수밖에 없는 미숙함까지도 부러움을 느낀다. 녀석이 뿜어내는 젊은 열기에 그는 자신이 더욱 초라하고 볼품없게 느껴진다. 그는 녀석에게 솔직한 느낌을 말하고 싶지 않다. 그것은 녀석과 녀석의 젊음을 인정하고 그 젊음을 시기하는 자신을 인정하는 것과 같다.

"이건 너무 어둡고, 이건 너무 무섭고, 이건 너무 지저분하다."

그는 사진을 빠르게 넘기며 말한다. 하지만 그는 곧바로 후회하고 만다. 언젠가 녀석이 누드 사진을 보며 했던 것과 아주 흡사하거나 같은 말이다. 미간을 모으고 그의 말을 듣던 녀석이 그의 허리를 툭 친다. 그러더니 마치 제 또래 친구들과 몸장난을 치는 것처럼 그의 목을 조르며 웃는다.

"에이, 그건 제가 전에 했던 말이잖아요."

경쾌함. 그는 갑작스러운 녀석의 행동에 당황한다. 하지만 그는 녀석이 하는 대로 내버려둔다. 오히려 녀석의 팔에서 머리를 빼내고 녀석의 목을 조르기까지 한다. 마치 녀석의 경쾌함에 어떤 전염성이 있어 녀석의 손을 타고 그에게까지 전달되는 것 같다. 그는 갑자기 터져나오는 웃음을 참을 수가 없다. 그는 녀석과 바닥을 뒹굴고 도망치고 쫓아간다. 녀석과 처음 만난 그날처럼, 그날의 모든 증오와 오기와 분노는 없애고 오직 쑥스러움과 유쾌함과 장난스러움만 가득 찬 몸싸움. 이번엔 녀석이 그의 허리를 낚아채며 바닥에 드러눕는다.

입 안에 달큰한 맛이 감도는 나른한 낮잠과도 같은 휴식. 말랑말랑하고 포근한 느낌. 미골에서부터 배를 휘돌아 턱끝까지 치고 올라오는 찌릿한 전기.

"아저씨, 전에 우리가 싸웠을 때 있잖아요."

"그래."

그는 눈을 감은 채 대답한다.

"그때요, 아저씨 꼭 거머리 같았어요. 아니 낙지요. 머리는 빡빡 밀어갖고 그냥 들이미는데, 떼어낼 수가 있어야죠. 그때 도망은 치면서도 어찌나 웃음이 나던지."

녀석이 웃는다. 그도 따라 웃는다. 따뜻한 햇볕이 내리쬐는 것 같다. 봄날은 더이상 없다고 생각했다. 지난 몇년간 그는 따뜻함 같은 건 잊고 살았다. 무감각과 오기와 차가움 속에서 주어진 삶을 유지하며 살아갈 뿐이었다. 그러나 녀석과 함께 나란히 누운 지금 그의 몸은 알 수 없는 열기와 따뜻함으로 가득 차 있다. 치기어린 청년시절, 맨몸으로 뛰어다니던 소년시절처럼.

눈을 감는다. 그는 오후 햇살을 맞으며 강둑 위를 달려가는 한 소년을 본다. 지치지도 않고 강둑 위를 내달리는 소년. 땀에 젖은 옷을 벗고 강물로 뛰어드는 소년. 물장난을 치고 자맥질을 하는 소년. 부드러운 물살에 맨몸을 맡기는 소년. 소년의 몸은 물에 순종하고, 물은 소년의 몸을 부드럽게 감싸안으며, 그렇게 강물과 하나가 되는 소년. 강물 위에 살짝 떠오른 소년의 희고 깨끗한 허벅지, 그리고 햇살을 받아 빛이 나는 동그란 무르팍. 그때 소년의 몸을 비추던 간지러운 햇살. 따사로웠던 그의 소년시절.

그는 몸에 긴장을 풀고 한없이 자유로워진다. 그냥 이대로 한없이 누워 있으면 좋겠다는 생각. 녀석과 함께라면 영원히 청년일 수 있으리라는 기대. 그는 녀석과 어깨가 맞닿아 있다는 것만으로도 안도를 느낀다. 오랜만에 갖는 편안한 휴식이다. 강물 위에 누운 소년처럼 몸을 늘어뜨리고, 어떤 상념도 회의도 없이, 어떤 파랑도 흔들림도 없이 완벽한 몸의 해방. 그의 입가에 햇살처럼 환한 미소가 번진다.

그의 얼굴에 그림자 같은 것이 드리워진다. 눈을 뜬다. 아내가 그를 내려다보고 있다. 저 비웃음. 그는 얼른 몸을 일으켜세운다. 녀석은 옆에 없다. 갑작스러운 소나기를 맞은 듯 그의 몸이 차갑게 식는다. 가져서는 안되는 헛된 욕망, 헛된 연정. 그는 따뜻함을 지우고 분노와 적의를 키우기 시작한다. 젊음은 필요없다. 젊음은 불충분하고 미숙하고 실패투성이일 뿐이다. 그는 녀석이 뿜어내는 모든 젊음의 열기를 모함하고 훼손하리라 마음먹는다. 녀석에 대한 시기와 욕망을 인정하지 않으리라.

녀석이 나타나고 아내는 그에게서 시선을 거두고 녀석과 함께 대기실로 나간다. 아내의 웃음소리가 빈 스튜디오 안에 퍼진다. 순간 그는 한참 동안 대기실 문을 바라보며 아내와 녀석 사이에 모종의 관계가 있으리라고 단정한다. 녀석은 분명 아내와 몸을 섞게 되리라. 그에 대한 충심을 버리고 능숙한 여인의 손길을 느끼게 되리라. 녀석의 볼은 순수한 열정이 아니라 더러운 욕정에 발갛게 달아오르리라. 어쩌면 지금 그가 안 보는 사이 허겁지겁 일을 치르고 있는지도 모른다. 그는 대기실 문을 박차고 들어가 그가 상상한 것이 모두 사실임을 확인하고 싶어진다. 아내와 뒹굴고 있는 녀석의 타락한 몸을, 욕정에 헐떡이는 풋내기

어린애의 발그레한 두 뺨을 보고 싶어진다. 그는 분연히 일어선다. 하지만 그는 한 발짝도 떼지 못하고 도로 자리에 앉는다.

그는 녀석에게 완전히 장악당한 느낌이다. 무언가 굴욕당한 느낌, 강탈당한 느낌, 발가벗겨진 느낌. 그는 북받치는 감정의 회오리를 감당할 수가 없다.

질질 늘어지는 음악소리. 낮은 조명에 아로마향까지. 아내는 지금 요가중이다. 그는 거실 한복판에서 엉덩이를 쳐들고 엎드린 아내를 본다. 아름다움과 젊음을 위한 헬씽 요가. 아내가 요즘 새롭게 재미를 들이고 있는 운동이다. 운동이라기보다는 젊음을 유지하기 위한 몸부림에 가깝다. 젊음을 유지하려는 아내의 노력은 안쓰럽기까지 하다.

아내는 스스로 아름답다고 생각한다. 또한 젊음을 유지하는 것이 아름다움의 가장 중요한 요건이라고 생각한다. 스스로 아름답다고 믿는 아름다움은 얼마나 교만한가. 그 아름다움은 교만한데다 변덕스럽고 표독스럽기까지 하다. 흘끔거리는 눈길과 숨죽인 감탄이 없으면 아름다움은 금세 시들고 만다. 끊임없이 회의하며 눈길을 갈망하는 아름다움은 그래서 구차하다. 아내는 지금 자신의 아름다움을 의심하고 있다. 그것은 아내에게 정복해야 할 새로운 대상이 생겼다는 것을 의미하기도 한다. 그는 그 대상이 녀석이라고 단정짓는다.

할머니 손에 자란 녀석이 능숙한 여인의 손길을 꿈꾸는 것은 어찌 보면 당연한 일이다. 엄마 얘기를 물어볼 때 촉촉해지던 녀석의 눈동자가 눈에 선했다. 아내는 아직 솜털이 채 가시지 않은 녀석한테 많은 것을 줄 수 있다. 녀석은 여태 상상도 못해본 열락과 든든한 경제적 스폰서를 얻으리라.

요가를 끝낸 아내가 기지개를 켜며 부엌으로 간다. 아내의 발걸음이 전에 없이 가볍다. 아내는 냉장고 문을 열고 안을 들여다보더니 야채가 든 찬통을 꺼낸다. 오늘의 메뉴는 석류즙 한잔과 당근 몇조각. 아내는 그에게 배가 고프냐거나 무얼 먹겠느냐고 묻지 않는다. 아내에게 그는 투명인간이나 다름없다. 어쩌면 아내는 녀석과 함께하기 위해 그가 완전히 사라지길 바라는지도 모른다.

오독오독 당근 씹는 소리를 들으며 방으로 들어간다. 그는 그가 상상한 모든 것이 현실로 나타날까 겁이 난다. 그는 녀석이 계속해서 그의 옆에 머물기를, 그를 쫓아다니며 끊임없이 묻고 배우고 흥분하기를 바란다. 그는 녀석을 시샘하면서 동시에 욕망하고 있었던 것이다. 그렇게 해서라도 녀석의 젊음을 느끼고 싶어하는 그는, 녀석의 젊음을 훔치고 시기하고 훼손하면서 만족을 느끼는 그는, 젊어지기 위해 몸부림치는 아내보다 훨씬 더 음흉하고 구차한 인간이었다.

그는 침대에 걸터앉아 고개를 가로젓는다. 녀석이 온 뒤로 모든 것이 뒤죽박죽이 되어버렸다. 그의 삶은 반성하고 후회하고 조바심을 내는 삶과는 거리가 멀었다. 아내의 분명한 외도에도 개의치 않았다. 그 어떤 것도 그의 삶을 흔들 만큼 중요하거나 대단하지 않았다. 하지만 지금 그는 녀석이 달아날까 안달하며 혼자 상상하고 절망하고 즐거워하고 있지 않은가. 그는 당장 녀석을 내쫓으리라 마음먹는다. 더이상 그의 삶에 닥친 균열을 놔둘 수는 없는 일이다.

샤워를 마친 아내가 방으로 들어온다. 아내는 옷을 홀딱 벗고 정성스럽게 로션을 바른다. 군살이라곤 하나도 없는 탄력있는 아내의 몸. 그는 지긋지긋하기만 하던 아내의 몸을 낯설게 바라본다. 그리고 아내가 화장대 위에 화장품을 죽 늘어놓고 얼굴에 펴바르고 두들기는 것을, 립스틱을 바른 다음 휴지로 살짝 닦아내는 것을, 하나도 놓치지 않는다.

아내는 시폰 소재의 원피스를 입었다. 스커트 아래 드러난 동그란 무릎뼈와 곧게 뻗은 종아리. 걸음을 뗄 때마다 찰랑거리는 경쾌한 옷자락. 마지막으로 사향이 섞인 향수를 뿌리고 거울 앞에 선 아내는 한동안 거울 속 자신의 얼굴을 바라본다. 상기된 낯빛, 자기도취에 빠진 미소, 기대로 들뜬 눈동자. 한참을 그렇게 서 있던 아내가 그에게 얼굴을 돌린다. 그러곤 그의 눈을 바라보며 천천히 말을 한다.

"이혼해야겠어. 당신하고. 우리 깔끔하게 끝내자. 지지하게 하지 말고."

그는 아내가 무슨 말을 하고 있는지 가늠이 되지 않는다. 아주 일상적인 대화처럼 단조로운 어조. 너무나 단조로워서 서늘하기까지 한 아내의 느닷없는 요구.

"집은 내가 이미 정리했어. 어차피 내 명의로 되어 있잖아. 이집, 땅, 그건 다 내 거라는 걸 당신도 인정할 테니까. 대신 당신은 스튜디오를 가져. 그 비싼 장비들도 내 돈으로 산 거지만 그것까지 가져갈 순 없지. 당신이 깨끗하게 물러나주기만 한다면 말이야."

그는 아내의 등짝을 흠씬 두들겨패주고 싶다. 무릎을 꿇리고 목을 졸라 숨통을 끊어놓고 싶다. 저 교만하고 더러운 얼굴에 염산을 뿌리고, 욕망과 허위로 가득 찬 몸을 조각조각 내서 길바닥에 내던지기라도 했으면 좋겠다. 하지만 어떤 것도 행동에 옮기지 못하리라는 것은 그가 더 잘 알고 있다.

"왜?"

"왜냐구? 너무 시시해. 당신하고 있으면 나까지 시시해진다는 게 문제지."

"젊은것이 그렇게 좋아?"

"젊어? 잘못 짚으셨어. 나이? 그게 뭐가 중요해? 물어보지 않아서 잘 모르겠는데, 당신보다 많을걸? 중요한 건 그게 아니야. 그는 나를 숭배하거든. 그래 숭배. 그게 바로 아름다움의 양식이라는 걸, 당신은 모를 거야."

아내는 턱을 한껏 내밀며 승리에 찬 미소를 지어 보인다. 그가 여태까지 본 아내의 표정 중 가장 역겨운 것이었다. 아내가 원피스를 찰랑이며 나가고 방 안에는 진한 향수 냄새만 남는다.

그는 주위를 꼼꼼히 둘러본다. 흐트러짐없이 완벽하게 정리된 침대와 고풍스러운 앤티크 가구들, 그 속에 자랑처럼 진열된 아내의 소장품들, 오십마리의 새끼 알파카 털로 만들었다는 매트. 그의 것이라 여겨지는 것은 하나도 없다. 그는 아내의 욕망에 따라 춤추는 꼭두각시 인형일 뿐이었다. 갑자기 그의 몸을 제어하던 수많은 줄들이 한꺼번에 툭 끊어진다. 그리고 어디선가 불어오는 훈훈한 입김. 그의 딱딱한 몸이 조금씩 움직여 생명을 얻는 것을 느낀다. 그는 한없이 가벼워진다.

아무 미련도 없다. 그에게는 스튜디오가 있다. 녀석이 보고 싶다. 그는 서둘러 걸음을 옮기다가 오늘은 녀석이 나오지 않는 날이라는 사실에 조금쯤 실망한다. 하지만 상관없다. 한잠 자고 나면 문을 따고 들어오는 녀석을 맞을 테니까. 그는 서둘러 스튜디오로 향한다.

사진관 문을 열자마자 그는 그의 바람이 헛된 욕망이었음을 깨달았다. 녀석이 와 있었다. 혼자도 아니고, 누군가와 함께 스튜디오 안에서 속살거리고 있는 것은 분명 녀석이었다. 그에게 이혼을 선언하고 얇은 스커트 자락을 휘날리며 녀석에게 달려온 아내를 생각하며 그는 몸을 부들부들 떤다.

예뻐요, 그냥 편안하게 절 보세요, 정말 예쁘다니까요, 녀석의 목소리는 조금쯤 흥분되어 있는 듯하다. 그는 대기실에 선 채로 안쪽에서 들리는 녀석의 목소리에 귀를 기울인다. 그저 소진되어가는 젊음에 대한 투정일 뿐이었다. 상상했던 모든 것들이 실제로 일어나서는 안된다. 가리지 말고 그대로 둬요. 자, 이제 찍을게요. 녀석은 지금 아내의 몸을 찍는 중이다. 그래서 아내는 그렇게 정성스럽게 목욕하고 단장을 한 것인가? 녀석은 언제든지 타락할 준비가 되어 있는 어쩔 수 없는 남자였다. 아름다움에 굴복하고 아름다움을 칭송하는 데 시간을 허비하는 그렇고 그런 남자.

그는 천천히 스튜디오 문을 열고 안을 들여다본다. 번쩍, 플래시가 터진다. 필터를 단 쏘프트 박스 조명이다. 은은하고 몽환적인 효과를 내는 담황색 필터. 입술을 깨문다.

아내는 없다. 조명 아래 쑥스럽게 웃고 있는 여자는 아내가 아니다. 상의를 벗고 앉은 여자는 바로 늙고 야윈 노파다. 녀석이 찍고 있는 아름다움의 실체. 주글주글한 목덜미와 탄력없는 팔뚝과 늘어진 젖가슴을 그대로 드러낸 늙은 여자의 몸. 연방 터지는 플래시에 눈이 멀 것 같다.

그는 조명 아래에서 노파의 몸이 살아나는 것을 본다. 그것은 그가 여태 상상하고 단정지은 추악하고 안쓰러운 늙음이 아니었다. 늘어진 젖가슴은 사막의 사구들을 닮았다. 노파의 몸은 한없이 부드러운 강물처럼, 풀과 나무와 바위까지 품어안는 대지처럼, 나뭇잎을 살랑이게 하는 시원한 바람처럼, 살아 있는 몸이었다. 소멸과 생성이 공존하는 자연 그 자체. 연한 색깔의 젖꼭지는 이제 막 이차성징을 겪고 있는 소녀의 미숙한 젖꼭지와 같았다. 조명 아래에서 노파의 몸은 부끄러워하고 시샘하고 달아오르는 소녀의 몸이었다. 소멸과 생성이 공존하는 원숙한 자연이자 소녀인 노파의 몸.

그는 뒷걸음질친다. 허둥대며 스튜디오를 빠져나온다. 무언가 와르르 무너지는 소리가 들린다. 아무 생각도 할 수가 없다. 그는 자꾸 눈물이 나오려는 것을 가까스로 참는다. 누군가 그의 등을 툭 건드린다. 녀석이다.

"잘못했어요. 허락도 없이…… 그게요, 첨엔 그냥 사진 몇장 찍고 가려고 했거든요. 내가 사진관에서 일한다니까 하도 성화를 해서요. 나중에 영정사진으로 쓰게 젤로 예쁘게 찍어달라고 하시는데 거절할 수가 있어야죠. 그래서 할머니랑 오긴 왔는데요……"

녀석은 말을 잇지 못하고 그의 눈치를 본다. 그는 아무 말도 하지 않는다. 그저 눈물이 그렁그렁한 눈으로 녀석을 바라볼 뿐이다.

"전에 아저씨가 그러셨잖아요. 좋아하는 거, 아름답다고 생각하는 거, 그런 거 먼저 찍어보라고. 그때 생각난 게 할머니였어요. 난 지금도 가끔 할머니 가슴 만지고 자거든요. 할머니 가슴처럼 좋은 게 없단 말예요. 그래서 이왕 온 김에, 조명도 있겠다, 배운 거 시험도 한번 해봐야겠다, 할머니가 싫다는 거 겨우 찍고 있었거든요. 근데 아저씨가……"

"그래 잘했다. 할머니는 가셨니?"

"네."

"사진은 다 찍은 게냐?"

"아뇨, 잘 안되더라고요."

"그러면 내가 나중에 찍어줄까?"

"정말요? 진짜죠? 화나신 거 아니죠?"

"화나긴. 그냥 갑자기 볼일이 생각나서 나왔다. 방해하기도 싫고."

녀석이 그의 몸을 와락 끌어안는다. 갑작스럽다. 그는 조용히 손을 뻗어 녀석의 등을 도닥여준다. 아버지처럼, 친구처럼.

"근데 아저씨, 제가 생각한 게 있는데 얘기해도 돼요?"

녀석이 눈을 반짝이며 말한다.

"있잖아요, 왜, 우리 할머니 같은 사람들 말예요, 그런 사람들 누드 사진을 찍는 건 어때요? 할머니 할아버지 들도 죽기 전에 자기 몸 한번쯤 찍어보고 싶지 않겠어요? 우리 할아버진 지금 누워 있어서 찍지도 못하잖아요. 할머니도 생각보다 좋아하시던걸요."

"그래, 그거 좋은 생각 같다."

"그렇죠? 역시 아저씨는 나랑 뭐가 좀 통한다니까. 이것도 있어요. 너무 뚱뚱한 사람, 너무 마른 사람, 너무 작은 사람, 암튼 자기 몸에 자신없는 사람들 사진을 찍어주는 거예요. 우리가 정말 근사하게."

"그래."

"진짜 괜찮은 생각이죠? 광고도 하는 거예요. 당신 몸은 아름답습니다. 당신 몸을 가장 아름답게 찍어줄 땡땡 사진관. 그래, 아저씨 이름이랑 내 이름이랑 따서 J&J 사진관이라고 하면 되겠다. 내가 생각해낸 거니까, 당연히 나도 권리가 있죠, 안 그래요? 당신 몸을 가장 아름답게 찍어줄 제이제이 사진관. 싫으면 그냥 아저씨 이름만 써요. 아, 당신 몸은 특별합니다가 더 좋겠다. 모델은 절대 사절, 이것도 꼭 넣어야 돼요. 그래야 사람들이 맘놓고 오죠. 이참에 아저씨부터 먼저 찍어볼까요? 그럼 아저씨 배하고 머리통하고 같이 나오게……"

녀석의 이야기는 끝이 없다. 그는 눈을 감고 녀석의 목소리를 듣는다. 하늘을 향해 길게 담배연기를 내뿜는 그의 입가에 미소가 번진다. 그는 지금 막 옷을 벗고 강물로 뛰어드는 참이다. 물살에 몸을 맡기고 흘러가고 있는 소년 J. 어디선가 조잘대며 쫓아오는 새 한 마리. 그리고 햇살에 말갛게 빛나는 소년 J의 말끔한 허벅지.

그녀의 눈물 사용법

그 아이 이름은 그애

천도재를 지내야겠다. 아버지의 목소리는 엄숙하다 못해 비장했다. 아무래도 그애가 네 오라비에게 해코지를 하고 있는 것 같아. 꿈을 꾸었는데 그애가 오라비 어깨에 올라타 있더라. 귀신이 씐 게 아니라면 순하기만 하던 오라비가 저리 변할 수 있겠니? 분명 그애 짓이야.

그애는 줄곧 내 옆에 있었으니 오라비 근처에도 안 갔을 거라고, 갔어도 해코지 같은 걸 할 애가 아니라고, 나는 말하지 못했다. 아버지는 울고 있었다. 눈물을 흘리는 아버지는 비굴해 보였다. 나는 아버지가 짜내는 이기적인 눈물에 염증이 났다. 원

하는 것은 기어이 얻어내고야 마는 탐욕스러운 눈물. 알았어요,
제가 알아볼게요. 아버지는 그제야 눈물을 멈추었다.

그애를 보내야겠다니. 줄곧 내 옆에 머물던 그애를, 머리칼을
귀 뒤로 넘겨주며 훈훈한 입김을 불어넣던 그애를. 제 손으로
보내놓고 삼십년이 지난 지금에 와서. 엄마 뱃속에서 칠개월,
세상에 나와 하루를 살다 죽은. 비난과 변명, 억울함과 어쩔 도
리 없음, 금기와 은폐, 당한 자와 저지른 자 사이에 존재하는 모
든 것을 포함하는. 삼십년 동안 1.1kg의 미숙아 혹은 일곱살 이
갈이 무렵으로 남아 있는 그, 아이. 그 아이의 이름은 그냥 그애
였다.

장롱 속에서

버스에서 내렸을 때 엄마 다리 사이로 물이 흘러내리는 것을
보았다. 나는 엄마가 오줌을 싸고 있다고 생각했다. 여수에서부
터 일곱 시간 넘게 버스를 타고 왔으니 어른이 오줌을 싼대도
이상할 것이 없었다. 엄마는 무언가 중대한 결심을 내리려는 사
람처럼 양미간을 모으고 터미널 한복판에 서 있었다. 음식 보따
리와 내 손을 나눠쥔 엄마가 사람들을 헤치고 성큼성큼 걸어갔
다. 엄마 손에서 서늘한 땀이 배어나왔다.

집에 도착한 엄마는 보따리를 풀어 찬장에 집어넣고 옷을 갈
아입은 다음 내 눈을 똑바로 내려다보며 말했다. 착하게 있어,
엄마는 지금 아기를 낳으러 가야 해, 착하게 기다리고 있으면

엄마가 동생을 데려올 거야, 무슨 말인지 알지? 나는 무슨 말인지 잘 몰랐지만 엄마의 단호한 눈빛에 기가 질려 고개를 끄덕였다. 사실 혼자 남아 시간을 보내고 착하게 구는 거라면 누구보다 자신있었다.

한밤이 되어서도 엄마는 돌아오지 않았다. 나는 쥐포를 입 안가득 넣은 채 잠이 들었다. 음식을 입에 넣고 자는 건 착한 게아닌데, 잠을 자면서도 나는 입 안에 든 불어터진 쥐포가 마음에 걸렸다. 문이 열리고 찬바람이 밀려들어왔다. 나는 눈도 채뜨지 못하고 엄마를 끌어안았다. 엄마는 말없이 내 머리만 쓰다듬었다. 뒤따라온 아버지는 포대기를 팔에 안은 채 문지방을 밟고 서 있었다.

포대기는 커다란 고치 같았다. 고치를 풀고 그 속을 확인하고싶었지만 엄마가 나를 끌어안고 이부자리로 쓰러지는 바람에그럴 수가 없었다. 엄마의 팔힘이 너무 세서 숨이 막힐 것만 같았다. 내가 엄마 품에서 버둥거리는 사이 방 안에 불이 꺼졌다. 나는 버둥거리는 걸 멈추고 엄마 가슴에 귀를 대고 심장박동 소리를 들었다. 그리고 장롱문이 가만히 열렸다 닫히는 소리도 들었다. 아버지가 조용히 이불 속으로 들어왔다. 무서울 정도로고요하고 깜깜했다. 방 안에는 아무도 살고 있지 않은 것만 같았다.

잠이 오지 않았다. 고양이 울음소리 같기도 하고 곤충의 날갯짓 소리 같기도 한 어렴풋한 울음소리만이 어두운 방 안을 부유

하고 있었다. 울음소리는 간헐적으로 끊겼다가 이어지곤 했다. 울음소리가 멈출 때마다 아버지의 침 넘어가는 소리도 들렸다. 어느 순간 딸꾹질을 하듯 울음소리가 끊기더니 더이상 아무 소리도 들리지 않았다. 갑자기 방 안이 환해지는 것 같았다. 아버지가 엄마를 흔들었다. 엄마는 귀찮거나 화가 났을 때 그러는 것처럼 등을 돌린 채 꼼짝도 하지 않았다.

장롱문 열리는 소리가 들렸다. 살며시 눈을 뜨고 아버지가 장롱에서 포대기를 꺼내 밖으로 나가는 모습을 보았다. 포대기에 싸여 집에 들어온 그애는 그 모습 그대로 집을 나갔다. 고치 모양의 포대기가 조금 작아진 것 같기도 했다. 나는 아버지가 그애를 어디로 데리고 가는지 궁금했다.

한손에 삽을 든 아버지가 산길을 오르는 모습이 그려졌다. 꽁꽁 언 강물을 깨고 고치를 집어넣는 모습도 그려졌다. 나는 아버지가 그애를 불태웠으면 좋겠다고 생각했다. 불에 태우세요. 한겨울이잖아요. 강도 땅도 다 얼었을 거예요. 예전에 앵무새가 죽었을 때처럼 땅에 묻지 마세요. 들고양이들이 흙을 파헤치고 구더기들이 들끓을 거예요. 불에 활활 태우세요.

화염에 휩싸인 작은 포대기 고치를 생각하자 갑자기 잠이 쏟아졌다. 그날 나는 불장난을 친 어린아이처럼 요에 오줌을 흠뻑 쌌다. 그애가 죽기만을 기다리며 장롱 속에 내버려둔 그날, 모두가 공범이면서 범인이 아니었던 그날. 내 나이 일곱살, 외벽에 앉은 서리꽃이 유난히 반짝거리던 새벽녘이었다.

내게로 온 우량아 권투선수

그애는 분유광고에 나오는 우량아 같았다. 뽀얗고 토실토실한 그애는 더이상 1.1kg의 미숙아가 아니었다. 포대기를 두르고 나타나지 않았다면 그애를 못 알아볼 뻔했다. 그때 나는 홍역을 앓는 중이었다. 숨을 내쉴 때마다 불이 뿜어져나오는 것 같았다. 잠도 오지 않았다. 눈을 감으면 고깔모자를 쓴 사내 요정들이 날카로운 이빨을 드러내고 달려들었고, 눈을 뜨면 천장에서 별똥별들이 떨어져내려 온몸에 붉은 반점들을 만들었다. 내가 홍역을 앓고 있어도 엄마와 아버지는 일을 그만둘 수 없었으므로 나는 고열과 고깔모자들과 외로운 싸움을 벌여야 했다. 하늘색 포대기를 어깨에 걸친 그애가 나타나기 전까지는. 천장 모서리에서 나타난 그애는 링에 올라선 권투선수처럼 포대기를 멋지게 집어던졌다. 이빨을 드러냈던 고깔모자들은 우량아 권투선수에게 꼼짝도 못했다. 고깔모자들을 모두 물리친 그애가 내 머리맡에 사뿐히 앉았다. 고치를 벗고 나왔구나, 내가 말했다. 그애가 웃었다. 그리고 내 이마에 손을 얹었다. 차갑지만 보들보들한 그애의 손이 닿자 거짓말처럼 열이 내렸다. 나는 금세 잠이 들었다. 자면서도 그애의 손길을 느낄 수 있었다.

오늘은 안 우는 데 성공했어

아버지가 운다. 아버지는 술에 취했다. 일부러 그런 게 아니야. 어쩔 수 없었어. 내 잘못이 아니야. 아버지는 무언가 안 좋은 일이 생길 때면 꼭 그애를 떠올린다. 노끈에 걸려넘어져 무릎이 깨졌을 때도, 엄마가 유방암 진단을 받았을 때도, 부도어음 때문에 집을 홀랑 날렸을 때도 아버지는 그애를 떠올렸다. 그때마다 아버지는 술에 취해 모두 제 탓이라며 눈물을 흘렸다. 그것은 참회의 눈물이 아니었다. 그것은 죄책감의 허울을 쓴 두려움의 눈물이었다. 두렵지 않을 때는 죄책감도 없고 눈물도 없는 법이다. 아버지는 흐느끼다 울부짖기를 반복했다. 아버지가 잘못했다는 건지 그애가 잘못했다는 건지 도통 알아들을 수가 없었다. 나는 빨리 전화를 끊고 싶어서 아버지 잘못이 아니라고 말했다. 그래도 전화를 끊지 않아서 다 잘될 거라고 덧붙였다.

물론 아버지 잘못이 아니다. 누구도 아버지를 비난한 적 없다. 그애를 장롱 속에 넣은 것은 아버지지만, 그건 아버지 말대로 어쩔 수 없는 일이었다. 인큐베이터 사용료를 지불할 능력이 없었던 것은 아버지 잘못이 아니다. 숨만 간당간당 붙어 있던 그애를 그냥 낳지 않은 것으로 생각하라며 돌려보낸 의사 잘못도 아니다. 아무리 그랬어도 젖 한번 물리지 않고 등을 돌린 엄마 잘못도 아니다. 만삭인 엄마에게 온갖 먹을거리들을 들려보낸 할머니 잘못도 아니다. 왜 살아 있는 애를 장롱에 넣느냐고 묻지 못한 내 잘못도 아니다. 잘못은 그애에게 있다. 너무 성급하게 세상에 나온 그애가 잘못이다. 서둘러 나올 생각이었으면 우

량아로 나오든가 돈 많은 집에서 나올 것이지. 그애는 죽을 만
해서 죽은 것이다. 나는 그애가 죽어 내 옆에만 머무는 것이 좋
다. 죽어야만 내 차지가 되는 거라면 내 손으로 그애 숨통을 끊
어놨을 것이다.

오라비가 운다. 오라비는 머리가 아프다. 오라비는 자신을 알
아주지 않는 세상이 억울해서 울고, 자꾸만 어긋나는 인생이 두
려워서 운다. 오라비는 전화를 받아주는 내가 고마워서 울고,
이렇게 살아야 하는 자신이 미워서 운다. 한움큼의 약을 먹어도
여전히 우울해서 운다. 무서워서도 울고 기뻐서도 울고 슬퍼서
도 울고 지긋지긋해서도 울고. 눈물은 오라비의 모든 감정이다.
나는 묵묵히 오라비의 울음소리를 듣는다. 오라비는 내가 함께
울어주길 바라지만 눈물이 나오지 않는 건 나도 어쩔 수가 없
다. 나는 함께 우는 대신 오라비가 욕하는 대상을 향해 더 많은
욕을 해주었다. 그래야 오빠가 울음을 멈춘다는 걸 나는 알고
있었다.

올케가 운다. 마음놓고 울 수 있는 상대가 나라서 운다. 오라
비 하나 믿고 시집왔는데 이젠 믿을 수가 없어져서 울고, 그런
사실이 겁나고 속상해서 운다. 어떻게 해야 병을 고칠지 모르겠
어서 울고, 그만큼 병이 깊다는 걸 알아서 운다. 갑자기 아파트
난간에 올라 죽겠다고 울부짖는 오라비가 무서워서 울고, 눈물
흘리는 오라비 때문에 덩달아 운다. 타인의 눈물에 쉽게 전이되
는 헤픈 눈물. 올케의 울음은 자기연민이다. 오라비의 병이 자

기 삶을 위협하는 데 대한 두려움과 분노의 눈물이다. 나는 묵묵히 올케의 울음소리를 듣는다. 내가 어떻게든 해결해주길 바라지만 나에겐 그럴 능력이 없다. 올케의 눈물은 제풀에 지쳐 그치게 되어 있다. 북받친 만큼 흘려야 멈추는 눈물. 그 시간을 가늠하기가 점점 어려워진다.

한밤의 전화는 늘 울음소리를 동반한다. 밤의 전화벨 소리는 누군가의 울음보가 터지는 신호다. 이 집구석의 눈물샘들은 도대체 언제나 마를 것인지. 그들의 울음소리를 들을 때 나는 좀 먹먹해진다. 먹먹해져서 나도 누군가에게 전화를 걸고 싶어진다. 그래서 엄마에게 전화를 걸까 잠깐 생각해보기도 한다. 엄마는 나와 전화통화를 하면서 울지 않는 유일한 가족이니까. 하지만 나는 내 가장 친한 친구이자 유일한 친구인 게이 점쟁이년한테 전화를 한다. 전화를 걸어 그녀가 퍼붓는 온갖 쌍스러운 욕지거리와 악악 고함을 듣는다. 나는 그녀가 더 흥분하게끔, 전화기에 대고 콧바람을 세게 불어넣는다. 그녀에게 욕을 들어먹으면 기분이 한참 좋아진다.

오라비가 웃는다. 오라비는 기분이 좋다. 좋아도 너무 좋다. 오늘은 안 우는 데 성공했어. 오라비가 말한다. 그래 잘했어. 내일도 성공하길 바래. 나는 머리를 쓰다듬듯 부드럽게 대답해준다. 오늘은 안 울었으니 내일은 더 많이 울게 될 것이다. 그런데 정말 그애가 오라비를 울리고 있는 걸까?

내 안에는 한번도 울지 않은 영원한 일곱살 소년이 살고 있다

신생아들은 울어도 눈물을 흘리지 않는다. 눈물샘이 채 뚫리지 않아 아무리 크게 울어도 눈물이 나오지 않기 때문이다. 장롱 속에서 울음소리조차 크게 내지 못한 그애의 눈에서도 눈물은 흐르지 않았을 것이다. 그러므로 그애는 평생 눈물을 흘린 적이 없는 셈이다.

나는 그애의 분홍빛 잇몸에서 앞니가 나고 보드라운 발뒤꿈치가 단단해지고 숫구멍이 막히면서 머리털이 새카매지는 과정을 모두 지켜보았다. 그애는 내 안에 머물면서 나와 함께 성장했다. 내가 초등학교 입학할 때 그애는 네 개의 이를 가졌고, 내가 초경을 치를 때 갑자기 성장을 멈추었다. 그러니까 그애가 장롱 속에 들어갈 때의 내 나이 즈음, 이갈이를 하기 직전의 모습으로 성장을 멈춘 것이다. 그후로 그애는 일곱살 소년의 모습으로 나와 함께 이십여년을 살았다.

나는 그애가 샴쌍둥이처럼 내 몸의 일부가 아닌가 생각한다. 그러므로 그애를 떼어낸다는 건 위험한 발상이다. 그것은 몸 곳곳에 퍼져 있는 암덩어리를 제거하는 일보다 무모하다. 나이면서 동시에 내가 아닌 그애. 서른일곱살 여자의 몸속에 살고 있는, 단 한번도 울지 않은 영원한 일곱살 소년.

내 친구 게이 점쟁이 기치료사 보조작가가 말하길

그애가 정말 오라비 어깨에 올라탔을까? 어떻게 생각해? 그애가 정말 천도재를 바라는 거야? 나하고 사는 게 싫어서 오라비한테 간 거야? 오라비한테 가서 뭘 어쩌겠다는 거야? 여태 같이 잘살아왔으면서 갑자기 떠나겠다는 건 뭐지?

말 좀 그만해, 이년아. 기가 다 빠져나가잖아.

그녀는 내 벗은 등짝을 손바닥으로 찰싹 때리며 말했다.

목덜미에 아주 돌덩이를 달고 사는구나. 그러게 진작 그애를 제대로 받으시지 그랬어. 그럼 이렇게 근육을 혹사시키면서 살지 않아도 되잖아. 내가 신어미 소개시켜준다고 할 때는 그렇게 싫다더니. 왜, 이제 와서 보내려니까 아쉬우셔?

그애는 나한테 암말도 안해. 그냥 내 옆에 가만히 있는 애한테 점쟁이 하자고 꼬실 순 없어. 너야말로 점쟁이 일에나 충실하면 안돼? 점쟁이면 점쟁이고, 기치료사면 치료사지. 비굴하게 보조작가는 또 뭐야? 게이 점쟁이 기치료사 보조작가. 너한테 붙은 말이 너무 많다고 생각하지 않아?

게이랑 점쟁이는 나도 어쩔 수 없이 된 거고, 기치료사는 있는 능력 가지고 아픈 사람 치료하면서 덤으로 돈 버는 거고. 내가 공짜로 해주니까 네가 모르는 모양인데, 다른 사람들은 나한테 치료받겠다고 몇달씩 기다린다구. 그리고 보조작가가 어때서? 곧 메인작가가 될 몸인데. 곧 내 이름으로 작품 올릴 테니 그냥 드라마작가라고 부르셔. 너한테도 여자 수다쟁이 목수 이렇게 부르지는 않잖아? 맨날 손에 망치나 대패 들고 설치면서 아저씨들하고 싸우는 게 여자냐?

그냥 점쟁이만 하면 안돼? 절대적이고 위압적이고 제멋대로
면서 돈도 제법 벌잖아. 그냥 기치료사나 하든가. 눈물 질질 짜
는 드라마작가가 뭐가 좋다구 그래? 맨날 사랑하고 배신하고 울
고 복수하고 또 울고.

그녀가 다시 내 등짝을 후려쳤다. 이번엔 손이 아주 매웠다.
손끝에 병을 잡아내는 송곳이 들어 있어서 근육통은 물론 온갖
병들을 치유한다고 소문이 나 있는 손이었다.

그런데 네가 점쟁이가 된 게 게이가 된 다음이야, 아니면 할매
신을 받은 다음에 게이가 된 거야?

난 태어나면서부터 게이였어!

게이는 장군신 같은 건 못 받아?

왜 안되겠어? 그냥 내가 받은 게 할매신인 거지. 넌 장군신이
더 좋다고 생각해?

아니, 나도 할매신이 더 좋아. 근데 천도재 하면 진짜 저기로
갈까?

글쎄 그럴 수도 있겠지? 어디서 할 건데? 난 그런 거 안해, 알
지?

물론 알아. 알아본 절이 있긴 한데, 내가 아직 결정을 못했어.
지금 내가 그애를 받으면 천도재를 지내지 않아도 될까? 내 몸
속에 이미 들어앉은 애를 어떻게 또 받는지 모르겠지만. 내림을
안 받아도 들어온 애가 천도재를 한다고 가겠어? 오라비 어깨에
올라탔다는 것도 말이 안되잖아? 말이 된다 해도 해코지 같은

걸 할 애가 아니야. 안 그래?

뭐가 그렇게 질문이 많아 이년아, 정신 사나워서 더 못하겠다. 그냥 천도재 해서 보내버려. 그동안 그애한테 잘해준 것도 없으시잖아. 책임도 못 지면서. 정신 시끄러우니까 이제 그만 좀 궁금해하시고, 일어나서, 옷이나 입으셔.

내가 그애한테 뭐 해준 건 없지만, 너라고 다를 건 없잖아. 할매신 받았다고 기껏해야 떡이나 좀 올려주는 거 말고……

네가 뭘 모르는 모양인데, 할매신이라도 계속 붙잡고 있는 게 얼마나 힘든데. 조금이라도 소홀하면 금방 토라지고 화를 낸다고. 해마다 기도하러 들어가는 거 너도 알잖아. 냉정한 기집애! 넌 눈물 없어서 신도 못 받을 거야. 신 내릴 때 얼마나 우는지 알아? 진이 빠질 때까지 울어야 몸이 바뀌는 거야. 암것도 모르면서!

내가 눈물이 없다고 점쟁이까지 못한다는 게 말이 돼? 전에는 안한다고 뭐라 하더니. 왜 다들 울지 못해 안달이고, 울리지 못해서 난리들이야? 나도 울어! 방식이 다를 뿐이지. 꼭 눈물을 흘려야 우는 건 아니라구!

나는 눈물 대신 오줌을 싼다

누군가 내게 돌을 던졌다. 뒤통수에 돌을 맞고 돌아봤을 때 남자 녀석 넷이 골목 어귀에 버티고 서 있었다. 나는 녀석들이 원하는 것이 무언지 알고 있었다. 그들은 내게 눈물을 원했다. 굴복과 복종의 표시. 고통으로 일그러진 얼굴. 겁에 질린 눈빛. 울음을 터뜨리며 엄마를 찾아 도망가는 패배자의 줄행랑. 하지만 도움을 요청할 엄마는 집에 없었고, 있다 해도 눈물범벅으로 엄마에게 달려갈 생각은 추호도 없었다. 피가 흘렀다. 머리통이 욱신거리며 어쩔어쩔 어지럼증이 일었다. 눈물이 나올 것만 같았다. 하지만 눈물은 통증을 배가시킬 뿐이었다. 나는 눈물을 보이는 대신 눈을 부릅뜨고 무리 중 가장 앞에 서 있는 녀석에게 달려들었다. 녀석의 목을 두 손으로 꽉 움켜쥔 다음 이를 세워 머리통에 박아넣었다. 나머지 세 녀석이 나를 떼어내려고 애를 썼지만, 녀석의 머리에서 피가 흐를 때까지 기를 쓰고 매달려 있었다.

누군가 발을 걸었다. 나는 책상 모서리에 턱을 부딪히고 바닥에 넘어졌다. 넘어지면서 치마가 치켜올라가는 바람에 허벅지와 팬티가 그대로 드러났다. 고개를 들었을 때 키득거리는 계집애들과 눈살을 찌푸리는 남자애들 얼굴이 보였다. 그 많은 애들의 머리통을 일일이 물 수도 없었고 마침 수업시작 종소리가 울리기도 해서, 그냥 조용히 일어나 자리로 돌아가 앉았다. 갑자기 콧잔등이 시큰해지면서 눈물이 울컥 솟구칠 것만 같았다. 그때 그애가 나타나 작고 보드라운 손으로 내 턱을 쓰다듬어주었다. 찡긋 한쪽 눈을 감으며 울지 마, 신호를 보냈다. 나는 턱을 쓰다듬는 그애의 부드러운 손길에 몸을 맡겼다. 그러다가 나도 모르게 간지럼타는 어린애처럼 폭발적으로 웃음을 터뜨리고 말왔다. 판서를 하던 선생이 눈살을 찌푸리며 돌아봤고, 동시에 계집애들의 야유가 퍼부어졌다. 어떤 야유와 경멸에도 나는 흔들리지 않았다. 다음날 아침 가장 먼저 학교에 도착한 나는 급수 주전자에 물을 받은 다음 그 위에 앉아 오줌을 쌌다. 참고 있던 눈물을 모두 쏟아낸 것처럼 시원하고 개운했다.

누군가 책상서랍에 피 묻은 생리대를 넣어두었다. 누군가는 도시락 안에 죽은 바퀴벌레를 넣었다. 마주오던 누군가가 내 면전에 대고 미친년이라고 비아냥거렸다. 그 옆에 있던 누군가는 재수없다며 침을 뱉었다. 그런 일이 있을 때마다 나는 급수 주전자나 대걸레나 누군가의 의자나 사물함 같은 데다 오줌을 쌌다. 언젠가 사랑이라고 믿었던 한 남자가 너같이 뻑뻑한 여자는 처음 봤다고 말하며 떠났을 때도 나는 신촌의 여관골목 한복판에 서서 오줌을 쌌다. 오줌을 싸고 나자 그 남자의 얼굴이 떠오르지 않았다.

엉덩이를 까고 오줌을 쏟아낼 때면 내 몸이 점점 더 단단해지고 있음을 느꼈다. 물기가 빠지면서 단단히 굳는 진흙처럼 씨멘트처럼. 나는 오줌을 싸면서 더 단단하고 건조해지고 딱딱해지길 바랐다. 그래서 어떤 물기에도 풀어지지 않고 질퍽거리지 않고 무너지지 않기를 바랐다.

눈물은 감정의 늪이다. 유약한 인간들만이 제가 만든 늪에 빠져 허우적거리는 법이다. 눈물은 굴복의 다른 이름이다. 아픔과 고통에 대한, 조롱과 비난에 대한, 슬픔과 고독에 대한 굴복의 징표다. 나는 눈물 대신 오줌을 싼다. 울고 싶을 때 오줌을 싸다가 문득문득 돌출된 성기를 가지고 태어났으면 좋았을 거라는 생각이 들 때도 있다. 나는 몸을 탓하는 대신 다른 방도를 찾기로 했다. 침을 뱉거나 땀을 흘리는 것으로도 몸의 물기는 배출될 테니까.

유방절제자를 위한 브래지어

엄마는 유방을 잘라낸 뒤부터 눈물이 말랐다고 했다. 유방과 눈물이 무슨 관계가 있는지 모르겠지만, 아무튼 엄마는 그렇게 믿고 있다. 엄마 말대로라면 자궁을 들어내거나 나팔관이 막히거나 폐경이 돼서 눈물이 마른 여자들도 있을 것이다. 나는 유방도 완전하고 폐경도 아니고 자궁을 들어내지도 않았다. 눈알에 모래가 들어가거나 하품을 할 때 적당량의 눈물이 나오는 걸보면 눈물샘에 문제가 있는 것도 아니다. 내 눈물이 마른 것은 언제부터인지.

젖 물릴 아이는커녕 폐경기가 지난 엄마가 젖줄이 잘려 눈물까지 말랐다고 억지를 부리는 건 이해할 수가 없다. 엄마는 유방이 있었을 때도 눈물을 보이지 않았고, 젖이 돌아도 젖을 물리지 않은 사람이다. 내가 백일이 막 지났을 무렵 엄마는 젖통을 부여잡고 힘차게 젖을 빠는 계집애가 갑자기 징그럽게 느껴졌단다. 그래서 엄마는 혀를 모으고 힘을 주고 있는 나를 떼어내고 젖꼭지에 옥도정기를 발랐다. 그것도 모르고 젖꼭지를 되물었던 나는 눈살을 찌푸리며 쓰디쓴 젖꼭지를 혀로 밀어냈다. 그러곤 두번 다시 젖을 빨지 않았다.

독한 년. 유방암 수술을 하기 위해 병실에 누워 있던 엄마가 옥도정기 얘기를 꺼내며 내뱉은 말이었다. 그 말이 두번 다시 젖을 물지 않은 나를 향한 것인지, 아니면 옥도정기를 바른 자신을 향한 것인지는 모르겠다. 나는 오라비 때도 옥도정기를 발랐느냐고 물어보았다. 그때는 엄마의 유두가 함몰된데다가 오라비의 입힘이 세지 않아서, 오랫동안 젖은 함몰된 유두를 잡아빼기 위해 노력한 아버지 차지였다고 아버지가 대답했다. 나는 그애가 먹을 뻔했던 젖은 누구 차지가 되었느냐고도 묻고 싶었다. 그때 어찌나 비리고 닝닝하든지 좋은 것만은 아니었다고 아버지가 덧붙이는 바람에 기회를 놓쳐버렸다. 나는 소비되지 않아 남아돌던 젖이 오랜 시간 썩고 뭉쳐서 암덩어리가 된 것이라고 단정했다.

수술을 한 뒤 엄마는 꼿꼿한 유두의 동그란 젖통 한쪽과 터져서 쪼그라든 고무풍선 모양의 젖통 한쪽을 단 불균형한 가슴을 갖게 되었다. 나는 엄마에게 유방절제자를 위한 브래지어를 퇴원선물로 주었다. 몰딩 처리가 된 캡 안에 씰리콘 주머니를 넣을 수 있는 브래지어였다. 그것은 엄마가 균형잡힌 가슴을 가졌을 당시 젖통의 크기와 모양을 측정해서 특별히 제작한 것이었다. 나는 엄마가 씰리콘 주머니에 익숙해지길 바랐다. 하지만 엄마는 단 한번도 그걸 착용한 적이 없을뿐더러, 불균형한 가슴을 여지없이 드러내주는 신축성 좋은 소재의 옷들만 입었다.

엄마의 불균형한 가슴은 방패막이였다. 느닷없는 짜증과 변덕에도 이유가 있었고, 온갖 산해진미를 탐하며 며느리를 닦달해도 토를 달지 못하게 만들었다. 발 뒤에 숨어서 섭정하는 늙은 대왕대비 마마처럼 방 안에 틀어박혀 온 식구들을 조정하려 해도 누구 하나 반기를 들지 못했다. 그래도 나는 눈물을 질질 짜며 푸념이나 하는 엄마보다는 짝가슴을 훈장처럼 내밀며 기세 등등한 엄마가 더 좋았다.

할머니가 돌아가셨을 때 엄마가 가진 짝가슴 방패막이는 결정적인 역할을 했다. 무엇보다 눈물이 필요한 때였다. 하지만 엄마는 아이고 아이고 곡은 하면서도 눈물은 보이지 않았다. 울지 않는다고 비난한 사람이 있는 것도 아니었는데, 엄마는 움푹 들어간 젖가슴 한쪽에 손을 얹으며 유방을 잘라낸 뒤부터 눈물이 말랐다고 변명했다. 그 순간 어미를 잃은 자식의 슬픔에 유방을 잃은 여자의 고통까지 얹어져, 엄마는 누릴 수 있는 모든 동정과 측은함을 한몸에 받았다. 엄마는 눈물 없는 곡소리조차 낼 필요가 없었으며, 그때부터 장례식장 한자리에 앉아 섭정관 특유의 단호함과 우아한 표정으로 조문객을 맞았다. 눈물과 곡소리를 함께 낸 것은 족보상 상주인 작은할아버지의 차남이었다. 나는 엄마의 눈물이 마른 싯점이 진짜 언제부터였는지 물어보고 싶었다.

삼킨 눈물의 승리

영정사진 속의 할머니는 환하게 웃고 있었다. 그 사진은 할아버지가 죽고 난 직후 미리 준비해둔 것이었다. 눈이 약간 부은 것도 같았지만, 진달래색 블라우스 때문인지 대체적으로 화사한 느낌을 주는 사진이었다. 그애가 나서 죽은 해 봄, 할아버지는 혼자 집을 지키고 있던 할머니에게 돌아왔다. 작은마누라와 함께 집을 떠난 지 십년 만의 귀환이었다. 떠날 때는 다시 돌아오지 않을 사람처럼 기세등등했지만, 돌아올 때는 휠체어에 앉은 채 몸도 가누지 못하는 초라한 모습이었다. 작은마누라가 할아버지의 사랑을 독차지하는 동안 할머니는 눈물을 삼키며 집을 지켰다.

결국 승리는 삼킨 눈물 쪽이었다. 할머니는 골방 한구석에 할아버지를 누이고, 그동안 눈물을 삼키느라 진창이 된 가슴을 쏟아냈다. 할아버지는 할머니가 던져주는 멀건 죽을 넘기며 산송장이나 다름없이 십년을 더 살았다. 골방에서의 십년 동안 할아버지를 지켜준 것은 낡은 텔레비전 한대뿐이었다.

숨을 거둘 당시 할아버지의 몸은 잘 마른 장작 같았다. 뼈만 남은 팔뚝에는 시체들에서 발견되는 비누화현상이 일어나 있기도 했다. 할아버지는 몸에 남은 마지막 물기를 소진하듯 진물 같은 눈물 한방울을 흘리고 죽었다. 그때 텔레비전에서는 이산가족찾기 특별방송이 한창 진행중이었다. 온 국민이 눈물에 전염되기 위해 울 준비를 하고 텔레비전 앞으로 모이던 그때. 서로를 부둥켜안고 울부짖는 상봉가족의 통곡소리만이 할아버지의 임종을 지켰다. 통곡소리를 들으며 숨을 거두던 그 순간 할아버지는 누군가를 찾고 싶었을지 모르겠다. 분례나 순례나 순임 같은 이름과 함께 귀 뒤에 큰 점이 있다거나 홍은동 천변에 살았다는 설명이 덧붙여졌을지도. 그리하여 언젠가 눈물을 흘리며 할머니를 쫓아내라고 할아버지를 귀찮게 하던 분례 혹은 순임과 재회를 이루었는지도 모를 일이었다.

할머니는 장례식 내내 엄청난 양의 눈물을 쏟아냈다. 화장절차를 밟기 전 관을 붙들고 통곡을 하던 할머니의 모습을 보면서, 어떤 이들은 죽은 지아비를 따라 목숨이라도 끊을까봐 걱정스러운 시선을 보내기도 했다. 모든 장례절차가 끝나고 나자 할머니는 언제 그랬느냐는 듯 눈물의 흔적까지 말끔히 지워버렸다. 그리고 두번 다시 눈물을 흘리지도 삼키지도 않았다. 할머니는 할아버지 이름으로 된 모든 전답과 집을 정리한 다음 작은 방 하나를 얻었다. 그리고 그 돈으로 눈물을 삼킨 세월 동안 못했던 수많은 일들을 하면서 살았다. 수영과 춤과 운전을 배웠으며 국내의 유명한 섬들을 비롯해 수많은 나라들을 여행했고, 가끔은 고아나 지체장애인 들을 위해 봉사활동을 하기도 했다. 할머니는 가진 재산을 남김없이 쓰고 난 후, 잠든 상태에서 고요히 생을 마감했다.

네가 그냥 소년이었으면 좋겠어

내 젖을 물어. 내 젖은 달고 안전해. 옥도정기도 안 발랐어. 내 젖을 먹고 쑥쑥 자라. 네가 자라면 그 포대기를 치우고 멋진 옷을 입혀줄게. 머리를 쓸어올려주고 훈훈한 입김을 불어넣어줄게. 어서 내 젖을 빨아. 얼마나 힘차게 빨아대는지 젖꼭지가 얼얼하잖아. 우량아대회에 나가도 되겠어. 내 젖을 만지는 이 포동포동한 손 좀 보라지. 그런데 갑자기 왜 그런 이상한 표정을 짓는 거야? 입가의 그 비열한 웃음은 뭐지? 이렇게 빨리 자라면 어떻게 해? 너무 무거워서 안고 있을 수가 없잖아. 턱에 난 수염은 뭐고, 볼록 튀어나온 목뼈는 다 뭐야. 더이상 자라지 마. 난 네가 그냥 소년이었으면 좋겠어. 우량아라도 좋아. 징그러워. 내 젖에서 떨어져. 거친 손길은 싫어. 내 눈앞에서 그런 짓은 하지 마. 그런 건 도대체 어디서 배운 거야. 그 예쁜 손으로 수음을 하는 꼴이라니. 징그러워. 너는 영원한 일곱살 소년. 한번도 울지 않은 영원한 소년 아니니. 그렇다고 그렇게 냉정하게 돌아서 가버리면 어떻게 해. 가지 마.

나는 땀에 흠뻑 젖은 채 잠에서 깨어났다. 지독한 꿈이었다. 잠에서 깨어나서도 멀어져가던 그애의 뒷모습이 선했다. 징그러운 성기를 붙들고 나를 바라보던 이상한 눈길도 생각났다. 멀어지던 그애가 갑자기 뒤를 돌아보며 무서운 얼굴로 했던 말도 귀에 쟁쟁했다. 따라오지 마. 변성기를 거치지 않은 소년의 목소리와 기력이 쇠한 늙은이의 목소리가 뒤섞인 그 이상한 목소리. 몸값을 받아내기 위해 협박전화를 건 유괴범의 변조된 목소리처럼 냉혹하면서 무섭고 징그러운 그 목소리. 온몸에 한기가 돌았다.

나는 몸을 부들부들 떨며 아버지에게 전화를 걸었다. 그애를 어떻게 했어요? 이 새벽에 무슨 일이냐? 그애를 어디다 묻었느냐고요? 산에 묻었어요? 불에 태웠어요? 아니면 그냥 쓰레기통에 처넣었어요? 아버지는 말이 없었다. 천도재를 지내자, 천도재를 지내면 그애도…… 도대체 그애를 어떻게 했느냐구요! 강물에…… 나는 전화를 끊어버렸다. 아무것도 듣고 싶지 않았다.

검은 물 노란 꽃

아버지는 포대기에 싸인 그애를 안고 하염없이 걸었다. 원효로에서 걷기 시작한 것이 어느덧 한남동에까지 다다랐다. 한강 둔치에 서서 강물을 보았을 때, 언젠가 한강을 횡단하겠다고 팬티바람으로 강물에 뛰어들었던 청년시절이 떠올랐다.

강물이 생각보다 차고 검었지만 수영을 하기에 그리 나쁘지는 않았다. 혈기 넘치는 청년이었고, 수영이라면 누구에게도 뒤지지 않는 바닷가 출신이라는 자부심도 한몫했다. 출발은 좋았다. 하지만 반도 채 못 갔을 때 갑자기 오른쪽 다리에서 쥐가 난 것이 문제였다. 뻣뻣하게 뒤틀리는 다리 한짝이 온몸을 장악해갔다. 그 순간 아버지는 계속 앞으로 나아가는 것이 좋을지 되돌아가는 것이 좋을지를 가늠해보았다. 앞으로 나아가는 것보다는 지나온 길을 되돌아가는 편이 수월할 듯했다. 아버지는 죽을 힘을 다해 팔을 저었다. 결국 아버지는 옷을 벗어놓은 곳에서 하류 쪽으로 한참 내려간 지점에 도착했다. 얼마나 많은 물을 먹었는지 머릿속까지 물이 꽉찬 느낌이었다. 아버지는 한참 동안 숨을 고르며 강둑에 누워 있어야만 했다. 겨우 정신을 차리고 눈을 떴을 때 처음으로 분간이 된 사물은 호박꽃이었다. 노랗디노란 호박꽃들.

아버지는 둔치에 앉아 언젠가 생을 마감할 뻔했던 지점을 가늠해보았다. 제3한강교의 다섯번째 교각 아래 즈음. 입가에 허망한 미소가 떠올랐다. 주위를 둘러보던 아버지 눈에 마침 비료자루 하나가 눈에 띄었다. 포대기 하나를 넣기에는 충분한 크기였다. 아버지는 비료자루에 포대기를 넣고 주변에 있는 돌들도 주워 함께 넣었다. 그러고는 신발과 양말을 벗고 훨씬 무거워진 포대기 자루를 어깨에 메고 강둑을 내려갔다.

49일

나는 오라비에게 그애에 관한 모든 것을 말해주었다. 그리고 천도재를 지내야겠다고 졸라대는 아버지의 믿음도 함께 전해주었다. 오라비는 예상과는 달리 내 얘기를 담담하게 받아들였고, 누구보다 적극적으로 천도재에 나섰다. 그렇게 천도재 노래를 부르던 아버지는 차마 따라나서지 못했다. 엄마는 미리 맞춰놓은 모시 개량한복을 입고 나들이 가는 마나님처럼 우아한 걸음으로 길을 나섰다.

천도재는커녕 예불 한번 드려보지 못한 엄마와 오라비는 법당 보살과 집도스님의 눈치를 보며 우왕좌왕해야 했다. 법당 예절에 문외한인 엄마는 유교식 절을 지적받았고, 오라비는 스님의 좌복 위에 앉았다가 혼쭐이 나기도 했다. 기분이 나빠진 엄마는 두 손을 모은 자세의 큰절을 세 번 하고는 사뭇 도도한 모습으로 법당을 나가버렸다. 어쨌든 모시 한복을 입고 큰절을 하는 엄마의 모습은 폐백을 드리는 새색시처럼 단아해 보이기는 했다.

엄마는 그애가 태어난 연도와 계절만 기억할 뿐 날과 시는 기억해내지 못했다. 이름도 사진도 없고, 태어난 시도 모르고, 죽은 지 삼십년이 지난 애의 천도재는 어쩐지 억지스러운 구석이 있었다. 오라비는 일곱 번의 천도재에 빠지지 않고 참석했다. 나는 한번도 나타나지 않는 그애를 아쉬워하며 내게서 영영 떠나버릴까봐 두려웠다. 49일 동안 그애는 꿈에서조차 나타나지 않았다.

막제에는 이름없는 그애의 위패와 함께 나흘 전에 물에 빠져 죽었다는 사내아이의 사진이 함께 올려졌다. 제를 끝내고 모든 짐을 벗을 준비가 된 우리와는 달리 이제 막 죽은 아이의 가족은 침울한 분위기였다. 아이엄마는 몸을 바들바들 떨며 이마를 바닥에 짓찧기를 반복하고 있었다.

엄마는 소지(燒紙)를 위해 두 켤레의 신생아용 양말과 하늘색 코끼리가 그려진 배내옷을 준비했다. 그애를 저승으로 보내기 위한 마지막 절차였다. 그것들을 화로에 넣기 전 나는 양말 한 짝을 빼돌렸다. 불이 사그라질 즈음 가족들은 서둘러 자리를 떴다. 차마 발길이 떨어지지 않는 것은 나뿐이었다. 불이 완전히 꺼질 때까지 화로 옆에 쭈그려앉아 있었다. 그때 나는 처음으로 울고 싶다는 생각을 했다. 시원하게 펑펑 눈물을 흘려보고 싶었다. 하지만 내 눈에서는 단 한방울의 눈물도 나오지 않았다. 너무 오랜 세월 단련되어 화석처럼 굳어버린 내 눈물. 돌눈물이라도 흘리면 좋을 것을. 나는 시커먼 재를 바라보며 오줌을 쌌다. 뜨거운 오줌물이 가랑이를 타고 흘러내리는데도 도무지 시원해지지가 않았다.

천도재가 끝나고 나자 오라비는 거짓말처럼 안정을 찾았다. 이젠 약을 먹지 않아도 눈물을 참을 수 있다고 오라비는 스스로를 대견해했다. 두려운 목소리로 그애 탓을 하는 아버지 전화도 오지 않았다. 이젠 아무도 울음소리를 동반한 전화를 걸지 않았다. 나는 그애가 여전히 내 속에 살고 있다고 생각하고 싶었지만 그애는 더이상 권투선수 복장으로 누군가를 물리치러 오지도 않았고 내 머리칼을 쓸어올려주지도 않았다. 울음소리가 그리웠다.

언제까지라도

아이를 자루에 담아 강물에 던진 남자 얘기 알아?

그 유괴범 얘기 말이야?

유괴범이라니?

아이를 유괴해서 산 채로 강물에 집어던진 남자 있잖아. 집장만하느라 대출받은 일억을 갚으려고 그랬대. 유괴한 남자애를 자루에 담아 트렁크에 싣고 다녔는데, 덜컥 죽어버려서 강물에 버렸다는 거지. 근데 나중에 아이 시신을 찾아서 부검해보니까 폐에 물이 꽉차 있었다지 뭐니. 살아 있었을 때 던졌다는 증거란 말이지. 뭐 그런 자식이 다 있냐. 애도 있는 놈이라던데. 그 손으로 집에 들어가서 지 새끼 머리 쓰다듬었을 거 아냐.

난 죽은 아이를 강물에 던져버린 남자 얘기였어.

죽은 애든 산 애든. 어떻게 아이를 강물에 던져버린다니?

저절로 빠져죽은 애도 있어. 우리 막제 지낼 때 초제 지냈던 사내애.

천도재도 끝났는데 왜 자꾸 절에 드나드나 했더니, 그거 때문이었구나. 너 또 누굴 묻혀오려고 그래, 정말.

그냥 울음소리가 좀 듣고 싶어서 그래. 죽은 애 엄마. 이젠 눈물이 마를 만도 한데, 매번 눈물바다야. 혼자 앉아서.

남편은 없고? 그 여자 과부야?

글쎄 그럴지도 모르지.

누군지 몰라도 팔자 드럽게 센 년인가보다. 애는 어쩌다 그랬는데?

해외 영어캠프에 갔다가 죽었다는데, 사람들이 다들 아이엄마를 비난하더라고. 그 여자한테 해주고 싶은 얘기가 있는데, 아

68

직 못했어.

무슨 얘기를 하시려구.

그애랑 한상을 받았으니, 걱정 말라고. 그애가 잘 보살펴줄 거라고. 여태 나를 보살펴준 것처럼. 그 얘기를 하면 그 여자 눈물이 멈출까?

너 좀 이상한 거 아시지?

그래 이상해. 눈물 흘리는 여자들이라면 질색이었는데, 그 여잔 자꾸만 등을 쓰다듬어주고 싶어. 머리칼도 쓸어올려주고 싶고. 옛날에 그애가 한 대로 뜨거운 입김도 불어넣어주고 싶고. 아니면 함께 눈물 흘려도 좋고.

질질 짜는 얘기라면 펄쩍 뛰던 년이 왜 갑자기? 그냥 니 앞가림이나 잘하시지 그래? 근데 너 그거 알아? 눈물 없는 게 레즈비언의 첫 징조라는 거. 여자의 눈물은 원초적으로 남자를 향한 거거든. 나 같은 게이년하고만 노는 거 그거부터 좀 이상하시지 않아, 자기?

또 그 타령!

이참에 당신 성적 정체성을 한번 의심해보지그래? 난 레즈비언은 질색이야, 알지?

그냥 눈물을 흘려보고 싶을 뿐이야. 울 일이 생겼으면 좋겠어. 그럼 그애도 다시 올 것 같구.

맘대로 하셔.

근데 오늘 너 왜 이렇게 기분이 좋은 거야?

내 기분이 왤케 좋을까. 오늘 그이가 오기 때문일까?

그 미국 사는 남자?

엉. 이따가 공항에 마중나갈 거야.

언제까지 그렇게 살 거야? 애도 있고 부인도 있다며.

언제까지라도.

그러다가 그 사람이 그만둔다고 하면 어쩔 건데.

그럴 일은 절대 없을 테니까 걱정하지 마셔. 내가 고등학교 때 애들한테 돌팔매질당할 때부터 지켜줬던 사람이야. 반듯하고 똑똑하고 멋지고. 애들만 다 자라고 나면 결국 내 차지가 되는 거지. 아시겠어요?

변심한 애인을 위한 레씨피

언제까지라도 함께할 거라던 남자는 그녀에게 결별을 선언했다. 이십년 가까이 유지해오던 관계였다. 그녀는 남자에게 새로운 애인이 생겼다고 확신했다. 하지만 남자는 더이상 이중생활을 할 수 없다고 느꼈기 때문이라고 이유를 댔다. 그리고 아내를 사랑한다는 말도 덧붙였다. 그녀는 남자에게 매달리지 않았다. 그냥 남자와 함께 마지막 밤을 보낸 다음 조용히 보내주었다. 그리고 남자가 다시 비행기를 타고 미국으로 날아가는 동안 장문의 편지를 썼다. 사랑하고 배신하고 복수하고 견디고 다시 사랑하는 이야기에는 능통한 작가적 기질이 충분히 발휘된 편지였다. 그녀는 울음바다를 만들며 구차하게 매달리는 것보다

꾹꾹 눌러쓴 편지 한장이 남자의 마음을 움직일 것임을 잘 알고 있었다. 다 쓴 편지를 접기 전에 그녀는 몇방울의 눈물을 떨어뜨렸다. 그것은 의도된 것이기도 했고, 저절로 흐른 것이기도 했다. 눈물 젖은 그 편지는 변심한 애인의 마음을 움직였다. 남자는 그녀의 절대적인 헌신과 그녀가 선사했던 최고의 쎅스와 그밖에 그녀와 보낸 수년의 세월을 떠올렸다. 그녀의 눈물자국 위로 남자의 눈물이 보태졌다. 남자는 며칠 뒤 그 편지를 들고 다시 그녀에게로 돌아왔다. 그 편지는 변심한 애인의 마음을 돌리기 위한 잉크와 눈물로 만들어진 최고의 레씨피였다.

눈물의 맛

나는 여자에게 내 속에 살았던 소년 얘기를 해주었다. 눈물을 흘리지 않는 여자들의 이야기도 해주었다. 그리고 그애가 남기고 간 양말 한짝을 선물로 주었다. 내 위에 누운 여자가 나를 바라보며 눈물을 흘렸다. 여자의 눈물이 내 눈꺼풀을 적셨다. 눈꼬리로 떨어진 눈물이 내 것인지 여자의 것인지 분간이 되지 않았다. 여자의 눈가에 혀끝을 갖다댔다. 눈물은 짜고 시고 달았다. 나는 아직도 눈물이 나올 때면 오줌을 싼다. 오줌을 싸면서 나는 자그마한 고추를 내놓고 오줌을 싸는 일곱살 소년을 생각한다. 내 안에 여전히 살고 있는 울지 않는 소년.

알리의 줄넘기

내 이름은 알리다. 위대한 알리. 내 이름보다 위대한 것은 내 이름을 지은 아버지의 선견지명이다. 내게 알리라는 이름이 없었다면 지금 이 순간 겁에 질려 아무 생각도 못했을 것이다. 하지만 나는 알리다. 위대한 알리.

나는 동네 불량배에게 우연히 걸려든 먹잇감이 아니다. 나는 표적이다. 패거리들의 소속감을 확인시켜줄 표적. 낯선 것은 언제나 첫번째 표적이 되는 법이다. 내 피부색과 눈꺼풀과 콧날은 저들과 다르다는 확실한 표시다. 내가 녀석들과 다르다는 것. 그러니 배척당해야 마땅하다는 경고와 각인. 이것이 녀석들이 내 앞을 가로막고 선 이유다.

표적을 대하는 방식은 다양하다. 보통은 유령이나 쓰레기 취급하는 방식을 취한다. 낯선 것에 대한 무조건적인 경계태세. 외면과 멸시. 소극적이지만 치사한 방식이다. 그럴 때는 나 스스로 유령이 되어서 무시해버리거나 좀더 확실하게 쓰레기 냄새를 풍기면 된다. 때론 발을 걸거나 등짝에 뭔가 붙이거나 물을 뒤집어씌우는 약간 적극적인 방식도 쓴다. 조롱거리가 되기는 하지만 굳이 대응까지 할 필요는 없다. 가장 적극적인 방법은 지금 이 녀석들처럼 무작정 덤벼드는 방식이다. 저돌적이지만 한편으론 정직한 방법이기도 하다. 정직하다곤 해도 이렇게 떼거지로 덤벼드는 건 좀 불공정하다. 물론 표적에 대한 태도가 공정한 적이 있었던 것도 아니지만.

사정은 그리 좋아 보이지 않는다. 앞장선 녀석의 압도적인 덩치와 양옆에 파수꾼처럼 선 녀석들의 삼각구도는 빈틈이 없어 보인다. 대결장소도 기가 막히게 잘 골랐다. 어린 왕의 무덤 뒤편에 으슥하고 은밀한 공터. 퇴로도 없고 은신처도 없다. 집단적이고 불공정한 시비를 걸기에는 더할 나위 없이 좋은 곳이다. 멀리 관리사무실이 있기는 하지만 내 목소리가 거기까지 닿을 것 같지는 않다. 굳이 다른 사람의 도움을 받을 생각은 물론 없다.

도전을 받아들이기에 앞서 반드시 지켜야 할 것은 절제와 평정이다. 상대방의 수나 기세에 지레 겁을 먹어서는 안된다. 상대방을 얕잡아보고 우월감에 빠지는 건 더욱 나쁘다. 어떤 전략을 세우든지 그 끝은 완벽한 패배로 이어진다. 상대방의 표정을 읽고 의도를 간파하는 것이 우선이다. 상대가 원하는 것이 단순한 위협인지, 승패를 가를 대결인지. 도전을 받아들일 가치는 있겠는지.

네가 얘 핸폰 훔쳐갔냐?

이윽고 이를 드러낸 앞잡이 녀석. 핸드폰이라고? 모르는 일이다. 녀석들이 원하는 것이 승부를 가리기 위한 대결이 아닌 건 분명해졌다. 복수를 빙자한 누명씌우기. 그렇다면 더더욱 앉아서 당할 수는 없었다.

그런 적 없어.

네가 안 훔쳤으면 얘 핸폰이 어디 갔냐? 그거 훔치려고 일부러 책상 넘어뜨린 거 아냐? 그때 없어졌다는데?

넘어진 책상. 기억났다. 약간 적극적인 방식의 도전. 누군가 느닷없이 건 발. 넘어지면서 붙들었던 책상. 좌르르 쏟아져내린 책과 필기구들. 그때 핸드폰도 있었던가? 그런 건 없었다. 있었다 해도 그깟 핸드폰을 슬쩍할 알리가 아니다.

난 모르는 일이야.

이 새꺄, 모른다고 하면 믿어줄 줄 아냐? 너 말고 가져갈 사람이 어딨겠냐?

덩치가 주먹을 불끈 쥐며 다가섰다.

갑자기 머릿속이 분주해졌다. 방어냐 선제공격이냐. 방어는 공격의 한 방법이 될 수 있지만 어중된 방어는 불공정한 싸움에서 전력소모만 가져다줄 뿐이다. 그렇다면 선제공격. 출구를 마

런하는 것만으로도 일단 성공이다. 발 빠르기만큼은 누구에게
도 뒤지지 않으니 녀석들과 사이를 벌리는 건 문제없다. 하지만
당장의 대결은 피한다 해도 도전장은 끊임없이 날아들 텐데. 억
울한 누명과 함께. 그렇다면 어쩔 수 없이 전면전이다. 이럴 땐
한 녀석을 집중공략해야 한다. 나머지 녀석들의 전의까지 일거
에 무너뜨릴 수 있는 단 한 녀석. 앞잡이 혹은 무리의 우두머리.
일단 코피만 터트리자. 이 위대한 알리에게 도전장을 내민 것이
실수라는 걸 보여주마. 나는 덩치를 쏘아보며 단호하게 말했다.

볼일 끝났으면 길 좀 비켜줘.

죽을라고 용을 쓰는구나, 네가.

아쭈, 이게 지금 누구 앞이라고 까불어, 까불긴!

내 핸폰이나 내놓으시지!

녀석들이 한 발짝 다가서는 만큼 나도 한 발짝 물러선다. 더이
상 물러날 곳이 없다. 가슴이 뛴다. 절제와 평정. 나는 속으로
내 이름을 부른다. 알리, 알리, 알리. 위대한 알리. 빈틈을 노려
야 해. 먼저 치고나갈 적당한 순간. 새처럼 날아서 벌처럼 쏜다.
새처럼 날아서 벌처럼.

잡아!

바로 지금이라고 생각한 순간이었다. 녀석들의 한발 빠른 공
격이 들어온 것은. 새처럼 날아갈 기회는 물건너갔다. 벌처럼
쏠 수도 없었다. 나는 단 한번의 공격도 성공시키지 못하고 두
팔을 부여잡히고 말았다. 복부에 강한 펀치가 들어왔다. 이대로

물러서서는 안돼. 이기고야 말겠다는 강렬한 의지만 있으면…… 하지만 의지와 현실 사이에는 분명한 차이가 존재했다. 주먹질이 이어질수록 의지는 점점 줄어들고 그만큼 승리의 확신은 희박해졌다. 숨이 턱 막혀왔다. 목이 뒤로 꺾였다.

분명히 바지 속에 숨겼을 거야. 벗겨!

덩치가 내 목을 짓누르는 동안 다른 녀석이 내 바지에 손을 대는 것이 느껴졌다. 순식간에 바지가 흘러내렸다. 다리를 꼬고 몸부림을 쳐보지만 헛수고였다. 바지는 어느새 무릎을 벗어나 발목까지 끌어내려졌다. 마지막으로 팬티가 허망하게 벗겨진 순간, 나는 녀석들의 우악스런 손길이 갑자기 멈춘 것을 알아차렸다.

계집애잖어 이거.

계집애 주제에, 어디서 까불고 지랄이야.

너 앞으로 몸조심해! 알써?

가슴팍에 내리꽂히는 발길. 패배자에 대한 마지막 경고. 각자 한마디씩 던진 패거리들이 비열한 웃음소리를 날리며 성급히 사라졌다. 가랑이 사이로 바람 한줄기가 획 지나갔다. 도대체 무슨 일이 일어난 걸까. 내가 계집애여서 문제가 된 적은 단 한 번도 없었다. 다리가 부들부들 떨렸다. 계집애 주제에…… 바지를 추켜올리며 녀석들이 내게 뱉은 말들을 떠올렸다. 어쩐지 녀석들이 서둘러 자리를 피한 것 같다는 생각이 들었다. 왜, 내가 계집애여서?

몸을 움직일 수가 없었다. 그토록 지기 싫었던 대결이 이제는 무의미하게 느껴졌다. 패배의 달콤함이 입 안에 감돌았다. 그것은 방금 전의 현실과는 전혀 다른 일종의 환각과도 같았다. 알리, 위대한 알리. 힘과 정력의 상징. 무하마드 알리. 나는 아버지가 내 이름을 지었던 날의 풍경을 떠올려보았다. 수십번도 더 들은 그날의 풍경.

늦봄 오후였다고 했다. 미용실 의자에 앉은 열두살 소년을 꾸벅꾸벅 졸게 만들 만큼 따사로운 햇살. 간간이 소년의 선잠을 깨우던 이발가위의 차가운 기운. 자꾸만 아래로 떨어지는 머리통을 잡아올려주던 미용사의 야들야들한 손바닥. 향긋하면서도 자극적인 파마약 냄새. 보자기를 머리에 두른 여자들의 왁자한 웃음소리마저 감미로운, 달콤하면서도 노곤한 어느날.

소년은 꿈을 꾸었다. 말을 타고 초원을 달렸다던가. 거대 괴물과 씨름을 하고 있었다던가. 소년을 꿈속에서 끄집어낸 것은 갑자기 은밀해진 여자들의 목소리와, 때마침 목덜미에서 딱 멈춘 차가운 가위 때문이었다. 소년은 눈을 감은 채 여자들의 애기를 엿들었다.

알리가 왔다는 얘기 들었어? 권투선수 온 게 뭐 대단하다고 그러셔? 알리가 온 것보다 중요한 게 있지. 뭐가 중요하신데 그래? 왜 외국에서 유명한 사람들 오면 여배우들 붙여주고 그러잖아. 근데 이번엔 자옥이란다, 자옥이. 누구, 옥자옥? 장윤희가 아니고? 그래 자옥이. 그래서? 그래서는 뭐야. 자옥이 거기가 다 찢어졌다잖아. 진짜? 깜둥이들 거시기가 오죽 커야 말이지. 깜둥이 거시기, 자기가 봤어? 안 본다고 몰라? 알리가 어디 그냥 깜둥이야? 세계챔피언이라고. 주먹 날리듯이 그냥 냅다 꽂아버린 거야. 새처럼 날아서 벌처럼? 왜 자기도 꽂히고 싶으신 거야? 어이구 찢어져도 좋으니 알리 거시기나 함 봐봤음 좋겠다.

음탕한 웃음소리가 미용실을 가득 메웠다. 소년은 자신을 어린애 취급하는 여편네들에게 수치심이 들기도 했지만, 한편으로는 여자들의 얘기를 다 알아들은 자신이 무척 대견스럽기도 했다. 소년은 알리가 찢어놓았다는 자옥이의 거기가 어딘지 충분히 짐작할 수 있었다. 소년은 처음으로 배꼽이 찌릿해지며 무언가 딱딱한 것이 위로 솟구치는 것을 느꼈다. 그 순간 소년은 언젠가 아들을 낳으면 알리라고 이름짓겠다고 마음먹었다. 그리고 자옥이처럼 예쁜 여자를 만나 결혼해서 알리라는 이름의 아들과 함께 미국의 어느 거리에서 살게 될 모습을 상상했다.

나는 알리가 찢어놓았다는 그곳이 나에게도 똑같이 존재한다는 사실을 깨달았다. 그리고 무하마드 알리에게는 있으나 김알리에게는 없는 어떤 것을 생각했다. 녀석들이 내게 각인시키려한 것이 바로 그거였을까. 나는 과연 위대한 알리인가? 힘과 정력의 상징. 알리.

알리는 위대하다,라고 말한 것은 알리 자신이다. 쏘니 리스턴을 물리치고 세계챔피언이 된 알리는 링을 돌면서 '알리는 가장 위대하다'라고 외쳤다. 아버지는 언제나 내 머리를 쓰다듬으며 알리는 위대하다는 말을 되뇌게 했다. 그리고 알리처럼 유머 있는 사람이 되어야 한다는 말도 잊지 않았다.

유머를 잃어서는 안돼, 알리. 알리는 링을 떠나는 순간까지 유머를 잃지 않았어. 알리가 링을 떠나면서 마지막으로 한 말이 뭔지 아니, 알리? '유머 있는 흑인으로, 인간으로 기억되길.' 정말 위대한 말이지? 유머 있는 학생, 유머 있는 아버지, 유머 있는 할머니. 그러니까 너는 이제부터 유머 있는 알리가 되어야 하는 거야.

알리가 한 그 말이 왜 유머 있고 위대한 말인지는 모르겠지만, 나는 정말로 강하고 유머 있는 알리가 되고 싶었다. 하지만 강한 사람이 되는 것은 인내와 약간의 과장으로 얻어질 수 있어도, 유머 있는 사람은 마음먹는다고 되는 것이 아니었다. 지금도 어떻게든 근사하고 유머 있는 말로 이 어리둥절한 대결을 정리해보고 싶었지만 딱히 떠오르는 말이 없었다.

그래도 비겁하게 도망을 치지는 않았잖아. 세 녀석이 한꺼번에 덤벼드는데도 말이야. 계집애처럼 징징 짜지도 않았어. 계집애처럼. 입 안에 씁쓸한 침이 고였다. 갑자기 슬퍼지려고 하잖아. 유머 있는 알리가 될 순 없어도 슬퍼하는 알리가 되어서는 안돼. 나는 자리를 박차고 일어나며 생각했다. 체력을 강화해야 겠어. 적절한 타이밍을 놓친 것은 훈련이 부족해서 그런 거야.

순발력과 리듬감.

후드점퍼를 뒤집어쓰고 팔을 쭉 뻗었다. 그러곤 입으로 바람 소리를 냈다. 쉭쉭. 바람을 가르듯 가볍게 두 팔을 내뻗고 쉭쉭. 고개를 좌우로 흔들며 쉭쉭. 권투의 기본은 제자리뛰기와 줄넘 기다. 리듬감과 균형감을 살리기 위해서는 제자리뛰기만한 것 이 없다. 꿍짝꿍짝. 사분의이박자. 나비처럼 사뿐사뿐, 너무 높 이는 말고, 나비처럼 사뿐사뿐. 몸은 수평이어야 하고, 열중쉬 어 자세를 지키면서, 상체를 숙이고, 발 간격은 너무 벌리지 말 고, 폴짝폴짝.

기분이 좋아졌다. 챔피언벨트가 눈앞에 보이는 듯했다. 나는 폴짝폴짝 뛰며 어린 왕의 무덤을 가로질러 집을 향해 달려가기 시작했다. 사뿐사뿐, 제니가 있는 집으로. 기다려 제니. 위대한 알리가 가고 있어. 아름답고 유머 있는 내 할머니 제니. 꿍짝꿍 짝 쉭쉭. 폴짝폴짝 쉭쉭.

제니는 살짝 겁에 질린 표정을 짓고 있었다. 지금 그녀는 내가 막 들어온 것인지 아니면 문밖으로 나가려는 것인지 헷갈려하 고 있다. 문을 붙잡고 선 내가 누구인지 알아내려고 애를 쓰는 것 같기도 했다. 내 몸짓에 신경을 곤두세우고 실마리를 찾으려 고 좌우로 굴려대는 눈동자. 그녀는 지금 몽롱한 풍경 속에서 헤매는 상태다. 나는 다시 문을 닫고 나가볼까 생각해보았다. 그리고 얼마간 기다렸다가 다시 문을 열며 큰 소리로 외치는 거다. 제니야, 나 왔어! 알리가 왔어! 그러면 지금처럼 겁에 질린 표정을 짓지는 않을 텐데.

그녀는 시도때도없이 멍해지거나 따분해하거나 정신이 오락가락하기도 하지만, 눈물을 짜내거나 약한 모습을 보이지는 않는다. 그녀는 늙었지만 강하다. 그녀가 몽롱한 풍경 속에서 기운을 차리고 걸어나올 때는 그녀가 제니라는 이름을 기억해낼 때다. 그녀가 제니라고 불리던 시절, 화려한 조명 아래서 노래를 부르던 시절, 아름다운 제니에게 수많은 남자들이 꽃다발을 바치던 시절. 제니가 제니인 그 시절에 발을 들여놓는 순간, 그녀는 더이상 늙고 병든 노인네가 아니었다.

제니! 나 왔어, 제니!

나는 제니의 이름을 불렀다. 먼데 있는 사람을 불러세우듯이 큰 소리로. 제니는 호기심어린 눈빛으로 나를 보다가 드디어 수줍은 고갯짓으로 어서 들어오라는 시늉을 했다.

얼굴이 왜 그 모양이야?

동네 애송이 녀석들 기합 좀 주고 왔어. 제니는 뭐 즐거운 일 있어?

어떤 노인네가 들어와서는 자꾸 놀자고 그러지 뭐야. 얼마나 귀찮게 하는지. 노인네 냄새 나서 죽는 줄 알았잖아. 아직도 냄새가 남아 있는 것 같지 않니, 알리? 향수라도 좀 뿌려야 할까봐.

제니는 이럴 때 제일 예쁘다. 싫은 척하면서 뽐낼 때. 샐쭉한 표정으로 자랑을 늘어놓을 때. 제니를 귀찮게 했다는 노인네는 거실벽에 숨은 혼이었다. 제니는 집 안 곳곳에 수많은 혼들이 깃들어 산다고 믿었다. 방문턱과 문짝 창문과 벽과 천장 귀틀에 숨어사는 각기 다른 혼들. 제니는 혼자 있는 대부분의 시간을 집 안의 많은 혼들과 대화를 하며 보낸다.

그냥 좀 놀아주지 그랬어.

늙어빠진 놈이 주제도 모르고 감히 제니한테?

맞아, 감히 제니한테 그러면 안되지.

그런데 알리, 너 얼굴이 왜 그러니?

동네 녀석들 혼 좀 내줬다니까. 도전장을 내밀잖아, 감히 알리한테.

계집애가 그렇게 쌈질하고 다니면 못써. 여자는 제 몸 가꿀 줄 알아야 여잔 거야. 알겠어, 알리?

알았어. 쌈질이 아니라, 애송이들을 좀……

언니, 누가 내 코티 분을 훔쳐갔나봐. 그것 좀 찾아줘, 응?

제니 시절에서의 갑작스런 추방. 제니의 눈동자가 흐려졌다. 다시 몽롱한 풍경 속에서 헷갈려하며 보내게 될 제니. 나는 제니가 영원히 제니로만 살았으면 좋겠다. 명랑하고 유머 넘치고 자신만만한 제니로.

제니, 목욕할래? 목욕하는 거 좋아하잖아. 내가 마싸지도 해줄게, 제니.

마싸지?

그녀의 눈이 즉각적인 반응을 보였다. 나는 언제까지라도 그녀가 제니임을 상기시켜줄 것이다. 그녀를 제니이게 만드는 강력한 주문, 제니.

그래, 제니. 내가 목욕시켜줄게, 제니.

꿀하고 계란노른자 섞어서 해줄 거야?

물론이지, 제니. 욕조에 물 받을 테니까 좀 기다려. 알았지, 제니?

거품도 풀어줄 거지? 비비안 리처럼.

당연하지, 제니.

제니는 고개를 모로 꺾으며 수줍게 웃었다.

욕조에 뜨거운 물을 받으며 샤워용 젤을 듬뿍 풀어넣었다. 욕실의 반을 차지한 반신욕조는 공중목욕탕까지 갈 기운이 없는 제니를 위해 고모가 들여놓은 것이었다. 우아한 곡선을 가진 상아색 욕조. 제니를 제니이게 만드는 또다른 주문.

계란노른자 두 개, 꿀 대신 흑설탕 녹인 물, 그리고 바디오일 듬뿍. 계란노른자는 영양공급에, 흑설탕은 각질제거에, 바디오일은 푸석해진 피부에 윤기를 주는 데 좋다. 이걸 알려준 고모는 며칠째 집에 들어오지 않고 있다. 또 시답잖은 남자와 사랑에 빠져버린 것은 아닌지.

고모가 사랑에 빠지는 것은 짠맛 때문이었다. 그 짠맛이라는 게 그냥 짠맛이 아니라 기름 냄새나 아스팔트 냄새나 흙냄새를 포함한 땀맛과 같은 것이어서, 고모가 사랑에 빠지는 남자들은

하나같이 공사장의 인부이거나 특수장비차량 기사거나 막노동
꾼이 대부분이었다. 고모가 처음 사랑에 빠진 것은 도로포장을
하는 롤러기사였다. 아스콘 냄새에 이끌려 공사현장으로 간 고
모는 진동롤러가 지나갈 때마다 울퉁불퉁한 아스콘이 단단하고
편편하게 펴지는 걸 보았다. 롤러를 다루던 기사의 목덜미에 흐
르는 땀을 보는 순간, 고모는 입에 짠맛이 감돌고 가슴이 뛰고
어지럼증을 느꼈다. 그러곤 사랑에 빠졌다. 고모는 무작정 그
남자를 따라나섰고, 육개월 뒤에 멍자국을 지우지도 못한 채 집
으로 돌아왔다. 그후로도 고모는 비계에 매달린 남자나 철근을
자르던 인부나 포클레인 기사 같은 사람들과 비슷비슷한 사랑
에 빠졌다.

　나는 왜 고모같이 예쁘고 똑똑한 여자가 그런 남자들과 사랑
에 빠져야만 하는지 이해할 수가 없었다. 사랑에 빠지는 건 그
렇다 쳐도 그냥 사랑만 할 것이지 왜 꼭 살림까지 차렸다가 끝
장을 봐야 하는지는 더 이해할 수 없는 노릇이었다. 고모는 국
제회의 같은 중요한 행사에 통역을 담당하는 동시통역사였다.
고모 같은 여자라면 장래가 촉망되고 윤택한 삶을 보장하는 남
자와 결혼해서 잘살 수 있을 텐데.

　제니, 그 얘기 해줘. 제니가 노래 부르던 때 얘기.

　퀸스쌀롱?

　그래, 제니. 쌀롱에서 노래 부르던 제니 말이야.

　아무한테나 안 불러주는 노래야.

제니가 눈을 감고 노래를 부르기 시작했다. 노래도 좋지만 나는 제니의 얘기를 듣는 게 더 좋다. 내 아버지의 아버지가 준 커다란 알반지와, 제니를 사이에 두고 두 남자가 벌인 주먹다짐과, 고모의 아버지를 만나 '제니의 미용실'을 차리게 된 얘기들. 나는 끊어질 듯 이어지는 제니의 노랫소리를 들으며, 타조깃털 장식의 원피스를 입고 노래를 부르는 제니의 모습을 상상했다. 은밀한 조명과 감미로운 목소리와 아슬아슬한 몸짓. 제니를 넋 놓고 바라보는 사람들의 시선과 환호소리.

제니의 노랫소리가 멈추었다. 제니는 옹알이를 하듯 입술을 모은 채 잠이 들었다. 이렇게 잠이 들면 한기가 들 텐데. 마싸지도 아직 다 못 끝냈는데. 그때 내 눈에 제니의 엉덩이에 선명하게 새겨진 푸른 멍자국이 보였다. 나는 제니의 몸을 흔들며 소리를 질렀다.

그런데 제니, 어디서 부딪히기라도 한 거야? 여기 엉덩이에 멍이 들었어. 제니야, 일어나봐, 어서! 제니야, 여기 엉덩이에 멍이 있다구!

알리, 그건 몽고반점이잖아.

몽고반점?

그래, 삼신할매가 빨리 나가라고 때린 자국.

삼신할머니가? 난 그런 거 없는데?

그건 애기 때 있다가 없어지는 거야.

근데 제니는 왜 있어?

내가 애기니까 있는 거지. 알리야, 나 졸려.

더이상 버틸 힘이 없는 모양이었다. 자꾸만 주저앉으려는 제니를 일으켜세워 겨우 몸을 헹구고 옷을 입혀주었다. 결국 제니는 저녁밥도 못 먹고 자리에 누웠다. 온몸이 뻐근하게 당겨왔다. 낮에 있었던 허망한 대결이 떠올랐다. 녀석들이 마지막으로 내뱉은 말들도. 아랫도리를 드러낸 채 당한 발길질도. 나도 따라 누워 제니의 등에 몸을 바짝 붙였다.

제니, 자는 거야?

제니는 대답이 없었다. 제니의 목소리가 듣고 싶었다. 어린애처럼 종알종알 떠들어대는 제니의 가냘픈 음성. 제니의 얘기를 듣다보면 나도 제니처럼 우쭐해져서 행복해지는데.

제니 정말 자는 거야? 그럼 이번엔 내가 얘기해줄까? 정글의 혈전 얘기 말이야.

나는 제니의 등 한가득 사각형을 그렸다. 그리고 가운데에 점 두 개를 콕콕 찍었다. 이건 무하마드 알리야, 제니. 서른두살의 늙은 알리. 그리고 이건 스물네살의 망치주먹 죠지 포먼이야. 사람들이 외치고 있어. 알리! 어서 춤을 보여줘. 그 춤을 춰! 그 춤 알지, 제니? 나비처럼 날아다니는 알리의 댄씽. 일 라운드는 제법 팽팽한 경기였어. 날아다니는 알리와 돌진하는 포먼. 누가 승리자가 될지는 아무도 예측할 수 없어. 제니, 내 얘기 듣고 있지? 이제 이 라운드가 시작될 거야. 자, 종이 울렸습다. 과연 포먼의 해머펀치를 알리가 피할 수 있을까요. 아, 알리가 구석에 몰리기 시작함다. 로프로 몰리는 알리. 공격할 생각을 안함다. 계속해서 펀치를 날리는 포먼. 알리의 댄싱은 찾아볼 수가 없군요. 정말 늙은 나비가 되어버린 걸까요. 말씀드리는 사이, 포먼의 일방적인 공격으로 이 라운드가 끝났습니다. 아무래도 포먼의 압승이 전망되는데요? 어떻게 생각하십니까? 제니?

기척이 느껴지지 않았다. 나는 얼른 귀를 코에 대고 숨소리를 들었다. 언제부턴가 나는 제니의 숨소리를 확인해야만 안심이 되곤 했다. 이불을 잘 덮어주고 다시 제니 옆에 누워 눈을 감았다. 눈을 감자 사각 링이 펼쳐지고 로프에 몰린 알리가 보였다. 제니한테 다 들려줘야 하는데. 칠 라운드까지 맞기만 하던 알리가 어떻게 팔 라운드에서 멋지게 다운을 시키는지. 레프트 훅, 라이트 스트레이트. 그런데 어쩌나 이제 이 라운드를 마쳤을 뿐인데. 나도 졸려, 제니.

꿈속에서도 알리와 포먼은 여전히 혈전을 벌이고 있었다. 혈전이라기보다는 포먼의 일방적인 공격이었다. 알리는 그 멋진 라이트 스트레이트 한방 날리지 못하고 로프에만 기댄 채 몸을 숙이고 있었다. 거대한 체구의 포먼은 해머펀치를 날렸다. 나는 어서 시간이 흘러 알리가 두 팔을 번쩍 들고 알리의 위대한 승리를 세상에 알리기만을 바랐다. 나는 링 밖에 서서 끊임없이 알리의 이름을 불렀다. 하지만 시간은 더디게 흘렀고, 알리는 로프에서 벗어나지 못했다. 알리의 상체가 로프 밖으로 젖혀지며 고개가 꺾였다. 그 순간 알리의 몸을 버티고 있던 로프가 늘어지면서 알리의 몸뚱이를 감기 시작했다. 알리는 사지를 늘어뜨린 채 가만히 당하고만 있었다. 줄에 둘둘 말린 알리는 꼭 나방고치 같았다. 나는 링 밖에 서서 계속해서 알리의 이름을 불렀다. 알리, 어서 일어나. 알리, 어서 나비처럼 춤을 춰야지, 알리.

나는 알리를 부르며 잠에서 깨어났다. 누군가 내 이름을 부르고 있었다. 알리. 제니. 고모 목소리가 이렇게까지 반가운 적은 없었다.

알리? 이렇게 일찍부터 자는 거야? 저녁 같이 먹으려고 맛있는 거 많이 사왔는데.

나는 문턱을 밟고 서서 고모를 바라보았다. 고모는 이리저리 움직이며 음식을 차려놓느라 부산했다. 고모는 정말 사랑에 빠진 모양이다. 고모의 들뜬 목소리와 빛나는 눈동자가 그걸 증명하고 있었다. 어떤 생각에 사로잡혀 어수선하기도 하고, 뒤꿈치가 살짝 들린 듯한 걸음걸이도 그렇고. 사랑에 빠졌으니 고모가 짐을 싸서 집을 나가게 될 날도 멀지 않은 것 같다.

또 사랑에 빠진 거야, 고모?

여우 같은 계집애, 그걸 어떻게 알았어?

매번 당하고 들어오면서 왜 그러는 거야, 고모같이 예쁜 여자가, 뭐가 아쉬워서.

알리, 꼭 어른처럼 잔소리를 하는구나. 넌 아직 어린애야. 좀 어린애답게 살 수 없니?

날 좀 어린애답게 살게 해줄 순 없어?

나는 그녀가 내게 원하는 것이 잔소리가 아님을 잘 안다. 그녀가 원하는 것은 동조였다. 그녀의 행복을 함께 나눌 진정한 동료. 조금쯤 시기하며 조금쯤 부러워해주는 여자친구. 걱정하거나 금지하거나 방해하는 어머니의 역할을 원하는 것이 아니었다.

그렇게만 서 있지 말고 어서 와서 좀 먹어. 너 좋아하는 피자도 사왔어.

집은 나가지 마. 제니가 정신을 놓을 때가 많아졌어. 오늘도 목욕하는데 잠들었단 말이야. 그러다가 제니가 다치기라도 하면.

오늘도 거품목욕했니? 다 늙어빠져서 무슨 비비안 리라니. 알았어, 그런 일은 없을 거니까, 걱정 마. 넌 걱정이 너무 많아서 걱정이야. 그런데 알리 네 얼굴은 왜 그래? 너야말로 또 싸움에 빠진 거야?

고모가 얼굴을 바싹 들이댔다. 그러고는 오래 헤어진 혈육을 만난 사람처럼 두 손으로 내 양볼을 감싸쥐고 바라보았다. 한참을 그렇게 내 얼굴을 샅샅이 훑어보던 고모는 무슨 중대한 발견이라도 한 듯 고개를 끄덕이며 말했다.

넌 정말 예쁜 처녀애가 되겠구나. 크면 정말 예쁘겠어. 가무잡잡한 게 어쩐지 소년 같기도 하고. 요즘엔 백짓장처럼 하얀 피부보다는 좀 까만 피부가 인기거든. 넌 예쁜 여자가 될 거야. 그러니까 얼굴 같은 덴 상처내지 마, 알았지?

난 위대한 복서가 되고 싶은걸? 무하마드 알리처럼!

위대하긴 뭐가 위대해. 하도 맞아서 사지를 덜덜 떠는 노인 네가.

고모가 그렇게 말하면 안돼. 제니도 사지를 떠는데.

무하마드는 놀림거리야. 원숭이 몰라? 검은 원숭이! 옛날에는 어땠는지 모르겠지만, 지금은 아주 형편없다구. 몇번 말해야 알아들어! 오빠가 네 이름을 알리라고 짓겠다고 했을 때 끝까지 반대해야 했어. 이렇게 작고 예쁜 애한테 알리는 뭐고 복서는 뭐야, 도대체.

그래도 알리는 위대해!

나는 고모에게 곧 덤벼들 자세로 몸을 내밀었다. 하지만 내가 어떤 위협을 해도 알리에 대한 고모의 생각을 바꿀 수 없다는 건 분명했다. 애틀랜타에서 무하마드 알리가 성화점화자로 힘겨운 발을 내딛고 있을 때, 나도 엄마의 자궁에서 가까스로 빠져나왔다. 고모는 그 사실을 두고 알리의 죽음과 새로운 알리의 탄생이라고 표현하곤 했다. 올림픽 성화점화자로 나선 것이 왜 '죽음'을 의미하는지는 알 수 없지만, 새로운 알리가 탄생한 것만큼은 분명했다. 고모는 이어서 베트남과 아프가니스탄 전쟁을 운운했다. 베트남전 참전 반대로 챔피언 타이틀까지 몰수당했던 그가 아프가니스탄 침공 홍보에 나선다는 것은 말이 안된다고 매몰차게 말했다. 그 두 나라가 어떤 상관관계에 있는지 나는 모른다. 어떤 전쟁에는 반대를 하고 어떤 전쟁에는 찬성을 할 수도 있는 일이 아닌가. 하지만 전쟁은 무슨 이유로든 합당하지 않다는 고모의 말도 일리가 있기는 했다.

알리가 정말 위대한 건 왠지 아니, 알리? 알리가 위대한 건 말이야, 심장을 쏘았기 때문이야. 아메리카의 심장을. 심장을 쏘지 않는 알리는 그래서 위대하지 않은 거야.

고모는 검지로 내 가슴 한가운데를 짚었다. 고모의 손가락이 가슴에 닿았을 때 나는 심장이 뛰는 것을 느꼈다. 나는 그것이 고모가 알리의 위대함을 인정했기 때문이라고 생각했다.

그런데 고모, 고모도 몽고반점 있어? 제니 엉덩이에 멍이 들어 있는데, 뭐 안 좋은 일은 아닌가 싶어서. 제니는 그게 몽고반점이라고 하는 거야. 삼신할매 어쩌구 하면서. 워낙 요즘에 정신이 왔다갔다해서 믿을 수가 있어야지.

몽고족 피가 섞여서 그런 거야. 보통은 아기 때 잠깐 있다가 없어지는데, 평생 가지고 있는 사람도 있대. 제니가 그런가?

몽고족? 그럼 우리가 몽고민족이야?

우리가 무슨 족이지? 한민족인가? 몽고족도 있고, 한민족도 있고, 그렇지 않겠어? 그게 무슨 상관이야.

고모는 대부분의 농촌 총각들이 베트남 여자와 결혼하는 마당에 우리가 무슨 민족인지가 뭐가 중요하냐고 말했다. 그리고 몽고족이 우리나라를 침입했던 때 얼마나 많은 이 땅의 아녀자들이 몽고족의 아이를 가졌는지도 얘기했다. 나는 어릴 적 내 엉덩이에도 몽고반점이 있었는지 묻고 싶었다. 하지만 고모는 때마침 걸려온 전화를 받기 위해 제 방으로 들어가더니 문을 꼭

잠가버렸다. 나는 닫힌 문을 바라보며 내 입에서 너무나 자연스럽게 흘러나온 '우리'라는 말에 대해 생각했다.

제니가 죽었다. 우아한 곡선의 상아색 욕조에 누워서. 온갖 향수와 바디오일과 거품제와 목욕소금을 다 털어넣고서. 머릿수건을 멋지게 두르고 두 손을 욕조 밖으로 우아하게 내밀고서. 입가에 살짝 미소까지 띄우고서. 내가 제니를 발견했을 때 욕조의 물은 아직 온기가 남아 있었다. 따뜻한 욕조 속에 누운 제니는 아주 평화롭고 행복해 보였다.

드디어 이단뛰기에 성공했다는 사실을 제니에게 알려주려 달려온 참이었다. 내가 아이들에게 처음으로 맞고 들어온 날, 아버지는 나무 손잡이에 알리라는 이름을 새겨넣은 흰색 줄넘기 하나를 선물해주었다. 내 손에 줄넘기를 쥐여주면서 아버지는 권투의 기본은 제자리뛰기라고 몇번을 강조했다. 그리고 이단뛰기와 엇갈려뛰기를 조합한 솔개뛰기 시범을 보여주었다. 아버지가 줄을 돌리자 정말 솔개가 바람을 가르는 듯한 소리가 났다. 아버지가 가르쳐준 대로 양손으로 넓적다리 옆을 두들기면서 연습을 해보았지만, 이단뛰기의 장벽은 넘어서기가 힘들었다. 그런데 어느 순간, 그야말로 어느 순간 자연스럽게 두 바퀴의 줄이 내 발을 스쳐지나가는 것이었다. 미심쩍은 마음에 다시한번 뛰어보았어도 마찬가지였다. 줄넘기도 자전거타기와 비슷해서 한번 그 방식을 몸이 이해하면 죽을 때까지 기억한다고 아버지가 말했는데, 그 말이 정말이었다. 일단 이단뛰기에 성공했으니 이제 솔개뛰기나 송골매뛰기도 가능할 것이었다. 멋지게 이단뛰기를 하는 알리를 가장 먼저 제니에게 보여주고 싶었다.

평소대로 놀이터에서 무덤가를 가로질러 집으로 갔다면 제니가 죽기 전에 집에 도착했을지도 모를 일이었다. 허망한 대결이 있던 날부터 나는 무덤 근처는 가지 않았다. 그곳을 생각하면 훤히 드러났던 아랫도리가 떠올랐고, 그때마다 매서운 바람이 가랑이 사이를 지나가며 아릿한 통증을 남기곤 했다.

고모는 제니가 꼭 제니처럼 죽었다고 말했다. 제니의 시신을 병원으로 옮기고 관에 넣을 때까지도 제니에게서는 향기로운 냄새가 났다. 나중에 유골함을 받아들었을 때도 그 냄새는 사라지지 않았다. 고모 말대로 정말 제니다운 죽음이었다.

고모와 나는 제니에게 수의 대신 멋진 벨벳 드레스를 입혀주기로 했다. 여러가지 색깔의 작은 유리알들이 촘촘히 박힌 아름다운 드레스였다. 염과 입관을 담당하는 사람들이 그러면 안되는 법이라고 펄쩍 뛰었지만, 고모와 나는 아랑곳하지 않았다. 그러면 제니가 너무 늙어 보이잖아. 내가 말하자 고모가 미소지으며 고개를 끄덕였다.

장례식장에는 인종박람회장을 연상시킬 정도로 다양한 나라 사람들이 다녀갔다. 대부분 고모가 그동안 일을 하며 만나온 사람들이었다. 그들은 저마다의 방식으로 조의를 표했는데, 어디 붙었는지도 알 수 없는 작은 나라의 대사관 직원은 고모의 발에 입을 맞추었고, 눈이 초록색인 어떤 남자는 '우리'가 하는 대로 향을 올리고 절을 하기는 했지만 엉덩이를 너무 쳐드는 바람에 웃음을 사기도 했다. 그렇게 많은 사람들이 다녀갔지만, 고모가 한때 살림을 차렸거나 사랑에 빠졌던 남자들은 단 한명도 오지 않았다. 나는 조문객의 행색을 살피며 지금 고모가 사랑에 빠진 남자가 누구일까 점쳐보기도 했다. 하지만 아무리 코를 벌름거려봐도 짠내가 나는 남자는 찾을 수가 없었다.

모든 장례절차를 마친 후, 고모와 나는 제니의 유골함을 가운데 두고 앉아 제니가 좋아할 만한 곳이 어딜까를 생각했다. 고모는 예전에 가족 모두가 함께 나들이를 갔던 호수는 어떻겠느냐고 했다. 근사한 이십층짜리 콘도가 있고, 그 주변으로 버섯 모양의 별장들이 늘어서 있는 아름다운 호숫가 리조트. 야외수영장에서 일광욕도 하고 미끄럼도 탔다는 곳. 고모는 보트를 타고 나가 제니를 뿌려준 다음, 맛있는 것도 먹고, 제니와 함께 하룻밤을 보내는 것이 어떻겠느냐고 했다. 내가 너무 어릴 때라 기억나지는 않았지만 제니가 목욕을 좋아했으니 호수도 괜찮겠다고 생각했다. 제니를 안고 아름다운 호숫가 리조트로 향했다.

고모의 기억 속에 남아 있던 아름다운 호숫가 리조트는 없었다. 낡고 더러운 이십층짜리 건물만이 예전의 모습을 가까스로 기억하고 있을 뿐이었다. 늑골을 드러낸 채 방치된 별장들하며, 쓰레기로 가득 찬 야외수영장하며, 콘도 옆에 쌓인 폐자재들까지. 아름다운 리조트가 아니라 불쾌하고 음산하고 을씨년스러운 한물간 리조트일 뿐이었다. 고모는 추억을 송두리째 도둑맞은 기분이라며 투덜거렸다. 나는 괜히 이곳저곳을 두리번거리며 건물폐자재 같은 걸 발로 차고 다녔다. 결국 고모와 나는 호수 가장자리에 자리를 잡고 앉았다.

우리는 오래침묵하기 시합이라도 벌이는 사람들처럼 고집스럽게 입을 다물고 앉아 있었다. 고모는 무릎에 고개를 묻고 땅바닥에 뭔가를 끼적이다가 가끔 호수의 어느 지점을 쏘아보곤 했다. 나는 제니의 유골함만 만지작거렸다. 먼저 침묵을 깬 것은 고모였다.

왜 그런 사랑만 하냐고 물었지?

고모는 여전히 시선을 호수에 둔 채 말을 이었다.

뭐랄까, 죄의식 비슷한 게 있어. 옛날엔 네 아버지가 그렇게 창피하더라. 나랑 피부색이 다른 것도 그렇고, 권투한답시고 껄렁껄렁하게 다니는 것도 그렇고. 나는 기를 쓰고 공부를 하는데, 오빠는 제니 탓만 하면서 아무 노력도 안하잖아. 길거리에서 우연히 만나기라도 하면 고개를 숙이고 외면해버리곤 했어. 그런데 어느날 놀이터 근처를 지나가는데 한무리의 사내들이 휘파람을 불면서 희롱을 하는 거야. 거기 오빠도 있었어. 그 천박하고 구질구질한 녀석들하고. 그날 저녁 술에 취해 들어온 오빠한테 세숫대야를 집어던지며 꺼져버리라고 악을 썼지. 난 제니처럼도 오빠처럼도 살고 싶지 않았어. 그래서 기를 쓰고 공부만 했어. 그런데 내가 인생에 별 거리낌 없이 살아갈수록 더 유능해질수록 불안해지는 거야. 그런데 땀냄새나 기름 냄새 같은 걸 맡으면 그 불안감이 싹 사라지더란 말이지. 나를 거칠게 대하고 더 천박하게 굴수록 말이야.

나는 고모에게 죄의식 같은 건 가질 필요 없다고 말해주고 싶었다. 그리고 아버지가 잘 풀리지 않은 게 고모 탓은 아니었다고도 분명히 말해주고 싶었다. 흑인 피가 섞인 곱슬머리 남자에게 세상은 그리 호락호락하지 않다는 것은 아버지가 더 잘 알고 있었을 것이다. 그래서 아버지는 복서가 되기로 마음먹었는지도 몰랐다. 하지만 권투의 세계도 그리 만만한 게 아니었다. 제자리뛰기와 줄넘기만 수년을 한 아버지는 유망주의 스파링 상대역만 십년을 하고 도장을 나왔다.

나는 아버지에게도 알리 같은 이름이 있었다면 삶이 조금 달랐을 거라고 생각한다. 아버지가 내게 알리라는 이름을 주었듯 제니도 아버지에게 뭔가 특별한 이름을 주었어야 했다. 아니면 아버지 스스로 이름을 바꾸어 살든가. 클레어가 무하마드 알리라고 이름을 바꾼 것처럼. 고모가 제시카 킴이라는 명함을 갖고 사는 것처럼.

오빠는 제니가 죽은 걸 알까?

고모가 고개를 푹 꺾으며 혼잣말을 했다.

아버지가 말없이 사라진 지 삼년이 지났다. 그동안 아버지에게서는 어떤 기별도 없었다. 나쁜 소문이나 비극적인 소식이 들려오지도 않았다. 하지만 나는 아버지에게 일어날 수 있는 어떤 나쁜 일도 염두에 두지 않는다. 아버지는 지금 미국에 있다. 아버지의 아버지를 만나 미국의 어느 거리를 걷고 있는지도 모른다. 어쩌면 위대한 알리를 만나 미국의 심장을 향해 주먹질할 계획을 꾸미고 있을지도. 아버지가 이 땅에 있었다면 제니의 죽음을 알았을 테니까. 제니가 좋아하는 장미꽃 한다발을 들고 한 걸음에 달려왔을 테니까.

고모는 말이 없었다. 침묵하다보면 슬픔도 뒤따라온다. 나는 어떻게든 고모의 침묵을 깨주고 싶었다. 이럴 때 줄넘기가 있으면 내가 이단뛰기 시범을 보여줄 수도 있는데. 슬퍼지려 할 때 줄넘기를 하면 기분이 좋아지는데. 어떻게든 고모를 침묵 속에서 끄집어내야만 했다.

고모, 물어볼 게 있는데 말이야.

응, 물어봐.

고모는 거기에 언제 털이 났어? 기억나?

알리, 너 초경했니?

고모는 꺅 소리를 지르며 나를 덥석 끌어안았다.

말을 하지 그랬어! 멋지게 축하파티 해줬을 텐데.

고모는 정말 날 어린애 취급하는 거야? 생리 시작한 지가 언젠데. 내가 물어보고 싶은 건 거기에 털이 어떻게 났는지 기억하냐는 거야!

어떻게 나긴 어떻게 나. 그냥 났지.

그냥 나는 게 어덨어. 이것도 그냥 한꺼번에 짠 하고 나타나는 건 아닐 거 아냐. 새싹처럼 조금씩조금씩 자라나는 거 아니겠어? 그런데 어제 보니까 거기 털이 까맣게 나 있는 거야.

그렇……겠지? 그러고 보니까 처음 생리가 터진 날은 기억이 나는데, 언제 처음 거기 털을 봤는지는 기억이 안 난다. 가운데서부터 났는지, 가장자리부터 났는지, 처음부터 이렇게 새까맸는지.

왜 내 몸에서 새싹처럼 돋아난 털이 쑥쑥 자라 까맣게 되는 걸 눈치채지 못했을까?

그러게. 생각해보니 그땐 그게 참 부끄러웠던 것 같네. 남자애들은 그 나이 때 누가 털이 많이 났나, 누구 털이 까맣고 긴가, 그런 내기도 했다고들 하는데. 여자들은 왜 그런 걸 모르고 살았는지 몰라. 그런데 알리, 너 정말 어른 다 됐구나?

알리는 위대하잖아.

나는 어깨를 으쓱였다. 그때 고모가 갑자기 젖가슴은 얼마나 컸는지 확인하자며 간지럼을 태웠다. 나는 누가 털이 더 새카만지 보자며 고모의 옷을 잡아끌었다. 고모와 나는 서로의 몸을 비비고 간지럼태우며 한바탕 신나게 웃었다. 눈물이 다 날 지경이었다.

아무래도 제니가 여길 좋아할 것 같지는 않아, 고모.

그러게. 콘도 예약해놨는데, 여기서 하루 자고 가야 할까?

여기 있다간 산 사람도 죽고 싶어질 거 같아. 안 그래, 고모?

제니, 이제 좀 나와봐. 나와서 노래 좀 불러주지.

장롱문을 활짝 열며 제니를 불렀다. 제니는 대답이 없었다. 집 안에 깃든 다른 혼들과 노느라고 바쁘기라도 한지 도통 모습을 보이지 않는다.

혹시 그 냄새나는 노인네랑 사랑에 빠진 거 아냐? 그럼 정말 실망이다, 제니?

나는 장롱문을 툭툭 치며 소리를 질렀다. 오늘도 제니를 보기는 그른 모양이다. 나는 제니가 가장 좋아할 곳은 퇴락한 호숫가 유원지가 아니라 바로 제니가 살았던 집이라고 생각했다. 햇살이 잘 드는 거실 한편. 혹은 극세사 침구쎄트가 깔린 안방 침대. 혹은 오래된 화장대나 우아한 곡선의 상아색 욕조. 제니는 지금 장롱 안에 들어 있다. 장롱은 이 집에서 가장 오래된 물건이다. 나는 때때로 장롱문을 활짝 열어놓고, 검은 벨벳 드레스를 입은 제니가 노래를 불러주길 기다리곤 한다. 어떨 땐 내가 부르지 않아도 제니가 먼저 장롱문을 열고 나와 노래를 불러주기도 하지만, 어떨 땐 이렇게 몇번을 불러대도 얼굴조차 내밀지 않는다. 그래도 나는 섭섭하지 않다. 어쨌든 장롱문을 열면 향기로운 제니의 냄새를 맡을 수 있으니까.

고모는 파키스탄에서 온 어떤 남자와 사랑에 빠졌다. 사랑에 빠지긴 했지만 집을 나가지는 않았다. 고모가 집을 나가는 대신 그 남자가 집으로 들어왔다. 고모가 남자를 집으로 데려온 것은 처음 있는 일이었다. 그 남자에게서는 소금 냄새가 많이 났다. 고모는 지금 그 남자와 함께 결혼식을 올리기 위해 파키스탄에 있다. 나는 고모가 머리에 흰 두건 같은 걸 쓰고 돌아올까봐 걱정이 되었다. 고모도 걱정이지만 고모와 그 파키스탄 남자 사이에서 태어날 아이를 생각하면 더 걱정이었다. 고모는 그런 내 생각을 다 알고 있다는 듯 눈을 찡긋하며 말했다.

또 잔소리를 시작하려고 입술이 움찔거리는구나. 걱정 마, 알리. 우리에겐 알리라는 이름이 있잖아, 안 그래?

나는 알리라는 이름 앞에서 아무 말도 할 수가 없었다.

제니야, 어쩌면 알리라는 이름의 손자가 또 생길지도 몰라. 김 알리와 또, 무슨 알리더라. 좀 어려워서 못 외우겠어. 그건 나중에 제니가 직접 물어봐. 잠깐 나갔다 올 테니까, 돌아오면 꼭 노래해줘야 해, 제니, 알았지?

나는 장롱문을 활짝 열어둔 채 밖으로 나왔다. 나는 지금 줄넘기를 사러 간다. 손잡이가 나무로 된 줄넘기를 사야지. 그래야 이름을 적어넣을 수 있으니까.

요즘에 내가 연습하고 있는 것은 솔개뛰기이다. 이단뛰기는 성공했지만, 이어서 엇갈렸다 풀기를 반복하는 것이 어려워 솔개뛰기를 완성시킬 수가 없다. 언제쯤 슈욱슉 바람을 가르는 솔개의 날갯짓 소리가 날 것인가. 솔개뛰기를 하고 나면 삼단뛰기와 사단뛰기도 할 수 있을 것이다. 그리고 언젠가는 더블더치도 할 수 있을 것이다. 더블더치를 하려면 두 개의 줄넘기와 적어도 세 사람이 필요하다. 그래서 지금 줄넘기를 하나 더 사러 가는 것이다. 줄넘기를 사면 손잡이에 더블더치를 할 '우리'의 이름을 또박또박 적어넣어야지. 나는 지금 '우리'를 만나러 간다.

내가 데려다줄게

내 죽음이 진실을 대신하리라. 사내는 마침표를 찍으며 '진실을 밝히리라'가 낫겠다는 생각을 잠깐 했다. 하지만 그저 스치는 생각일 뿐이었다. 사내는 망설임 없이 제 이름을 적은 다음, 각을 맞춰 두 번 접은 종이를 양복 윗주머니에 넣었다.

차창 밖으로는 아무것도 보이지 않았다. 헤드라이트를 받아 더욱 농밀해진 안개 입자들만 느릿느릿 떠다니고 있었다. 기분 나쁘게 음산한 움직임이었다. 사내는 차에서 나와 안개 속에 섰다. 안개에서 어쩐지 햇솜 냄새가 나는 것 같았다. 안개 너머 어딘가 숨소리를 지켜보는 속광(屬纊)의 눈초리가 숨어 있는지도 몰랐다. 사내는 살아 있는 것을 들키지 않으려는 사람처럼 호흡을 딱 멈춘 채 가만히 서 있었다.

사내는 자신이 서 있는 곳이 어디인지 가늠해보았다. 애초에 생각한 곳은 분명 아니었다. 휴식처가 필요했을 뿐이었다. 사내를 둘러싼 의혹과 질책을 피해 당분간 숨을 수만 있으면 되었다. 유서를 쓰겠다는 생각은 털끝만큼도 없었다. 하지만 차가 비포장도로를 달리다 막다른 곳에 이르렀을 때, 마침 안개가 걷히며 거대한 늪이 모습을 드러냈을 때, 사내는 저도 모르게 펜과 종이를 찾아 진실을 대신할 짧은 유서를 쓰게 된 것이었다.

모든 게 안개 때문이었다. 동으로 남으로 방향을 바꿔가며 운전을 하는 동안 안개는 기습적인 테러를 감행하곤 했다. 국도를 벗어나 낯선 길을 헤매다 결국 도착한 곳은 끝이 보이지 않는 거대한 습지였다. 사내는 안개를 따라 안개의 중심으로 온 것이었다.

늪을 마주한 사내는 한밤중에 상복 입은 여자와 홀로 맞닥뜨린 사람처럼 당혹스럽고 무서웠다. 하지만 시간이 흐르자 온몸이 노곤하게 풀리면서 편안함을 되찾았다. 어머니 품에 안긴 젖먹이 어린애처럼 아무 걱정도 들지 않았다. 안개 속에서 스윽슥, 치마 끌리는 소리가 들리는 듯했다. 사내는 그 소리를 따라 어디든지 갈 수 있을 것 같았다.

사내는 옷을 벗기 시작했다. 양복 윗도리를 벗어 반듯하게 개켜놓은 다음, 넥타이와 와이셔츠와 바지를 차례로 벗어 그 위에 올려놓았다. 구두와 양말까지 벗어 옷가지들 옆에 가지런히 놓고 마지막으로 팬티를 벗었다. 사내는 벗어놓은 옷가지들과 아직 온기가 가시지 않은 팬티를 번갈아보았다. 운전석에 얌전히 놓인 옷가지들은 지금 막 벗은 것이 아니라 사내를 위해 누군가 새로 준비해놓은 것처럼 말끔했다. 사내는 단정하게 개어놓은 옷 위에 팬티를 놓기가 꺼려지기도 했고, 또 지금 가야 할 길이 저승길이라면 팬티 한장 정도는 가져가도 되겠다 싶기도 했다. 사내는 팬티를 손에 꼭 쥐었다.

날이 밝아오고 있었다. 사내는 안개 너머 늪의 어느 지점을 쏘아보았다. 가늠할 수도 가늠되지도 않는 거리였다. 사내는 팔을 쭉 뻗어 손에 쥔 팬티를 허공에 대고 흔들기 시작했다. 초혼을 하는 사람처럼 펄럭펄럭 소리를 내며 힘차게 휘저었다. 지금 막 육신을 떠난 어떤 혼들이 사내의 부름에 응답해올 것만 같았다. 아니면 곧 떠나게 될 자신의 육체에 마지막 작별을 고하는 것인지도 몰랐다.

바람이 불었다. 안개가 저만치 물러가면서 늪이 드러났다. 사내는 늪을 향해 한 발짝 가까이 다가섰다. 늪의 한자락이 사내의 발등을 적셨다. 개구리풀이 떠 있는 물은 융단처럼 보드랍고 따뜻했다. 사내는 연둣빛 융단에 발을 집어넣었다. 그리고 늪의 심부를 향해 천천히 걸어가기 시작했다.

보드라운 흙이 발가락 사이를 빠져나가고, 발목을 휘감은 물풀이 종아리와 허벅지를 간질였다. 물이 허리까지 차올랐을 때, 사내는 차갑고 미끈미끈한 생물체의 움직임을 감지했다. 그 생물체는 사타구니를 스쳐지나 엉덩이께를 툭 올려치곤 사라졌다. 등줄기가 서늘해지면서 오줌이 마려웠다. 사내는 마지막 기력을 소진하려는 듯 온힘을 다해 오줌을 쌌다. 뜨뜻한 물과 함께 목구멍으로 물풀들이 쳐들어오는 순간, 사내는 '진실을 밝히리라'고 썼어야 했다고 후회했다. 하지만 문장을 고치기엔 이미 늦었다. 사내는 중심을 잃고 무너졌다. 눈앞이 컴컴해지고 귀가 먹먹해졌다. 물에 잠기면서도 손에 쥔 팬티는 놓지 않았다.

늪은 제 속으로 걸어들어온 사내를 부드럽게 감싸안았다. 늪은 아기에게 젖을 물리듯 사내의 벌린 입속으로 버드나무 잔가지와 물달팽이 껍데기와 생이가래와 자라풀을 집어넣었다. 사내가 있던 자리를 연둣빛 융단이 차지하더니 곧이어 짙은 안개가 그 위를 덮었다. 사내는 흔적도 없이 사라졌다. 늪은 다시 침묵에 잠겼다. 침묵은 영원히 지속될 것 같았다.

사내는 안개 속의 남자를 쫓아가고 있었다. 남자는 알몸이었고, 어떤 망설임도 없이 앞으로 곧장 걸어가고 있었다. 짙은 안개가 남자의 몸을 감추었다가 내놓았다. 사내는 알몸의 남자를 불러세우고 싶었다. 하지만 사내가 입을 벌리려 하면 헝겊뭉치 같은 것이 목구멍을 틀어막아 아무 소리도 낼 수가 없었다. 바람이 불었다. 안개가 걷히고 알몸의 남자가 모습을 드러냈다. 남자는 사내에게서 딱 한 발짝만큼 떨어져 있었다. 남자가 몸을 돌렸다. 사내는 남자의 얼굴을 마주보았다. 마치 거울을 들여다보는 것 같았다. 사내는 남자의 얼굴을 쓰다듬으려 손을 내밀었다. 사내가 볼에 손을 대는 순간, 남자는 안개처럼 흩어졌다. 작은 물방울들이 사내 몸에 스며들었다.

무언가 차갑고 축축한 것이 사내의 발목을 휘감는 것이 느껴졌다. 초록 얼룩뱀이었다. 뱀은 종아리를 타고 허벅지를 거쳐 사타구니로 올라갔다. 그 뒤를 이어 또다른 뱀이 사내 몸에 감겼다. 뱀의 행렬은 끝이 없었다. 뱀들은 사내의 다리를 감아오르고 목을 휘감고 겨드랑이를 벌리고 허리를 감싸안았다. 사내는 초록 얼룩뱀들에게 완전히 둘러싸였다. 결국 사내는 사라지고 뱀들만 남아 서로의 몸을 휘감으며 꿈틀거리고 있었다.

흙이 물속으로 꺼져가는 느낌. 물은 차가웠고 몸은 뜨거웠다. 사내는 한도끝도없이 가라앉고 있었다. 어느 순간 몸이 붕 뜨더니 물을 박차고 올라 수면으로 떠오르는 것 같았다. 몸의 한부분 한부분이 공기중으로 흩어지는 느낌. 사내는 자신이 흙인 것도 같고 공기인 것도 같았다. 물인가 싶으면서 동시에 불인 듯도 했다. 어쩌면 그 모든 것이 되고 있는지도 몰랐다.

빛이 보였다. 투명하고 푸른빛이었다. 푸른빛 사이로 보이는 것은 희미하게 뭉개진 잔상 같은 것뿐이었다. 나무 한 그루가 사내 눈에 어른거렸다. 색색의 헝겊을 치렁치렁 늘어뜨린 거대한 당산나무. 당산나무는 사내 몸에 그늘을 드리우며 다가왔다. 누군가 이마에 손을 얹는 느낌이 들었다. 나무등걸처럼 옹이지고 거친 손이었다. 억지로 눈꺼풀을 올리려 애를 쓰는 것 같기도 했다. 몸을 쓰다듬는 손길도 느껴졌다. 그 손길은 뱀처럼 차갑고 섬뜩했다. 사내에게 옷을 입혀주는 손길도 있었다. 빳빳하게 풀먹인 새 옷에서 향나무 냄새가 났다.

사내는 들것 같은 것에 실려 어디론가 끌려가고 있었다. 바람에 몸을 비비는 마른 갈대 소리. 하늘하늘 떨어져내리는 은빛 꽃가루. 사내 몸에 꽃가루가 닿을 때마다 요령소리가 들렸다. 그것은 자장가처럼 감미로웠다. 누군가의 저승길을 배웅하는 상엿소리인지도 몰랐다.

사내는 꿈속을 헤매고 있다고 생각했다. 꿈이 아니라면 이승과 저승 사이 어느 지점에 누워 있는 것인지도 몰랐다. 꿈과 생시, 이승과 저승, 삶과 죽음, 그 좁은 듯하면서 광활한 사이 혹은 틈새.

살았다. 사내는 자신이 살아 있다고 확신했다. 살을 만져보거나 거울에 몸을 비쳐보지 않아도 알 수 있었다. 그것은 콧속으로 파고드는 쌀밥 냄새 때문이었다. 이제 막 지은 달큰하면서 구수한 쌀밥 냄새. 입 안에 군침이 돌면서 허기가 졌다.

사내는 침을 삼키며 눈을 떴다. 덮고 있던 이불을 걷어내고 자리에 앉았다. 꽤나 두툼하고 묵직한 솜이불이었다. 이불 옆에는 얌전히 개어진 옷가지와 밥상이 나란히 놓여 있었다. 사내는 밥상에 놓인 밥그릇을 보았다. 고봉으로 가득 채운 흰쌀밥에선 거짓말처럼 김이 모락모락 나고 있었다.

사내는 밥상을 끌어당겨와 허겁지겁 밥을 먹기 시작했다. 순식간에, 밥 한톨 남기지 않고 밥그릇을 다 비워냈다. 사내는 숟가락을 내려놓으며 큭큭 웃음을 터뜨렸다. 죽자 하고 늪에 뛰어든 사람이 눈뜨자마자 밥그릇을 붙들고 앉은 꼴이라니. 사내는 그래도 지금까지 먹어본 밥 중에 최고로 맛있었다고 생각했다.

한참을 그렇게 웃고 나서야 이불 옆에 있던 옷가지가 눈에 들어왔다. 회색 면바지와 흰 셔츠, 그리고 속옷과 양말까지. 사내는 자신이 실 한 오라기 걸치지 않은 채 밥을 먹었다는 사실을 깨달았다. 따끈한 방바닥에 축 늘어진 불알 두 짝을 내려다보며, 사내는 자신이 벗어놓고 온 옷들을 떠올렸다. 그리고 마지막까지 붙들고 있던 사각팬티도 생각났다. 손이 허전했다.

이힛, 어디선가 억지로 참다 터져나온 듯한 웃음소리. 문이 살짝 흔들린 것도 같았다. 하지만 그뿐이었다. 문밖에서는 더이상 아무 소리도 들리지 않았다. 사내는 서둘러 옷을 입었다. 옷은 사내에게 꼭 맞았다.

이불을 개어 한쪽에 밀어놓고 주위를 둘러보았다. 방 안에는 밥상을 제외하고는 가재도구라 할 만한 것은 하나도 없었다. 천장은 낮았고 벽면에는 못 하나 박혀 있지 않았다. 창호지 문으로 들어오는 빛이 어쩐지 비현실적이게 느껴졌다. 모든 게 꿈결 같았다. 차를 타고 무작정 달린 안개 자욱한 도로며, 유서를 쓰고 옷을 벗고 늪에 뛰어든 모든 일들이 꿈인 것만 같았다. 사내의 입에서 끄윽 하고 트림이 나왔다.

문을 열어젖혔다. 와락 밀려들어온 빛줄기에 눈이 부셨다. 희다 못해 푸르기까지 한 빛줄기들. 빛을 등지고 선 계집애의 씰루엣이 보였다.

어, 이 아저씨 이제 일어났네. 몇날며칠 잠만 자더니만.

당돌하고 거침없는 말투. 조금씩 빛에 익숙해지면서 계집애의 얼굴이 눈에 들어왔다. 계집애 뒤로 탱자나무 울타리와 울타리 너머 커다란 감나무, 그리고 어림잡아 열 마리쯤 되어 보이는 개들. 흙마당에 배를 깔고 누웠거나 마당을 어슬렁거리는 그 개들은 모두 한배에서 나온 것처럼 생김새가 비슷했다.

계집애는 마루에 훌쩍 올라앉더니 발목을 흔들어 신발을 벗었다. 뒤축이 구겨진 운동화 두 짝이 흙마당에 나동그라졌다. 신을 벗자 계집애의 더러운 맨발이 드러났다. 진흙탕을 뛰어다니기라도 했는지 마른 진흙이 발목까지 허옇게 말라붙어 있었다. 계집애는 아무 말 없이 마루에 앉아 발만 까딱까딱 흔들었다.

그래, 내가 며칠이나 잔 거냐?

몰라. 며칠이나 잤더라? 이힛. 아저씨 빨개벗은 거 내가 다 봤지. 아저씨 씻기느라고 울 엄마랑 할머니랑 얼마나 힘들었게.

……그런데 어른들은 다 어디 가셨니?

엄마한테 가볼까?

계집애가 눈을 반짝이며 사내의 손을 잡아끌었다. 사내는 마루에서 선뜻 내려서지 못하고 엉덩이만 살짝 든 채 무르춤하게 서 있었다.

저 개들이 무서운 거야, 아저씨는? 쟤네는 다 바보들이야. 덩치만 커다래갖구 내가 올라타도 꼼짝 못하는걸. 한번 볼래?

계집애는 자신이 한 말을 확인이라도 시켜주려는 것처럼 신발 한짝을 집어 개에게 던졌다. 신발은 마당 한가운데서 자고 있던 개 머리통을 맞히고 떨어졌다. 개는 눈만 살짝 치켜떴다가는 아무 일도 없었던 듯 다리 사이에 고개를 파묻었다. 계집애가 깨금발로 뛰어가 신발을 신고 사내를 쳐다보며 웃었다. 작고 고른 이가 환하게 빛났다. 사내는 어쩔 수 없이 일어나 댓돌 위에 놓인 갈색 고무 슬리퍼를 신고 계집애를 따라나섰다.

대문을 열고 나가자 보이는 것은 커다란 감나무 한 그루와 그 뒤로 광대하게 펼쳐진 갈대였다. 사내는 주위를 둘러보았다. 야트막한 야산을 배수진으로 두고 갈대로 둘러싸인 작은 집. 집을 둘러싼 탱자나무 울타리는 키가 컸고, 철대문은 견고해 보였다. 주위에 다른 인가는 없는 듯했다. 사내가 나온 집은 작은 성 같았다. 주위를 끌어당기는 듯하면서 고고하게 서 있는 작은 성.

에움길을 따라 계집애가 앞서 걸어갔다. 사내는 주머니에 손을 넣은 채 그 뒤를 좇았다. 계집애는 갑자기 걸음을 멈추고 땅바닥에 쭈그려앉아 무언가를 한참 들여다보곤 했다. 사내가 가까이 다가가려 하면 계집애는 어느새 자리를 털고 일어나 저만치 앞서나갔다. 갈대밭길은 끝없이 이어졌다.

이것 좀 봐봐.

길섶에서 무언가를 주워올린 계집애가 부리나케 뛰어와 사내에게 내밀었다.

새끼 뱀이야. 그래서 이렇게 가늘어. 머리부터 꼬리까지 온전히 다 있잖아? 어른 뱀은 이렇게 완벽하게 못 벗는데. 여기저기서 뭉개가지고 너덜너덜하거든. 와, 진짜 근사하다, 그지? 분명히 첫 허물일 거야. 이런 건 쉽게 못 건지는데. 자, 기념으로 아저씨 줄게.

계집애가 사내 손에 뱀허물을 올려놓았다. 새끼 뱀의 첫 허물은 거칠거칠하고 바싹 메말라 있었다. 사내와 계집애는 한동안 머리를 맞대고 뱀허물을 들여다보았다. 계집애는 삼각형 모양의 머리부분을 손가락 끝으로 쓰다듬었다.

아저씨, 그거 알아? 뱀들이 허물벗을 때가 되면 눈이 뿌옇게 흐려져. 안개낀 것처럼.

넌 어떻게 그런 걸 아니?

맨날맨날 보는 게 뱀인걸 뭐. 허물벗을 때가 되면 늪으로 오거든. 할머니가 그러는데 몸을 말려야 허물이 잘 벗어진대. 그래서 며칠 동안 물 한모금 안 마시면서 몸에 물기를 없애는 거야. 그러니까 얼마나 목이 마르겠어. 허물 다 벗으면 얼른 물속으로 들어가려고 늪으로 온다는 거지.

뱀들은 허물을 벗기 위해 흐린 안개 눈을 하고 늪으로 온다. 사내는 손에 든 허물을 보며 되뇌었다.

아저씨도 모르는 게 있음 할머니한테 물어봐. 할머니는 뭐든지 다 알거든. 아니면 노래하는 탑에 가도 되고.

계집애가 어깨를 으쓱이며 말했다. 그러곤 사내가 뭐라 말할 틈도 주지 않고 쌩하니 갈대숲 안쪽으로 들어가버렸다. 사내는 한동안 뱀허물을 들고 서 있었다. 무게감이 거의 느껴지지 않는 허물이었지만 사내에겐 백년 묵은 구렁이라도 든 것처럼 무겁게 느껴졌다. 사내는 뱀허물이 상하지 않도록 조심하며 주머니에 넣었다. 그리고 계집애가 사라진 쪽으로 서둘러 걸음을 옮겼다.

시야를 가로막는 갈대들을 헤치며 걸었다. 살갗에 닿은 갈대는 분 오른 감자처럼 포근포근했다. 사내는 가끔 걸음을 멈추고 바람소리에 귀를 기울였다. 갈대숲을 벗어나자 사내의 눈앞에 늪이 나타났다. 온갖 물풀들로 뒤덮인 늪은 습지라기보다는 거대한 초원을 연상시켰다. 늪을 가득 메운 자잘한 마름풀들과 한 방향으로 결을 낸 억새들, 물속에서부터 가지를 뻗어올린 냇버들 군락.

계집애는 늪 가장자리에 앉아 있었다. 사내는 계집애 옆에 가만히 앉았다. 계집애는 말이 없었다. 무릎 사이에 턱을 괴고는 나무 꼬챙이로 땅바닥에 알 수 없는 그림을 그리다가 가끔 고개를 들어 먼 곳을 바라보았다. 계집애가 보는 곳을 사내도 바라보았지만, 늪을 가득 메운 마름풀들만 보였다. 끝없이 이어질 것 같던 침묵을 깬 것은 사내였다.

엄마가 여기 계셔?

응, 조금만 기다리면 올 거야.

그런데 이 옷, 아버지 거니?

아버진 없는데? 나는 왜가리가 물어다줬거든.

왜가리가?

그래, 왜가리. 왕버들로 만든 바구니에 담아서. 보고 싶으면 이따가 집에 가서 보여줄게. 그 속에 든 내 보물들은 생각 좀 해봐야겠는걸. 근데 왜? 아저씬 그 옷 맘에 안 들어?

아니, 좋아. 그런데 엄마는 언제 오시니? 할머니도 함께……

저기 오잖아.

계집애가 말허리를 자르며 벌떡 일어났다. 사내도 덩달아 자리에서 일어나 계집애가 향한 곳을 바라보았다. 물이 휘돌아가는 어느 지점이었다.

사내는 늪이 솟구친다고 생각했다. 물여울이 일고 연둣빛 물풀들이 들썩이더니 한 여자가 나타났다. 가슴까지 오는 고무 옷을 입은 여자. 머리에 작은 바구니를 받쳐 이고 꼿꼿이 선 여자. 물여울만 남길 뿐, 자신은 어떤 흔들림도 없이 걷는 여자. 여자는 물풀들을 뚝뚝 흘리며 늪에서 나왔다. 여자가 머리에 인 바구니를 내려놓자 계집애는 기다렸다는 듯 여자를 끌어안았다. 사내는 얼떨결에 허리를 굽혀 인사를 했다.

이렇게 폐를 끼쳐서……

여자는 계집애의 머리를 쓰다듬으며 가벼운 목례로 대답했다. 어떤 감정의 미동도 느껴지지 않는 표정이었다. 사내는 말을 더 잇고 싶었지만 딱히 떠오르는 말도 없었다. 여자 또한 안개 같은 미소만 흘릴 뿐 아무 말도 하지 않았다. 계집애가 여자의 손을 끌어당기지 않았더라면 사내는 언제까지 그렇게 여자의 살짝 올라간 입매만 바라보며 서 있었을 것이다. 사내는 꿈속 한가운데 서 있는 것만 같았다.

계집애와 여자가 손을 잡고 앞서 걸어갔다. 여자가 걸음을 뗄 때마다 고무 장옷에 붙었던 물풀들이 떨어졌다. 사내는 여자가 남긴 발자국을 밟으며 그 뒤를 따랐다. 해가 지고 있었다. 여자와 계집애는 손을 잡고 석양 속으로 걸어갔다. 가끔 여자를 올려다보며 종알거리는 계집애의 말소리와 웃음소리가 까르르 흩어졌다. 그 뒤를 따르던 사내는 문득, 그 사이에 끼여 나란히 함께 걸어도 좋겠다는 생각을 했다. 그러자 사내의 눈에 뿌연 안개 같은 것이 끼면서 몸이 근질거리는 기분이 들었다. 허물벗기 직전의 뱀눈이 이럴까. 눈이 씀벅씀벅했다. 그리고 목이 탔다. 사내는 붉게 물든 하늘을 바라보며 침을 삼켰다.

여자는 아무것도 묻지 않았다. 어디서 왔는지, 왜 늪에 뛰어들었는지, 언제 돌아갈 것인지. 노파와 계집애도 마찬가지였다. 그들은 오래전부터 함께 살아온 사람처럼 사내를 대했다. 시간은 문제되지 않았다. 과거의 기억이나 미래의 계획 따위는 필요 없었다. 사내는 세 여자가 만들어내는 일상 속으로 자연스럽게 스며들었다.

여자는 하루에 두 번 늪으로 갔다. 새벽녘 늪으로 가서 바구니에 채워온 논우렁이와 민물조개는 읍내 상설시장에 내다팔고, 오후 느지막이 가서 잡아온 논우렁이는 저녁 밥상에 올리거나 다음날 새벽에 잡은 논우렁이와 합쳐졌다. 개들을 괴롭히거나 뱀허물을 주우며 하루를 보내는 계집애는 해질녘이면 어김없이 여자를 맞으러 늪으로 달려갔다. 사내는 툇마루에 앉아 지는 해의 농도를 가늠하며 여자와 계집애가 마당으로 들어서기를 기다렸다. 그리고 여자가 들어간 부엌 쪽에 귀를 기울이며 논우렁이를 씻을 때 나는 파도소리를 들었다. 파도소리가 멎고 논우렁이가 삶아지는 동안 계집애는 탱자나무 울타리로 달려가 가시를 끊어왔다. 사내와 계집애는 탱자나무 가시를 하나씩 나눠들고 우렁이 살을 발랐다. 발라낸 우렁이 살이 한 그릇 정도가 되면 여자가 그걸 가지고 들어가 논우렁이 초무침이나 논우렁이 맑은 국 같은 걸 만들어 상을 내왔다. 사내는 밥상을 받아들 때마다 여자의 가녀린 목선을 훔쳐보곤 했다. 그런 사내의 시선을 노파도 알고 있는 것 같았다.

노파는 주로 감나무 아래 앉아 혼잣말을 하며 보냈다. 감나무 아래 앉은 노파는 나무의 일부분처럼 보이기도 했다. 바닥으로 휘우듬하게 자란 굵은 가지나 뿌리. 사내가 그 옆에 앉으면 노파는 먼 곳에 시선을 둔 채 옛날 얘기들을 들려주었다.

들어볼 테냐, 왜가리와 사랑에 빠진 처녀애 이야기. 들어볼 테냐, 뱀 가족을 구해준 까치들의 이야기. 늪 속에 사는 여우들의 이야기…… 노파의 이야기는 항상 그렇게 시작했다. 사내가 무슨 대답을 하는지는 상관없었다. 노파는 아무 때나 이야기를 시작했고, 아무 때나 이야기를 멈추었다. 사내가 아니라도 스쳐지나가는 바람이나 바람에 흔들리는 나뭇가지에라도 혼잣말하듯 이야기를 들려줄 것이었다. 노파의 이야기를 듣고 있노라면 사내는 어느새 시간을 거슬러올라 원시의 숲속에 들어간 기분이 들곤 했다. 그 속에서 사내는 나무와 대화하고 새들과 함께 날고 뱀과 함께 똬리를 트는 자신을 발견하곤 했다. 그것은 스스로의 경계를 허물어 하나의 덩어리로 합쳐지는 안개 속 풍경과 같았다. 사내는 몽유와 같은 풍경에서 빠져나오기 위해 이따금씩 고개를 들어 떼를 지어 나는 새들이나 구름을 쳐다보아야만 했다.

들어볼 테냐, 학처럼 고운 처녀애 얘기.

노파의 얘기가 시작되고 있었다. 사내는 혼잣말로 노파의 말을 따라해보았다. 학처럼 고운 처녀애.

옛날에 말이다, 여기 늪에 아주 고운 처녀애가 살았단다. 얼마나 가녀리고 하얗고 고운가, 전생에 학이었다고 해도 믿을 만한 그런 처녀애였어. 그리고 저기 늪 건너 마을에는 그 처녀애를 사모하는 총각이 하나 살았지.

사내는 갈대밭에서 시선을 돌려 노파의 옆얼굴을 훔쳐보았다. 꿈꾸듯 아련한 눈동자와 깊게 팬 주름에 슬며시 드러나는 수줍은 미소.

그 총각이 처녀애에게 와서 말했단다. 노래하는 탑을 만들어줄게요, 나와 결혼해줘요. 처녀애는 믿지 않았지. 노래하는 탑이라니. 그래도 싫지는 않았어. 총각은 매일 늪을 건너와 붉은 벽돌을 쌓기 시작했어. 자운영꽃이 피고 지고 철새들이 철을 바꿔 들고 나는 동안 매일같이 늪을 건넜어. 그렇게 몇번의 계절이 바뀌고 나서 탑이 완성되었지.

정말 노래하는 탑을 만들었어요?

그래, 노래하는 탑. 곁에서 보면 그냥 작은 탑이었어. 그런데 처녀애가 탑의 문을 여는 순간 아름다운 음악소리가 울려퍼지는 거야. 그건 마술이었어. 바람이 많이 부는 날엔 경쾌한 풀피리 소리가, 안개가 낀 날엔 가야금 소리가 들렸어. 총각은 탑 바닥과 꼭대기에 쇠징을 박아 공명으로 음악소리를 만들었던 거지. 물론 처녀애에게 공기의 움직임으로 소리를 낸다고 설명해줄 필요는 없었어. 문을 여는 순간 처녀애의 맘에 꼭 들었으니까. 처녀애는 자신의 작은 몸짓 하나에도 모두 반응하며 음악을 들려주는 그 탑이 좋았어. 노래하는 탑. 처녀애가 슬퍼 탑 안에 웅크리고 앉아 있으면 부드러운 노래로 감싸주고, 또 기뻐 춤이라도 추면 발랄한 노래로 박자를 맞춰주는 탑.

노파는 말을 멈추고 갈대밭 너머를 바라보았다. 마치 그 갈대밭 어딘가에 노래하는 탑이 있는 것처럼. 사내는 뒷이야기가 궁금했다. 하지만 노파는 나무지팡이에 힘을 주고 일어나더니 지팡이를 앞세워 갈대밭길을 걸어갔다. 사내는 노파가 사라진 쪽을 바라보며 휘파람을 불었다. 휘익휙. 휘파람을 불 때마다 늪을 건너 탑을 세우러 갔다던 총각의 얼굴이 그려지는 것도 같았다.

미명에 들리는 휘파람 소리. 휘익, 획. 사내는 방 한가운데 앉아 끊어질 듯 이어지는 휘파람 소리를 들었다. 일찌감치 깨어난 휘파람새 울음소리, 물질하는 아낙의 숨소리, 늪을 건너는 거룻배의 노 젓는 소리. 사내는 미명의 휘파람 소리가 좋았다. 사내는 제 이름을 부르듯 휘익휙 휘파람을 따라 불러보았다. 그것은 먼 곳에서부터 온 반가운 기별, 젖먹이를 부르는 어머니의 나지막한 호명소리, 오래 기다린 연인의 반가운 손짓이었다.

휘파람 소리가 멈추고, 마당을 가로지르는 조붓한 발걸음 소리가 들렸다. 가만가만 걷는 여자의 걸음소리. 바구니를 챙기고 빨랫줄에 널어놓은 고무 장옷을 걷고, 수건을 탈탈 털고. 사내는 바깥에서 들리는 작은 소리 하나도 놓치지 않으려 귀를 세웠다. 잠시 후 철문이 열렸다 닫히고 걸음소리가 멀어졌다.

여자가 물질을 간다. 사내는 눈을 감으며 생각했다. 눈앞에 물질하는 여자의 모습이 그려졌다. 한 마리 왜가리처럼 늪 한가운데 있는 여자. 연둣빛 물풀들을 가르며 휘휘 소리를 내는 여자. 두건을 풀어 목에 물기를 닦아내는 여자. 사내의 입가에 미소가 드리워졌다.

사내는 옷을 걸쳐입고 경첩소리가 나지 않게 조심하며 문을 열었다. 마당을 가로질러 대문을 열고 나가는 사내를 개 한 마리가 배웅하듯 서서 쳐다보고 있었다. 사내는 안개 속에 몸을 숨긴 채 길을 나섰다. 사내는 그저 휘파람 소리를 따라나온 것이라고 제 속에 대고 말했다. 안개를 따라 걷고 있을 뿐이라고. 하지만 머릿속에서는 고무 장옷을 입고 걸어가는 여자의 모습만 아른거렸다. 두꺼운 고무 장옷 속에 숨겨진 가녀린 몸이, 발갛게 상기된 볼과 그보다 더 붉은 두 입술이.

여자는 보이지 않았다. 사방이 늪이었다. 늪 가장자리를 따라가다보면 또다른 늪이 나왔고, 길을 걷다보면 어느새 길이 끝나고 갈대숲이었다. 갈대숲을 헤치고 나오면 방금 지나왔을 법한 길이 다시 나타났다. 길을 잃었다. 어쩌면 안개와 갈대가 여자의 흔적을 지워버리는지도 몰랐다. 사내는 안개 속에 우두커니 서서 주위를 둘러보았다. 늪이었다. 가시연잎이 가득한 늪. 사내는 뭐에 홀린 듯한 기분이 들었다. 사내가 들은 것이 여자의 걸음소리였는지 확신할 수가 없었다. 스쳐지나가는 바람이었다. 해가 뜨면 사라질 안개였을 뿐이었다.

고요했다. 풀벌레들은 안개가 걷히고 나야 짝짓기를 위한 울음소리를 낼 것이었다. 억새 속에 숨은 새떼들도 안개가 걷히기를 기다리며 젖은 깃털을 손보고 있을 것이었다. 안개 속에서는 모든 생명들이 숨을 죽인다는 것을 사내는 알고 있었다. 안개가 걷히면 그 숨죽인 것들이 한꺼번에 일어나 소란을 떨리라는 것도 알았다. 늪은 소란과 침묵을 함께 갖고 있다는 것을, 사내는 몇번의 새벽 외출을 통해 알고 있었다.

사내는 이제 그만 집으로 돌아가야겠다고 생각했다. 주위를 둘러보며 돌아가는 길을 가늠해보다가 문득, 탱자나무 울타리 집을 제집으로 여기고 있다는 사실을 깨달았다. 안될 것도 없다고 생각했다. 그때였다. 잔잔한 수면에 물여울이 이는가 싶더니 거짓말처럼 여자가 나타났다. 안개를 밀어내며 늪에서 나온 여자는 현실감이 없었다. 꿈결 같았다. 사내를 보고도 놀라지 않는 여자가, 늘 그랬듯 가벼운 목례와 입가의 미소를 보내는 여자가 마지막 남은 현실감마저 지워버렸다. 사내는 벌떡 일어나 여자를 맞았다. 바구니를 받아들고, 뭍에 오르는 여자의 손을 잡아주면서, 사내는 여자가 자신을 찾아온 것인지도 모른다는 생각을 했다. 물질을 떠날 때마다 사내가 자는 방문 앞에 서서 기척을 보내고, 사내가 따라오기를 기다리고, 사내의 손길을 기다리고.

일찍 나오셨어요.

잠이 안 와서요. 그냥, 산책 삼아.

오늘은 우렁이보다 조개가 많네요. 조갯국 끓여드릴게요. 괜찮으시면 이번엔 된장 넣고 끓여드릴게요. 아니면 말고요……

저는 다 좋습니다. 그런데 머리에 물풀이 잔뜩……

가시연줄기에 걸려서 넘어졌어요. 그래서 이쪽 늪은 잘 안 오는데, 잘못하면 가시에 찔릴 수도 있거든요. 오늘은 아주머니들이 많아서 어쩔 수 없이 여기까지……

사내는 여자의 나긋나긋한 말소리가 듣기 좋았다. 눈에 하얀

124

장막이 드리우며, 뭐든 홀홀 벗어던져야 할 것 같은 느낌. 허물 벗기 직전의 뱀. 여자의 목소리가 조금씩 멀어지고 있었다. 사내는 오늘따라 유난히 말이 많은 여자의 입을 다물게 하고 싶었다. 그 붉은 입술에 제 입술을 포개고, 갑옷 같은 고무 장옷을 벗겨내고, 젖은 옷도 마저 벗겨내고, 하얀 속살을 거머쥐는 자신의 손을 상상했다. 가쁜 숨결이 뒤섞이고, 비릿한 살내를 맡고…… 가까운 곳에서 새떼들이 날아오르는 소리가 들렸다.

먼저 들어가세요. 아침 장에도 가셔야는데. 저는 좀더 걷다 들어가겠습니다.

사내는 말을 마치기도 전에 몸을 돌려 성큼성큼 걸어갔다. 여자에게서 멀어져야겠다는 생각밖에 없었다. 사내는 진창인지도 모르고 발을 잘못 디뎠다가 겨우 빠져나오고 눈을 찌르는 갈댓잎을 헤치며 걸었다. 칼날처럼 잘 벼린 갈댓잎이 슴벅, 얼굴을 스쳤다. 같은 과오를 저질러서는 안되었다.

사내는 진실을 몰라주는 주변 사람들이 서운했다. 사내가 진실을 말할수록 그 말은 구차한 변명이 되어갔다. 사내는 자신이 욕정만으로 누군가를 탐하고, 그걸 얻기 위해 힘이나 지위를 이용하는 사람이 아니라고 믿고 있었다. 유학을 빌미로 미국으로 건너간 아내와 아이에게 학비와 생활비를 보내던 몇년 동안, 일방적으로 보내온 이혼서류에 도장을 찍고 혼자가 된 후에도, 사내는 한눈 한번 팔지 않았다. 계속되는 구애의 손을 뿌리치지 못한 것이 문제였다. 충분히 자기 의사를 밝힐 줄 아는 나이였고, 저 스스로 옷을 벗었고, 그 시간을 함께 즐겼다고 생각했다. 그러나 며칠 뒤 교내에 붙은 대자보는 모든 것을 물거품으로 만들었다. 사내는 젊은 여제자를 힘으로 겁탈한 파렴치한 성폭력 범죄자가 되어 있었다. 교내의 여교수들과 학생들이 들고일어났고, 스스로 옷을 벗었던 여제자는 입을 다물었다. 사내는 억울했다. 하지만 누가 보아도 여제자보다 사내가 힘이 셌고 지위가 높았고 권력이 많았다. 사람들은 그 힘과 지위와 권력과 그동안 지켜온 모든 자부심을 빼앗고도 비난을 멈추지 않았다. 사내는 빈손이었다. 오물을 뒤집어쓴 더러운 알몸이었다.

돌아가야 했다. 같은 과오를 저지르지 않으려면 빨리 늪을 벗어나야 했다. 구애의 손짓이라고 생각한 것은 사내의 착각이었다. 눈앞에 어른거리는 여자는 사내를 곤경에 빠뜨릴 진창인지도 몰랐다. 자리를 털고 일어나려는 사내의 눈에 뱀 한 마리가 들어왔다. 뱀은 이제 막 허물을 벗으려고 하고 있었다.

허물벗기는 입술에서부터 시작되었다. 뱀은 머리 옆쪽을 땅에 비벼 피부를 등 쪽으로 돌렸다. 그런 다음 껍질을 안쪽에서 바깥쪽으로 뒤집으면서 꿈틀꿈틀 빠져나오기 시작했다. 새로운 색과 반들반들 윤기가 나는 비늘을 얻은 뱀이 강물 속으로 스르르 기어들어갔다. 뱀이 사라진 자리에는 너덜너덜한 허물 하나만 남아 있었다.

안개가 걷히고 햇살이 번지기 시작했다. 폭 넓은 강물 위로 장대나무배들이 보였다. 장대로 배를 밀고 가 그물을 건져올리는 모습이 아득한 꿈처럼 편안해 보였다. 사내는 안개 걷힌 강물 위 풍경에 마음이 누그러졌다. 어차피 잃을 것도 없는 몸이었다.

사내는 그냥 여기서 숨어살아도 좋겠다고 생각했다. 허물벗은 뱀처럼. 여자들은 물질을 해 우렁이를 잡고 남자들은 나무배를 띄워 물고기를 잡는 이곳에서. 그물 내리는 법을 배워야 하겠지. 힘들이지 않고 장대를 미는 법도. 계집애와 돌아다니며 뱀 허물을 줍고. 사내는 허물을 집어 주머니에 넣으며 계집애의 바구니에 넣을 또 한개의 보물이 생겼다고 뿌듯해했다.

사내가 서 있는 강둑 옆으로 배 한척이 다가왔다. 사내는 조금쯤 들뜬 마음으로 배에서 내린 노인네에게 다가갔다. 시커멓게 그을린 노인의 얼굴이 오히려 건강해 보인다고, 그 건강한 낯빛이 언젠가 자신이 갖게 될 낯빛이라고, 사내는 자꾸만 웃음이 나오려는 걸 억지로 참으며 노인에게 말을 붙였다.

여긴 뭐가 잡혀요?

잉어도 걸리고 가물치도 걸리고 그러지 뭐. 처음 보는 양반인데, 어디서 오셨소?

그물에서 물고기들을 꺼내 플라스틱 상자에 옮겨담는 노인의 손길이 분주했다. 사내는 딱히 뭐라 설명할 길이 없어서 그냥 탱자나무 울타리 집이라고 대답했다. 탱자나무 울타리 집이요, 죽으러 늪에 뛰어든 알몸의 사내를 거둔 착한 세 여자가 살지요, 학처럼 고운 여자와 당돌한 계집애와 감나무 아래서 이야기를 들려주는 노파가요, 어쩌면 나도 거기 살게 될지 모르겠어요, 받아주기만 한다면요. 사내는 제 속에 대고 말했다.

탱자나무 울타리 집?

왜 큰 감나무가 있는, 파란 철대문에, 개들도 많고.

그 점쟁이 할망구 집?

그 집 할머니가 점쟁이예요?

옛날엔 동네 여편네들이 더러 점을 보러 가곤 했지. 신기가 있다던가. 근데 그 집엔 무슨 볼일이 있어서?

그저, 좀, 며칠 쉬러……

뭔 일인지 몰라도, 나 같으면 거기 안 있겠수. 남자가 있을 곳이 아니지, 거기가.

왜,요?

그 집 그냥 딱 봐도 음기가 철철 넘치잖아. 그 개들은 또 어떻고. 송아지 한 마리는 거뜬히 잡아먹게 생겼잖아. 그 집서 살던 남자, 쥐도 새도 모르게 사라졌다잖아. 허구헌 날 술 먹고 여편네 팼다지. 그래서 그 할망구랑 여자랑 작당을 해서 죽였다고. 새벽에 늪에다 시체를 갖다버리는 걸 봤다는 사람도 있어. 토막토막 잘라서 개들한테 던져줬다던가. 생각만 해도 끔찍하잖어. 여우 같은 여자들.

노인은 진저리를 치며 말했다. 그러곤 물고기가 든 플라스틱 상자를 들고 서둘러 자리를 떴다. 사내는 한동안 멍하니 서서 노인네의 뒷모습만 쏘아보았다. 사내는 무언가 된통 얻어맞은 기분이었다. 백년 묵은 구렁이에게 홀린 기분이 이런 걸까.

아무 일도 일어나지 않았다. 여자는 다른 날과 다름없이 새벽 물질을 나갔고, 노파는 혼잣말을 하며 감나무 아래 앉아 있었고, 계집애는 또 어딘가를 싸돌아다니며 진흙을 묻혀들였다. 사내는 그런 변함없는 일상이 무서웠다. 무언가 끔찍한 계략을 숨긴 조작된 일상. 사내는 의심의 눈초리를 거둘 수 없었다.

여자들의 일상은 변하지 않았지만 사내는 전과 같지 않았다. 허물을 들고 달려오는 계집애가 곱지 않았고, 노인의 옛날 애기는 사람을 홀리는 주술 같았고, 여자의 흐릿한 미소는 비웃음으로 여겨졌다. 덩치 큰 개들이 쇠 밥그릇을 끌고 다니는 소리도 섬뜩하기만 했다. 의심의 눈을 거친 친절은 계략이고 술수였으며, 편안한 일상은 음모고 덫이었다.

소문에 불과한지도 모를 일이었다. 억측이고 오명일 것이었다. 학처럼 가녀린 여자와 지팡이를 짚은 노인이 과연 힘센 남자를 죽일 수 있을까? 계집애는 기껏 뱀허물이나 주우러 다니는 어린애에 불과했고, 개들은 계집아이 하나 당하지 못할 정도로 온순했다. 처음 만난 사람에게서 들은 몇마디의 말에 휘둘려서는 안되었다. 근거도 없는 풍문에 불과한 그 말에. 하지만 아무래도 석연치 않았다. 여자들만 사는 집 안에 낯선 남자를 스스럼없이 들여놓는 것이며, 댓가도 바라지 않는 친절과 배려며.

사내는 밥도 거르고 문을 걸어잠근 채 하루종일 방 안에만 틀어박혀 있었다. 계집애가 몇번 방문을 두들기며 사내를 불렀지

만 대답하지 않았다. 개 짖는 소리가 들릴 때마다 신경이 곤두
섰다. 여자가 방문 앞에 상을 내려놓고 갔다가 한참 뒤에 그 상
을 내갈 때도, 사내는 눈을 지릅뜨고 잠긴 문을 확인했다. 사내
에겐 모든 게 위협이고 공포였다.

여자가 물질을 준비하는 소리가 들렸다. 사내는 머릿속으로
여자의 동선을 가늠해보았다. 대문이 열렸다 닫히는 소리가 들
리자마자 자리에서 일어났다. 그리고 여자 뒤를 밟기 시작했다.
당하기 전에 먼저 공격하리라, 호락호락한 사람이 아니라는 것
을 확실히 보여주리라. 두려움이 사내를 강하게 만들었다. 마음
이 급했다. 사내는 금세 여자를 따라잡았다.

사내는 여자의 팔목을 비끄러쥐었다. 갈대숲으로 여자를 끌고
가는 사내의 손길은 거칠고 우악스러웠다. 갈대가 꺾이고 그 속
에 숨은 새들도 숨을 죽였다. 사내는 두려웠다. 두려운 만큼 여
자를 제압하는 손길도 거칠어졌다. 사내는 여자의 입을 틀어막
고 다리를 짓이기며 제 몸을 쑤셔넣었다. 사내는 형벌을 수행하
는 집행관처럼 냉혹했다. 멀리서 개 짖는 소리가 들렸다.

그것은 욕정이 아니었다. 경고였다. 두려움을 갖게 만든 여자
에게 하는 선전포고였다. 여자는 아무 저항 없이 사내를 받아들
였다. 여자의 몸은 안개처럼 모호했고 늪처럼 깊었다. 사내가
여자에게서 몸을 떼기 직전, 사내는 여자의 눈동자가 흐릿해지
는 것을 보았다. 백태가 낀 것처럼 뿌예지는 눈동자. 몸을 떼고
일어서려는 사내를 여자가 붙들었다. 그러곤 천천히 여자 쪽으

로 잡아당겼다. 사내는 거부할 수가 없었다. 여자가 사내를 끌어안았다. 여자 품에 안긴 사내는 꼭 젖먹이 어린애가 된 듯한 기분이었다. 스르르 잠이 올 것만 같았다.

사내는 문득 자신이 남기고 온 유서가 생각났다. 내 죽음이 진실을 대신하리라. 진실. 사내가 믿고 있는 것이 과연 진실이었을까? 힘과 권력과 지위를 전혀 쓰지 않았다는 것이 사실일까? 스스로 옷을 벗도록 사내가 종용한 것은 아니었을까?

여자의 가느다란 손가락이 사내의 머리칼을 쓰다듬고 있었다. 여자의 손길은 한없이 보드랍고 따뜻했다. 사내는 그 품에서 그냥 그대로 잠들었으면 좋겠다고 생각했다. 영영 깨어나지 않아도 좋을 깊은 잠. 너무 편안해서 눈물이 날 것 같았다.

어, 이 아저씨 여기 또 누워 있네.

계집애의 목소리가 사내를 깨웠다. 사내가 누운 곳은 진흙바닥이었다. 해는 떴으나 안개는 걷히지 않았다. 손에 기다란 뱀허물을 든 계집애가 사내를 내려다보고 있었다.

에휴, 정말 또 누구 고생시키려고. 아저씨가 길 잃은 거 같다고 찾아보래서 왔잖아, 내가.

그래, 그랬구나. 잠깐 잠이 들었나보다. 그런데 그것도 첫 허물이니?

아니, 내가 그랬잖아, 쉽게 만나지는 게 아니라구.

그래, 그랬지. 그랬어.

사내는 자꾸만 고개를 주억거렸다. 계집애가 사내 옆에 쭈그려앉아 얼굴을 바싹 들이밀었다.

그런데 아저씨는 왜 여기 이러고 있어?

그냥. 나도 뱀허물이나 찾아보려고.

아니, 왜 여기 왔냐고.

나도 잘 모르겠다. 진실을 밝히려고, 그랬다는구나.

진실을 밝히면 어떻게 되는데?

글쎄다, 진실이 뭔지도 모르겠는걸.

그럼 내가 데려다줄까?

어딜?

탑에. 할머니는 거기 가면 뭐든 알 수 있다고 했어. 할머니도 모르는 게 있으면 거기 가거든.

탑? 노래하는 탑?

어, 아저씨도 아는구나?

그게 진짜 있는 거니? 이렇게, 안개가 자욱한데 찾아갈 수 있어?

그럼, 안개가 데려다주는걸.

계집애가 사내의 손을 잡아끌었다. 사내는 계집애의 자그마한 손을 꽉 쥐었다. 계집애의 손은 따뜻하고 촉촉했다. 탑이 있는 곳은 그리 멀지 않았다. 안개가 걷히면서 사내 눈앞에 모습을 드러냈다. 붉은 벽돌로 만들어진 작은 탑. 늪 너머 총각애가 매일 늪을 건너와 쌓아올린 탑. 계집애가 손을 놓고 사내를 문 쪽으로 밀었다.

자, 이제 들어가봐.

마술이었다. 탑은 사내의 옅은 숨소리에도 반응하며 음악소리를 들려주었다. 심장을 울리는 북소리, 목덜미를 간질이는 현의 가느다란 선율, 더러운 두 손을 두들기는 낮은 피아노 소리. 사내의 눈에서 한줄기 눈물이 흘러 바닥에 떨어졌다. 그 순간 탑 안에는 포로록, 맑은 실로폰 소리가 조용히 울려퍼졌다.

늪에 섰다. 죽자 하고 뛰어든 늪. 사내가 떠났을 때와 변한 것은 없었다. 누군가 자리를 옮기거나 물건을 훔쳐간 흔적도 없었다. 운전석에는 사내가 벗어놓은 옷가지들이 그대로 놓여 있었다. 사내는 영겁의 시간을 지나온 것 같은 느낌이 들었다. 그것은 늪이 생기기까지의 시간을 한자리에 서서 모두 본 듯한 느낌이었다. 물이 고였다 흐르고 진흙이 쌓이고 물풀들이 자라나 늪이 만들어지기까지의 시간.

사내는 양복 윗주머니에서 흰 종이를 꺼내 펴보았다. 내 죽음이 진실을 대신하리라. 진실이 무엇인지는 중요치 않았다. 밝힐 진실도 대신할 진실도 사내에겐 남아 있지 않았다. 진실은 모두 늪 안에 들어 있을 것이었다.

늪은 안개를 피워올린다는 것. 늪 가장자리에서 허물을 벗는 어린 물뱀들과 쇠물닭이 분주하게 돌아다니고 개구리 알이며 물잠자리 알이 부화하고 썩어간다는 것. 때론 왝왝왝 왜가리 울음소리가 늪의 침묵을 깬다는 것. 그것이 진실이다. 그리하여 진실을 구하고자 하는 자들은 늪으로 갈 일이다. 거기 늪의 짙은 안개 속에서 깊은 잠에 들어갈 일이다. 두툼한 낙엽 융단이 추위를 막아주는 그 따뜻한 늪이 데려다줄 것이다. 안개를 피워올려, 그곳으로.

어디선가 아름다운 음악소리가 들려오는 것 같았다. 그 소리는 여자의 물질소리 같기도 했고, 탑 안에 혼자 앉은 여자의 노랫소리 같기도 했다. 사내는 옷을 벗기 시작했다. 진흙이 잔뜩 묻은 바지와 셔츠를 벗고 양말과 팬티도 벗었다. 눈을 감았다. 그리고 기다렸다. 사내의 발목을 휘감을 뱀들을. 허물벗은 말끔한 뱀들이 사내에게 오기를 기다렸다. 어디선가 곡성(哭聲)처럼 음산한 왜가리 울음소리가 들렸다.

노래 하는 꽃마차

1

봄이 온다. 봄이 오는 것을 당신 몸을 보고 안다. 봄이 오면 당신 몸엔 꽃이 핀다. 진달래가 피고 개나리가 피고 제비꽃이 핀다. 당신의 봄은 팔꿈치에서부터 시작된다. 팔꿈치에 선홍빛 꽃망울 잡히고 순식간에 온몸을 점령하는 붉은 반점들. 만개한 반점들 위로 제비꽃 멍이 피고, 개나리 노란 멍이 지면 꽃보다 붉은 피가 흐르는 당신의 봄.

당신은 불안정하게 서성이며 온몸을 긁어대고 있다. 옷을 들쳐올려 가슴을 긁고 허벅지와 엉덩이와 종아리를 긁어댄다. 이미 자근자근 물어뜯어 깎을 것도 없는 손톱을 세워 긁고 또 긁는다. 당신 손이 지나간 자리마다 손톱자국이 붉은 길을 낸다.

드디어 당신 몸에서 피가 나기 시작했다. 가장 먼저 피를 보인 곳은 목이다. 가늘고 기다란 목. 귀에서부터 직선으로 내려오다 완만한 곡선을 그리며 어깨로 이어지는 굽이. 그 희고 보드라운 살에 꽃물이 든다. 이제 막 발화한 꽃이 온몸으로 번지는 것은 시간문제다. 단호하게 자리잡은 쇄골 위로, 동그랗고 윤이 나는 어깨뼈 위로, 꽃은 만발할 것이다. 당신은 피가 난 것도 모른 채 피 묻은 손으로 귓불을 쥐어뜯고 있다.

결단을 내려야 할 때가 왔다. 당신의 보드라운 살을 다 찢어발기기 전에 어서 당신을 가두어야 한다. 봄의 기운이 당신 몸을 완전히 잠식하기 전에. 깊고 어두운 동굴 속, 은둔과 보호의 장소로.

2

엄마는 말했지. 모든 자식들은 제 어미 피 빨아먹는 거머리들이라고. 어미 살 찢고 나와 살 파먹고 뼈 갉아먹는 버러지들이라고. 찰거머리 버러지 들을 엄마는 많이도 낳았지. 하나, 둘, 다섯, 여섯, 일곱…… 엄마가 언제 아이를 배고 낳는지 아무도 몰라. 엄마는 거구. 배도 크고 엉덩이도 크고 가슴도 크지. 임신 중이나 아이를 낳은 뒤나 변하는 것은 없어. 엄마가 낳은 자식들도 모두 거구. 머리도 크고 손도 크고 발도 크지. 자식들은 쑥쑥 잘도 자라지. 어미 젖 빨지 않고 어미 살 파먹지 않아도, 금세 튼튼한 다리로 걷고 커다란 입으로 노래를 부르지. 거구의 자식이 작은 자식을 업고, 그 자식이 크면 다음 작은 자식을 업어 키워. 성령의 힘으로 기도의 힘으로 찬양의 힘으로.

우리는 노래하는 찬양사역단. 전국을 누비며 하나님의 말씀을 전파해. 씸벌즈를 치고 건반을 누르고 탬버린을 흔들고 북을 두드려. 엄마는 찬양전도사, 어린양들 하나님께 인도하는 전도사. 엄마가 손을 들면 죄 많은 양들 고개 숙이고 기도해. 엄마가 소리지르면 겁먹은 양들 눈물 흘리며 하나님의 이름을 외쳐. 찬양단 노랫소리에 길 잃은 양들이 구원의 길을 찾아. 내게 강 같은 평화, 영원한 생명. 질러질러질러. 평화도 주고 은혜도 주고 안식도 주는 찬양사역단. 이슬같이 임하리니, 그 은혜 내리는 자 감람나무와 같아라. 질러질러질러 넘치도록 소리높여 은사하고 찬양하라.

찬양단 뒤편 숨은 듯 보이지 않는 작은 아이. 아이는 키도 작고 목소리도 작아. 작은 얼굴 작은 입술 작은 손. 아무리 까치발을 해도 앞을 볼 수가 없어. 아무리 배에 힘을 줘도 목소리는 커지지 않아. 어찌해야 언니들처럼 큰 목소리를 가질 수 있나. 무얼 먹어야 오빠들처럼 크고 강해질 수 있나.

은총으로 충만해진 양들이 집으로 돌아가네. 엄마는 커다란 손을 들어 어린양들을 배웅하네. 거구의 여자애들은 탬버린과 씸벌즈를 챙겨 승합차에 싣네. 거구의 남자애들은 건반을 옮기고 스피커를 옮기네. 다시 길을 떠나야 하네. 구원을 원하는 곳이면 어디든지 달려가는 우리는 가족찬양단.

거인가족찬양단을 실은 승합차가 어둠을 가르며 달려가네. 거구의 엄마는 코를 골며 잠을 자고, 거구의 자식들은 서로의 머리를 기댄 채 잠꼬대를 하지. 아이는 씸벌즈와 함께 짐칸에 실려 옅은 잠을 자네. 승합차가 큰 굽이를 돌 때마다 짐칸의 아이는 선잠에서 깨어 몸을 뒤척이지. 하나님의 사업으로 고난한 자, 은혜를 받을지니. 엄마는 졸면서도 찬양하고 은사해. 우리는 찬양사역단. 거인의 나라에서 온 주님의 찬양단.

날은 훤히 밝았는데 거인가족찬양단은 아직도 한밤중이네. 내리쬐는 햇볕도 그들의 잠을 방해하지 못하지. 홀로 깬 아이만이 우두커니 앉아 봄의 소리를 듣고 있지. 봄이 오는 소리. 단단한 나뭇가지에 수액 흐르는 소리. 언 땅을 들썩이는 작은 벌레들 소리. 벽돌 달구어지는 소리. 여린 잎 움트는 소리. 비밀스럽고 내밀한 봄의 목소리를 듣지. 아이는 봄의 소리와 함께 일어나고, 봄과 함께 호흡하지.

아이는 봄의 소리를 따라 길을 걷네. 씨멘트 갈라진 틈으로 수줍게 고개 내민 제비꽃 한 송이. 아이는 엄마에게 꽃을 보여주고 싶네. 여리고 고운 꽃 꺾어 엄마 손에 바치고 싶네. 제비꽃 가는 가지에 손대어보지만 차마 꺾지는 못하네. 손가락 끝으로 살짝, 코끝으로 향기 맡으며 살짝, 건드리다 돌아서네.

아이는 벚꽃 핀 것을 보네. 바람에 흩날리는 꽃잎을 보네. 가지를 향해 손을 뻗네. 아무리 팔을 길게 늘여도 꽃가지에 닿지 않네. 상자를 주워오고 돌멩이를 날라오는 아이. 돌멩이에 올라서 까치발을 하고 조금만 더 조금만 더. 몇번을 망설이며 되돌아서던 아이 꽃가지를 꺾네. 툭, 생나무 부러지는 소리에 놀라 주위를 살피네. 아이는 죄라도 저지른 사람처럼 벚나무에서 부리나케 빠져나오네. 뒤도 안 돌아보고 달리네.

거인가족은 아직도 깊은 잠에 빠져 있지. 아이가 들고 나는 것을 눈치채지 못해. 아이는 자식들 사이를 조심조심 지나 여자 곁으로 가네. 꺾은 꽃가지를 엄마 손에 올리고 그 곁에 가만히 눕네. 엄마 가슴에 코를 들이대고 숨을 들이마시네. 엄마 냄새를 맡고, 엄마와 함께 숨을 쉬네. 들이마시고 내쉬고, 들이마시고 내쉬고. 들이마시면서 엄마 냄새 맡고, 내쉬며 제 냄새 불어넣네. 엄마가 숨을 멈추면 아이도 숨을 참지. 컥, 엄마가 눈을 뜨네. 너무나 커다랗고 벌건 눈. 아이는 서슬 퍼런 엄마의 눈초리에 기가 질려 눈을 질끈 감아버리네.

누구냐 너는. 엄마의 목소리는 우레와 같아. 아이는 한쪽 눈만 겨우 뜬 채 말해. 저예요, 당신의 여섯번째 아이, 일곱번째인지도 모르구요. 엄마에게 아이 목소리는 그저 작은 벌레의 잉잉거리는 날갯짓일 뿐이지. 엄마는 귀찮은 벌레라도 쫓듯 팔을 휘휘 저으며 자리에서 일어나지. 엄마 손에 벚꽃가지가 잡히네. 엄마는 손에 들린 꽃가지를 한참이나 바라보지.

이건 뭐냐. 봄이 왔어요, 꽃이 피었어요, 산에 들에. 엄마가 꽃가지를 들어 아이를 후려쳐요. 꽃은 무슨 빌어먹을 꽃이냐. 아이의 좁은 등짝에 꽃가지가 뻗어요. 나는 너같이 작은 애를 낳은 적이 없다. 아이의 작은 얼굴에 꽃물이 들어. 이딴 약해빠진 꽃으로 뭘 한단 말이냐. 아이의 가느다란 팔뚝에 제비꽃이 피어. 필요없으니 꺼져버려라. 엄마의 두껍고 커다란 손이 아이를 잡아던지네. 아이는 자고 있는 자식들 위를 날아가지. 제비처럼, 나비처럼.

날고 있는 느낌은 잠시 뿐. 아이는 방문에 부딪히며 나동그라지네. 아이가 일으킨 소란에 거구의 자식들이 하나둘 일어나 앉아 문지방에 너부러진 작은 아이를 내려다보네. 곰인형처럼 연약하고 보들보들하게 생긴 아이. 하나님 은총 받지 못해 자라다 만 것 같은 아이.

뭣들 하는 거냐, 다들. 엄마의 고함소리에 자식들은 놀란 바퀴벌레들처럼 후닥닥 흩어져. 옷을 입고 세수를 하고 이불을 개고 짐을 챙기는 자식들. 아이는 일사분란하게 움직이는 자식들에 치여 몸을 피하느라 정신이 없네.

우리는 노래하는 가족찬양단. 매사에 감사하고 매사에 찬양하라. 자식들은 찬양노래 부르며 하루를 시작해. 어떻게 하면 나도 거인이 될 수 있을까? 무얼 먹어야 소리높여 노래하는 가족찬양사역단이 될까? 가족이 될 수만 있다면, 백날 천날 동굴에라도 숨어 있겠어. 동굴에 갇혀 물만 먹고 살라면 그러겠어. 나도 노래를 할래. 하나님의 아이가 될래. 아이의 목소리는 자식들의 노랫소리에 묻혀 들리지 않지. 우리는 노래하는 가족찬양단.

3

지금 당신은 울고 있다. 온몸에 꽃을 피우며 울고 있는 당신. 나는 당신이 등을 돌리고 앉아 있으면 겁이 난다. 작고 가녀린 당신 등은 내게 어떤 죄의식을 불러일으킨다. 그 등을 보고 있으면 무릎꿇고 고해라도 해야 할 것 같은 기분이 든다. 그러다 문득 손을 들어 한대 후려치고 싶은 욕망이 솟기도 하는 것은 왜일까. 두렵고 무서운 당신의 등.

당신 어깨에 가만히 손을 올려놓는다. 당신은 소스라치게 놀라 고개를 돌린다. 당신과 눈이 마주친다. 당신의 눈을 들여다본다. 눈 속에 든 두려움을 본다. 그 두려움이 너무 무겁고 어두워서 내 시선마저 모조리 흡수해버릴 것만 같다. 두려움은 열망으로, 열망은 호소로, 호소는 좌절로. 당신의 눈에 물기가 어렸다 사라진다. 무엇이 이토록 당신을 두렵게 만드는지 나는 모른다. 왜 이렇게 봄을 두려워하는지, 꽃피는 봄이 오면 왜 봄을 피해 숨어야 하는지…… 나는 아무것도 묻지 못한다. 내가 할 수 있는 일이란 그저 당신을 위해 어깨를 다독여주는 것뿐이다.

당신은 고개를 돌려 창밖을 바라본다. 나는 당신의 어깨에서 손을 거두고 일어난다. 창문을 연다. 바람이 밀어닥친다. 봄을 예감하기엔 매섭고 건조한 바람이다. 아직 잔설이 가시지도 않았는데, 일찌감치 봄을 감지한 당신. 나는 당신에게 봄은 멀었다고 말해주고 싶다. 눈이라도 내릴 날씨라고. 하지만 지금 당장 유예시킨다고 봄이 아주 안 오는 것은 아닐 터이다.

배고파, 당신이 조용히 읊조린다. 그래, 가야지. 이제는 가야지. 나는 고개를 끄덕이며 당신을 일으켜세운다. 당신 입가에 드리워진 옅은 미소. 이제는 가야 한다. 더이상 지체할 수 없다는 것을 나는 잘 알고 있다.

당신은 이제 동면에 들어가야 한다. 봄이 오고 가는 동안 어두운 동굴 속으로 들어가야 한다. 동굴은 이미 마련되어 있었다. 당신의 집요한 긁기가 시작되기 전부터. 난 당신을 위한 은신처를 준비해놓았다. 팔꿈치에 작은 꽃망울이 잡히기 시작한 그 이전부터. 그리고 기다렸다. 당신 몸에 꽃이 만발하기를, 그 꽃 피고 피어 붉은 피 뚝뚝 흘리기를, 그리하여 당신의 고통이 정점에 이르기를 나는 기다렸다.

4

진달래 만발한 산기슭 작은 기도원 앞. 꽃그늘 아래 홀로 앉은 작은 아이. 입술만 달싹여 노래를 따라 부르는 작은 아이. 산밑 무성한 진달래꽃 보며 노래 부르고, 닫힌 기도원 한번 보고 입을 다물고. 누가 들을까 안쪽으로 소리 삼키며 가만가만 노래하는 작은 아이.

넌 누구니? 삐딱하니 서서 작은 아이 내려다보는 사내애. 너, 누구냐고 묻잖아. 나는 노래하는 가족찬양단. 근데 왜 여기 혼자 앉아 있니? 문이 닫혀서 못 들어가. 근데 넌 여기 왜 왔어? 시끄럽고 무서워서, 화장실 간다고 나왔어. 정신없고 머리 아픈데 왜 자꾸 데리고 오는지 모르겠어, 울 엄마는. 구원받으려면 어쩔 수 없어. 그런 소리 지겨워, 미친 사람들 같아, 다들. 신경질적으로 풀을 뜯고 꽃을 꺾는 사내애. 그러지 마, 아프잖아. 꽃이 뭐가 아파. 그러지 마, 꽃이 아프면 나도 아파.

지금 기도하는 사람 우리 엄마야, 노래하는 사람들은 우리 언니들이고. 근데 넌 왜 안 불러? 노래하는 가족찬양단이라면서. 난, 못해. 그래서 언니들이 안 끼워줘. 어디 한번 해봐, 여기서. 싫어, 난 언니들처럼 잘 못해. 노래 부르면 이거 줄게. 사내애 주머니에서 나온 초콜릿 하나. 네모난 초콜릿 보며 입맛 다시는 작은 아이. 단거 먹으면 안된다 그랬는데, 엄마가. 싫음 말고. 보란 듯이 껍질을 까 입에 넣어버리는 사내애. 달콤한 초콜릿, 아쉬운 초콜릿.

음, 음, 노래할게. 이 세상 험하고 나 비록 약하나 늘 기도 힘쓰면 큰 권능 얻겠네 피와 같이 붉은 죄 눈같이 희겠네…… 에이 씨, 그런 거 말고 다른 거 불러봐, 지겹지도 않아? 다른 거 뭐? 가수들이 부르는 거 있잖아, 신나는 거, 재미난 거. 잘 모르는데? 그럼 니 맘대로 불러. 내 맘대로? 작은 아이 손에 올려진 초콜릿. 초콜릿을 손에 꼭 쥔 채 노래 부르는 작은 아이. 봄이 오면 하얗게 핀 꽃 들녘으로…… 에이 시시해. 자리를 박차고 일어나는 사내애. 돌려달라고 하면 어쩌나 꼭 쥐어보는 초콜릿.

주머니 속에 든 초콜릿 하나 더 꺼내 아이에게 던져버리는 사내애. 황망히 도망가는 사내애. 나뭇가지 꺾어 휘휘 저으며 뛰어가는 사내애. 진달래 꽃무덤 헤치며, 풀숲을 헤치며. 휙휙, 나뭇가지 휘둘러 꽃대궁 부러뜨리는 사내애.

회초리라도 맞았나. 꽃대궁 떨어질 때마다 움찔거리는 작은 아이. 꼭 쥐었던 손을 펴는 작은 아이. 끈적끈적하게 녹아버린 초콜릿. 달콤한 초콜릿. 아쉬운 초콜릿. 혓바닥으로 초콜릿을 맛보는 작은 아이. 손바닥을 핥고 또 핥는 작은 아이. 혀끝에 전해져오는 달콤하고 쌉쌀한 맛. 봄이 오면 연둣빛 고운 숲속으로 단비 마시러 봄 맞으러 가야지. 봄이 오면, 봄이 오면. 콧노래를 부르는 작은 아이. 그 위로 떨어지는 꽃잎 하나. 꽃그늘 아래 잠기는 작은 아이.

5

봄이 왔다. 차갑고 견고한 것들이 작고 여린 것들에게 굴복하는 시기. 벌레들이 언 땅에 구멍을 내고 여린 이파리들이 나뭇가지를 찢고 나오는, 반란과 폭동의 시기. 온갖 색과 향에 코와 눈이 머는 시기. 허벅지를 드러낸 계집들이 거리를 활보하는 시기. 계집들의 치맛자락이 까르르 웃음을 터뜨리는 조롱의 시기. 그리고 당신을 가두어야 할 시기.

휘청거리는 당신을 도와 옷을 입혀준다. 스웨터를 입히고, 두꺼운 솜옷을 입히고, 목도리를 두르고, 모자를 씌우고 길을 나선다. 당신과 나는 손을 꼭 잡고 길을 걷는다. 하룻밤 보낼 곳을 찾아헤매는 가난한 연인들처럼.

당신과 내가 걸음을 멈춘 곳은 한적한 고깃집이다. 당신은 핏물이 채 가시지 않은 고깃점을 꾸역꾸역 집어넣는다. 말없이 고기를 먹고 마늘을 먹고 다시 고기를 먹는다. 동면에 들기 위해 지방을 축적하는 곰처럼. 제 몸보다 큰 먹이를 삼키려고 입을 벌린 뱀처럼. 당신은 정말 동면에 들려는 것일까. 그래서 이렇게 쉼없이 먹어대는 것일까. 평소보다 몇배나 되는 양을 먹은 뒤에야 당신은 젓가락을 내려놓는다. 나는 발갛게 상기된 당신의 이마를 본다. 당신은 이제 동면할 준비를 모두 마친 것 같다.

당신은 손바닥으로 나무를 쓰다듬으며 느릿느릿 걷고 있다. 겨울나무에 생기라도 불어넣으려는 듯이, 세심하고 부드러운 손길로 시커먼 매연과 먼지를 뒤집어쓴 쥐똥나무 울타리를 만진다. 잔가지 뭉텅 잘린 플라타너스를 어루만진다. 전봇대처럼 뻣뻣한 은행나무를 보듬는다. 당신의 손이 닿는 자리마다 여린 싹이 솟아나오는 것만 같다. 당신의 뒤를 따라 걸으며 당신 손이 닿았던 나무둥치에 손을 대본다. 당신의 온기가 느껴지는 것 같다. 어렴풋이 당신의 콧노래 소리를 들은 것도 같다.

철길을 건너고 좁은 골목을 돌아돌아 도착한 곳은 허름한 여인숙이다. 시간이 멈추어버린 듯한 공간. 낡은 방에는 창도 없고 화장실도 없다. 한가운데 깔린 이불 한채와 문가에 놓인 작은 요강이 방 안에 든 물건의 전부다. 당신은 말없이 방으로 들어간다. 나는 문가에 꼼짝없이 서서 그런 당신을 바라보기만 한다. 당신은 작별인사도 없다.

당신이 들어간 곳은 내가 침범할 수 없는 성역이다. 나는 발을 들여놓지 못한다. 당신이 나를 보며 웃는다. 나도 따라 웃는다. 이제 나는 돌아서야 한다. 당신 혼자 남겨두고 나 혼자 가야 한다. 천천히 문을 닫는다. 유난히 날카로운 경첩소리가 귓속을 후벼판다. 자물쇠를 채운다. 당신은 감금되었다. 그러나 감금당한 것은 당신이 아니라 나인 것만 같다.

당신이 없는 시간은 혹독한 겨울이다. 당신 없는 동안 나는 긴 겨울 속에서 살아야 한다. 꽃이 지고 잎이 시드는 가을을 지나 매서운 눈보라가 치고 온 땅이 얼어붙는 고난한 겨울을 나야 한다. 뼛속까지 사무치는 겨울을 나야 한다. 나는 벌써 당신이 그립다.

6

내 옆에 오지 마라, 이 말라비틀어진 계집아. 보송보송한 솜털
속에 꿈틀거리는 욕망이 보인다. 다소곳이 내리깐 눈그늘 밑에
숨은 사악한 계략을 알고 있다. 몇겹의 옷을 입어도 여지없이
드러나는 네 몸을 봐라. 젖멍울이며 허리선이며 엉덩이며, 이제
아이를 벗어나 여자티를 내는구나. 흑단 같은 머리칼로 누굴 홀
리려 하느냐, 가녀리고 달콤한 목소리로 무슨 노래 부를 셈이냐.

네가 아름다운 줄 아느냐. 눈에 띄는 아름다움은 쉽게 손을 타
는 법이다. 네 아름다움이 역겨운 냄새를 풍긴다. 뭇사내들이
냄새를 맡고 파리떼처럼 몰려들리라. 몸을 파헤치고 알을 까고
구더기를 키우리라. 네 몸은 짓이겨지고 훼손되고 더럽혀질 것
이다. 눈앞의 아름다움은 시기와 질투를 불러일으킨다. 시기와
질투는 죄악을 부르는 씨앗. 너는 모든 죄를 불러모으는 사악한
힘을 가졌구나. 진정한 아름다움은 내면에 있는 법. 신심으로
하나님을 믿고 따르는 자만이 진정한 아름다움을 얻을지니.

봄을 노래하지 마라. 봄은 순결한 처녀들을 꾀어내 꽃밭에서
뒹굴게 만드는 시험의 시기이니. 온갖 색과 향으로 눈을 멀게
하고 코를 멀게 하는 시기이니. 밤의 마녀들이 꽃가루를 타고
날아다니며 사내들의 욕정을 불러일으키는 시기이니.

꽃을 노래하느냐. 꽃을 숭배하는 자, 꽃보다 먼저 시들고 꽃보

다 먼저 짓밟히리라. 색을 탐하고 색에 눈먼 자, 색으로 망할 것이다. 오직 하나님만을 바라보고 하나님만을 사랑할지니. 열매 없는 어두움의 일에 참여하지 말고 도리어 책망하라.

모든 약한 것들은 죄악이다. 끊임없이 징징거리며 보살핌의 손길을 원하는 구차한 것들. 안쓰러움과 죄의식을 끌어내는 사악한 것들. 울음을 멈추어라. 엄살은 내게 통하지 않는다. 강한 것만이 진정한 아름다움이니 하나님만이 권능하시고 아름다우시다.

노래는 주님이 내신 가장 아름다운 선물. 주님께 영광 돌리고 찬양하고 기쁨 얻어라. 오직 하나님을 찬송하는 노래만이 있을 뿐이니. 네 목소리는 억눌린 기쁨, 체념의 기쁨, 마녀의 웃음소리. 간사한 목소리로 영광되신 주님을 찬송할 수 없다.

예수 안에 있는 나는 결코 정죄함이 없나니. 성령의 법에 내 생명 해방되었네. 부여받은 성령의 힘으로 네 속의 마녀를 없애주리라. 내 손은 거대하고 잔혹하다. 내 손은 마녀의 뼈를 녹이고 살을 녹이고 죄를 녹이는 권능의 손이다. 성령의 힘을 부여받은 손으로 머리채를 잡아주마. 욕정의 몸뚱이에 채찍을 휘둘러주마. 성수를 뿌려 사악한 혼을 태우리라. 송장 타는 냄새가 나느냐. 네 죄악이 타는 냄새다. 연기를 품어라. 네 등짝을 후려쳐주마. 인정해라. 네 속에 든 마녀를. 놀라 아우성치며 도망치는 마녀의 옷자락이 보이느냐. 이 더러운 마녀의 몸종아.

자식들아 보아라. 계집의 몸속에 든 마녀의 씨앗을 보아라. 이 작은 계집이 심기를 건드리는구나. 저 달콤한 목소리에 현혹되지 마라. 달콤한 것이 독약이 되어 영혼을 파멸하리라. 귀를 밀랍으로 봉하고 밧줄로 몸을 묶어라. 몸은 묶되, 미혹의 속박은 풀어라. 계집이 있을 곳은 깊고 어두운 동굴 뿐. 가두어라. 어둠 속에 들어가 정죄하고 정죄하라. 깊고 어두운 동굴 속으로 집어 넣어라. 자식들아 속지 마라. 계집을 풀어주는 자, 누구라도 어둠속에 갇힐 것이다.

손을 거두어라, 이 말라비틀어진 계집아. 너와 친구 될 것은 죽은 쥐와 벌레들과 곰팡이들뿐이니. 금욕과 절제와 속박으로 너는 새롭게 태어나리라. 불러라, 찬양의 노래를. 외쳐라, 영원한 구원을. 이슬성신을 받아라, 한줄기 빛을 받아라. 정욕도 지나가되 오직 하나님의 뜻을 행하는 이는 영원히 거하느니.

7

당신을 갖고 싶었다. 너무 고와서 위태로운 당신. 잘못 만지면 툭 부러질 것 같은 당신. 어떻게 다루어야 할지 조심스러운 당신. 너무 부드러워 빨려들어갈 것 같은 당신. 모든 것을 끌어당기고 모든 것을 흡수하는 이상한 당신. 당신을 꼭 갖고야 말겠어, 난 다짐했다.

당신은 손님들이 가고 없는 빈 룸에서 혼자 노래를 부르고 있었다. 무릎을 끌어안고 천장을 올려다보며 노래를 부르던 당신. 나는 숨을 죽이고 당신의 노래를 들었다. 조용하고 나지막한 당신의 노랫소리. 부드럽고 나긋나긋한 음색. 작지만 깊고 따뜻한 목소리. 당신의 목소리에는 물이 흐르고 있었다. 꽃이 피고 바람이 불었다. 얼음이 녹고 나비가 날고 이슬이 내리고 있었다. 자연과 교류하고 자연과 하나되는 노래. 온몸을 따뜻하게 만드는 봄의 노래.

나는 직업을 바꾸기로 마음먹었다. 그것이 내가 당신을 가질수 있는 유일한 방법이었다. 진정 당신을 갖고 싶었다. 나는 제법 크고 잘나가던 단란주점 사장을 버리고, 무대를 갖춘 재즈카페 사장이 되었다. 당신은 마음놓고 노래를 부를 수 있었다. 당신을 가질 수만 있다면, 당신 노래를 들을 수만 있다면 나는 무엇이든 될 준비가 되어 있었다. 결국 내가 된 것은 연예매니지먼트사의 사장이었다. 당신을 위해 최고의 작곡자와 작사자 들을 만났다. 밴드를 구하고 녹음실도 마련했다. 그렇게 만든 두 개의 음반은 당신에게 너무 부족하게 느껴졌다.

나랑 살자, 내가 말했다. 노래만 부를 수 있다면요, 당신이 대답했다. 나는 컴컴한 룸에 당신을 밀어넣고 허겁지겁 옷을 벗었고 당신은 아무런 저항도 하지 않았다. 마치 모든 것을 짐작한 사람처럼. 체념이 무언지 아는 사람처럼. 바지춤만 내리고 허겁지겁 당신 몸속으로 들어가던 내가 부끄러워졌다. 순식간에 내 것이 토해져 나오던 순간, 나는 허기가 졌다.

8

두려워 마. 해치지 않을 테니. 닮은 구석이라곤 하나도 없지
만, 그래도 우린 함께 노래하는 가족찬양단이지 않니. 때리지
않아. 겁먹을 것 없단다. 애야. 사람들 앞에서 간증을 하라고 온
게 아니니까. 여기 먹을 것을 가져왔어. 아무도 신경쓰지 않는
데, 이 마음 착한 오빠가 먹을 것을 가지고 왔지 않니.

어둠속에서 그렇게 눈을 밝히고 있으니 꼭 짐승 같구나. 머리
는 산발을 하고 얼굴은 온통 상처투성이잖아. 길고 풍성한 머리
칼은 다 어디로 갔니. 복숭앗빛 피부는 생기를 잃었구나. 네 속
에 든 것은 마귀가 아니라 짐승인지도 몰라. 어둠속에 웅크리고
앉았다가 갑자기 날뛰는 못된 짐승. 네 영혼을 거머쥐고 멋대로
휘두르는 짐승부터 없애야겠다.

뒤집어쓰고 있는 그 이불은 걷어치우는 게 좋겠다. 그렇게 더
럽고 냄새나는 이불을 쓰고 앉아 있으니 짐승들이 모여들지. 그
앙상한 어깨로 오들오들 떨고 있구나. 자 이리 와서 몸을 녹여.
너그럽고 인자한 오빠의 품으로 들어와.

찬송소리 들리니? 하나님을 경배하고 죄를 고하는 나약한 인
간들 소리가 들리니? 우리는 만능하신 하나님과 미약한 인간들
을 연결하는 중개자들. 주님이 내려주신 능력에 감사하고 부단
히 노력하는 찬양사역단.

어머니의 기도소리도 들리는구나. 어머니 목소리는 이슬과도 같아. 이슬성신 덕분에 우리도 이제 기도원을 갖게 되었단다. 먼길을 달려 기도원을 찾아다닐 필요가 없어. 노랫소리를 따라 사람들이 찾아오게 될 거야. 내일이면 모두 그곳으로 갈 텐데 너도 어서 짐승을 내보내야 함께 가지 않겠니.

옷을 벗어. 짐승들이 나올 수 있게. 옷을 벗어야 내가 도와줄 수 있지. 내 말만 믿어. 믿는 자만이 구원을 받는단다. 그것도 마저 벗어. 모두 벗어. 옷을 다 벗으면 먹을 걸 줄게. 노래를 하게 해줄게. 이슬을 내려줄게. 힘으로도 못하고 권능으로도 못하고 오직 성신으로만 가능하지.

너는 아직 피지 못한 꽃망울. 피기도 전에 바싹 말라버린 꽃망울. 말랑말랑한 젖가슴은 덜 여물어 내 손안에 쏙 들어오는구나. 두려움에 차갑게 질린 네 엉덩이를 만져줄게. 내 손이 닿으면 따뜻하게 부풀어오를 거야. 내 손길이 닿으면 메마른 너도 되살아나겠지. 내 입김이 네 몸에 생기를 불어넣어 어여쁜 꽃을 피울 거야.

이 오목한 배꼽과 조그만 입 안에 무얼 숨기고 있니. 모든 짐승은 검고 어두운 구멍을 찾아 숨어든단다. 귓구멍을 간질이는 달콤한 속삭임을 들었니? 콧구멍을 자극하는 향기로운 꽃향기를 맡았니? 사악한 것 받아들인 네 구멍들 좀 봐. 이 시커먼 어둠 좀 보라구. 다시 구멍을 열어 짐승들을 내보내야지. 긴장을 풀고 내게 몸을 맡겨. 나는 성령의 힘을 받아 네 속으로 들어가 짐승들을 끌고 나오마. 고분고분 다리를 벌려 성령을 받아라. 네 몸속 악한 짐승은 사라지고 은혜로운 이슬로 가득하리라. 아프냐, 참아라. 참는 자에게 복이 있나니. 두려움을 거두고 성령의 힘을 느껴라. 이것이 놀랍고도 강건한 성령의 힘. 이슬의 힘. 하나님은 나의 목자, 너른 풀밭, 나를, 인도하시니. 이슬성신 내려앉는 너른 풀밭으로, 나를, 인도하사. 아, 이 더러운 계집아.

이 더러운 피가 보이느냐. 네 속에 숨어들어 수작을 부리던 짐승들의 피다. 불결한 계집아. 순진한 청년을 꾀어내는 밤의 마녀야. 모든 것은 네가 자초한 것. 눈을 감아라. 욕정의 눈동자를 보고 싶지 않다. 내 숨통을 옥죄는 그 새까만 눈동자를 감추어라. 옷을 입어라. 창백한 몸뚱이를 가려라. 입을 다물어라. 그리고 침묵해라. 영원히 침묵해라. 침묵만이 너를 살릴 것이다.

9

당신이 처음 사라진 날을 기억한다. 공연을 일주일 앞둔 날이었다. 나는 당신이 잠깐 바람을 쐬러 간 것이라 생각했다. 하지만 당신은 공연일까지도 돌아오지 않았다. 당신은 순식간에 증발해버렸다. 어떤 징조도 없이 사라져버린 당신. 당신이 갈 만한 곳은 다 찾아보았지만 흔적조차 찾을 수가 없었다.

당신이 없는 집은 지독한 겨울 같았다. 당신이 바라보던 창문에는 성에가 끼었다. 당신이 잠자던 침대는 얼음장처럼 차가웠다. 무수한 추측과 질투와 분노. 나는 미친 짐승처럼 날뛰었다. 다시 당신을 만나게 되면 죽도록 패주고 싶었다. 쇠고랑을 채워 감금이라도 하고 싶은 심정이었다. 하지만 정작 내가 두려웠던 것은 당신을 영영 잃어버리는 것이었다.

열흘 만이었다. 초췌한 모습으로 다시 내 앞에 나타난 것은. 당신은 자취를 감추었을 때 그랬듯이 돌아올 때도 홀연히 나타났다. 당신은 잠깐의 외출에서 돌아온 사람처럼 무심한 표정이었다. 당신의 야윈 얼굴을 보는 순간 나는 눈물이 났다. 분노도 책망도 의심도 한순간에 사라졌다. 내 마음은 봄눈 녹듯 녹아내렸다. 나는 당신이 다시 돌아온 것에 감사할 뿐이었다.

봄이 오면 당신 몸에 꽃이 피고, 꽃이 만발한 몸으로 어딘가로 숨어들어가야 한다는 사실을 알기까지, 그리하여 내 손으로 당신을 감금하기까지, 너무 오랜 시간이 흘렀는지도 모른다. 당신의 칩거기간이 짧아지고 있는 것이 다행이라면 다행이다. 나는 오히려 동면하는 당신이 있어 더 행복하다. 봄을 꿈꾸는 겨울나무처럼.

10

모두 날 잊었어. 며칠이 흘렀는지 알 수 없었어. 아무리 기다려도 찾는 이 하나 없었지. 차라리 머리채를 쥐고 어디로든 끌고 가 내팽개치지. 옷을 벗으라면 벗을 텐데. 다리를 벌리라면 순순히 벌릴 텐데. 문을 열고 온 남자. 빛을 등지고 선 남자. 남자의 따뜻한 손이 내 몸을 감싸안았지. 손은 봄볕처럼 따스하고 눈은 융단처럼 부드러웠지.

사랑이라 말했어. 남자의 사랑 내 몸을 씻기고 머리를 빗겨주었지. 나는 남자의 사랑으로 활짝 피어나는 꽃. 내 눈을 드릴게. 내 입을 드릴게. 남자의 큰 사랑에 비하면 보잘것없었지. 그리움이라 했지. 내가 없으면 죽을 만큼 그립다고 말했지. 그리움은 가던 걸음을 되돌리고, 하던 일을 멈추게 했지. 땀을 뻘뻘 흘리고 온 남자, 내 가슴에 얼굴 묻고 숨을 몰아쉬었지. 머리를 쓰다듬어줄게. 등을 다독여줄게. 내 숨결과 남자의 숨결이 섞이고 남자의 체취와 내 체취가 함께 섞였지.

남자의 사랑에 번식한 의심을 어쩌면 좋을까? 남자의 사랑이 내 몸을 가두었네. 갇혀지내는 건 어렵지 않아. 남자만 있으면 되었지. 발가벗은 몸으로 기꺼이 남자를 맞겠어. 남자의 사랑이 내 몸을 후려쳤어. 내 몸에 꽃물을 들였지. 괜찮아. 아프지 않아. 난 견딜 수 있어. 고통은 습관이 되어버린걸. 이것은 고통보다 깊은 사랑. 상처보다 아린 그리움. 약을 발라주며 남자는 울고 있었지. 눈물을 멈추고 고개를 들어봐. 노래를 불러줄게. 자장가를 들려줄게. 봄노래를 들려줄게. 내가 줄 수 있는 것, 노래밖에 없어. 남자가 내 입을 막았지. 노래할 수 없는 나는 아무것도 줄 수 없어. 나는 다시 떠나야 했지.

붉은 비 맞으며 길을 걸었지. 울지 않았지. 강해져야 했어. 약한 것은 죄악이니까. 내 노래를 들어줄 누군가를 찾아 혼자 떠났지. 비바람이 불고 폭풍우가 몰아치는 길을 나 혼자 걸었지. 나는 노래하는 꽃마차. 노래를 원하는 곳 어디든지 갈 수 있지. 나는 노래했지. 내 모진 삶의 노래. 내 사내들의 노래. 사내들은 내 노래를 들었지. 노래를 듣는 사내들 내 몸에 검은 짐승을 쑤셔넣었지. 나는 노래하는 꽃마차. 누구든 꽃마차 타고 봄길을 달렸지.

11

나는 지금 당신을 만나러 간다. 동면에서 깨어 기지개를 켜고 있을 당신. 몸속의 독기를 꺼내 소진시킨 당신. 숨만 겨우 쉬어가며 반수면상태로 견뎌냈을 당신.

어쩌면 당신은 봄을 낳기 위해 동굴 속으로 숨어든 것인지도 모른다. 봄을 피해서 간 것이 아니라 봄을 낳기 위해 온몸에 꽃을 피우면서 산고를 겪는 것인지도. 당신은 제 살 찢어 꽃망울을 터뜨리는 나무다. 온몸으로 열병 앓으며 싹을 틔우는 대지다. 봄을 잉태하고 봄을 낳는 당신.

당신이 낡은 여인숙에 홀로 들어간 지 일주일도 안되어 거짓말처럼 꽃이 피었다. 진달래가 피고 개나리가 피었다. 당신이 없는 동안 나는 양지바른 들판을 헤매며 꽃이 피기를 기다렸다. 눈을 기다리는 아이처럼, 봄을 기다리는 처녀애처럼. 그러다 문득 낡은 여인숙이 있는 골목으로 달려가곤 했다. 골목 어귀에 서서 작은 간판을 오래도록 바라보다 돌아오곤 했다. 당신이 숨은 방으로 가 방문에 귀를 대고 앉아 있기도 했다. 작은 숨소리, 뒤척임 소리라도 듣고 싶었던 것이다. 방 안에서는 아무 소리도 들리지 않았다. 나는 당신이 죽었을까봐 겁이 났지만 문을 열 수는 없었다. 문을 여는 순간 당신은 연기처럼 사라져버릴 것만 같았다.

이제야 당신을 만나러 간다. 긴 겨울을 지나 봄을 맞으러 간다. 당신을 만나러 가는 내 입에선 콧노래가 절로 나온다. 자꾸만 웃음이 나오려 하는 것을 나는 억지로 참고 있다. 저 멀리 노래를 부르는 당신 얼굴이 보인다. 진달래 숲속을 달려가는 꽃마차가 보인다. 노래하자 꽃서울 춤추는 꽃서울. 아카시아 숲속으로 꽃마차는 달려간다. 나는야 꽃마차 타고 달리는 행복한 마부. 당신과 나. 머리 위로 꽃비가 내린다. 봄이 온다.

12

봄이면 어두운 지하에 갇혀지낸 소녀의 노래. 밤이면 어둠을 타고 들어온 성난 짐승의 거친 손길을 말없이 받아들이던 소녀의 노래. 거인나라에서 돌아온 난쟁이나라의 소녀가 부르는 노래. 수많은 봄을 견디고 다시 봄을 맞은 소녀의 사랑노래. 봄에 부르는 겨울노래.

노래를 부르라고 초콜릿을 주던 사내애가 있었지. 꽃잎을 뭉개던 아이. 달콤함은 노래처럼 날아가고 손바닥엔 더러움만 남았네. 내 손에 녹아흐르던 달콤한 봄날. 먹을 것을 주며 노래를 부르라던 사내가 있었지. 부르기도 전에 입을 막던 사내. 시키면 짐승을 입 안에 쑤셔넣던 사내. 먹을 수도 노래 부를 수도 없었네. 노래를 부르면 눈물을 흘리던 사내가 있었지. 사내만을 위한 노래를 불러야 했다네. 사내가 지나간 자리엔 검은 구멍 뚫려 붉은 비가 쏟아졌네.

봄이 오면 꽃이 핀다네. 기억처럼 붉은 꽃들, 허기처럼 노란 꽃들, 채찍처럼 푸른 꽃들이 만발하네. 봄이 오면 내 속의 짐승 나를 찢고 나와 내 몸을 겁탈하네. 봄이 오면 나는 나를 가두어야 하네. 나는 보름달을 피해 동굴에 숨은 늑대. 어린양들과 친구 되는 검은 늑대. 미쳐 날뛰는 짐승들도 이제 잠이 들었네. 나는 아직도 거인나라를 헤매고 있는 난쟁이 소녀. 꽃이 지면 내 나라로 돌아갈 수 있을까. 꽃이 진다네. 봄이 간다네.

내가 쓴 것

〈나와 롤리타〉

내가 쓴 건 소설이 아니다. 토사물이다. 여교수의 말을 종합하자면 그랬다. 화가 나지도 억울하지도 않았다. 그냥 좀 불쾌했다.

"소설은 울분을 토해내는 게 아니야. 냉정해져. 질척대지 말고. 자기연민 같은 건 버려. 자기변명도."

그녀는 허리를 꼿꼿이 세우고 말했다. 이어서 토사물을 헤집어 문장 몇개를 건져올렸다. 첫 페이지에서만 다섯 문장. 대부분 내 마음에 꼭 드는 것들이었다. 강의실 안에는 헛기침 소리도 들리지 않았다. 간혹 내 반응을 살피는 염탐꾼의 시선이 느껴지기도 했다.

"소설은 똥이야."

큭. 뒤쪽에서 새어나온 숨죽인 웃음소리.

"왜애? 내 입에서 똥이라는 말이 나오니까 이상하니?"

고상하고 우아하고 냉정하신 여교수님 입에서 토사물도 모자라 똥이라니. 그래 이상하시다.

"똥이 어때서? 똥이 밥이고 밥이 똥이라고 말한 시인도 있는데, 모르니? 한 세계를 제 몸에 받아들여 소화시킨 다음 다시 세상에 내놓는 것. 소설을 쓴다는 건 그런 거야. 내 안에 든 걸 그대로 토해내는 건 소설이 아니야. 절대로. 알겠니?"

절대로. 약 삼초간의 공백. 그리고 알겠니? 그녀 어법의 한 공식. 말꼬리를 늘어뜨리며 말하다 갑자기 단호해지고 다시 말꼬리를 올리고. 그러고 나서 한쪽 눈썹을 살짝 추켜세우며 침묵. 벌써 지루해지려고 한다, 당신.

옆에 앉은 계집애가 노트에 소화, 똥,이라고 받아적는 것이 보였다. 세상에 소화시키지 못할 것은 없다고 온몸으로 말하고 있는 기름지고 피둥피둥한 몸뚱이. 헤벌어진 입과 몽롱한 눈동자. 갑자기 비위가 상했다. 속이 미식거리고 입 안에 침이 돌았다.

결국 나는 점심에 먹은 바나나우유를 게워냈다. 멀건 바나나우유는 내가 쓴 토사물을 적시고 바닥으로 흘러내렸다. 일부러 그런 건 아니었다. 그냥 내 몸이 그렇게 반응한 거였다. 여교수의 말투를 소화시킬 수 없는 내 위장과 식도가 그렇게 만들었다. 아, 이 위대한 몸의 언어. 그리고 아까운 내 바나나우유.

여기저기 웃음소리와 말소리가 터져나오는 듯싶더니 이내 조용해졌다. 강의실 공기가 심상치 않았다. 여교수의 손이 바르르 떨리는 것이 보였다. 나는 어깨를 들어올려 어쩔 수 없었다는 표정을 지어 보였다. 그리고 기다렸다. 그녀가 침착하고 태연한 가면을 벗고 분노와 발작의 얼굴을 보여주기를. 하지만 우리의 여교수님은 그리 호락호락한 상대가 아니었다. 그녀는 손에 쥔 몽블랑 볼펜 뚜껑을 닫으며 자리에서 일어났다. 잠깐 쉬었다 할까? 그러고는 예의 그 꼿꼿한 자세로 또각또각 구두굽 소리를 내며 강의실을 빠져나갔다.

"뭐 잘못 먹은 거 아냐?"

K가 내 어깨에 손을 얹으며 물었다. 나는 말없이 고개를 숙였다. B는 반듯하게 접힌 손수건을 내게 건네주었다. C는 내가 토해놓은 바나나우유를 꼼꼼히 닦아내었다. 보시라, 내 토사물이 더러운가. 오히려 향긋한 냄새가 나지 않는가. 생각 같아서는 내가 쏟아낸 토사물을 통해 체온도 가늠해보고, 성분분석도 해보고 싶지만 양보하겠다.

거울을 들여다보았다. 입술이 약간 붉어져 있었다. 붉은 기가 도는 도톰한 입술이 제법 마음에 들었다. 나는 예쁘다. 예쁜 건 내가 가진 많은 것들 중 하나다. 또한 내가 가진 작은 단점을 가려주는 멋진 베일이기도 하다. 나는 예쁜 내가 좋다. 하물며 나는 토를 해도 예쁘다.

여교수는 나를 시기하고 있는 것이 분명하다. 자신이 가져보지 못한 아름다움과, 앞으로도 영원히 가질 수 없는 젊음, 도무지 되찾을 수 없는 패기와 새로움. 침착한 얼굴 속에 비뚤어진 내면과 헛된 욕망, 그리고 적의. 차라리 무릎꿇고 칭송하라, 가증스런 여교수여. 인정하라. 당신은 위안받기에 너무 강하고, 사랑받기엔 너무 늙었다. 지나친 도도함과 우아함은 조롱거리가 된다는 걸 당신만 모른다.

우아하신 여교수님은 이십분이 지난 후에야 나타났다. 손에 든 커피잔을 책상에 내려놓고, 치맛자락을 정리하며 자리에 앉고, 다리를 꼰 다음 주위를 둘러보고, 거기 문 좀 닫아줄래? 가벼운 손짓으로 주위를 환기시키고. 변함도 없으셔라. 이젠 정말 지루하다, 당신.

"자, 다음은 누구지?"

누구든 상대해주겠다고 큰소리치며 다리를 벌리는 노련한 창녀. 이 식상하고 감흥 없는 매음 매색.

다시 몽블랑 볼펜 뚜껑을 열며 수업을 시작하려는 순간, 닫힌 강의실 문이 열렸다. 그리고 등장한 자그마한 여자애. 짧은 청치마에 망고나시를 입고 그 위에 헐렁한 티를 아무렇게나 걸친 여자애. 여자애는 약간 나른한 표정으로 슬리퍼를 질질 끌며 자리에 앉았다. 나는 여자애에게서 눈을 뗄 수가 없었다.

약간은 무례하고 약간은 무심한 태도. 조금 천박하고 조금 순박한 얼굴. 체념과 도발을 함께 갖고 있는 이상한 눈동자. 성숙하기도 하고 미숙하기도 한 몸. 차가우면서도 축축한 분위기. 그 모순되면서도 비범한 불일치. 짓밟고 싶으면서 동시에 정복당하고 싶은 이상한 반응.

다시 합평회가 시작되었다. 형편없는 문장과 뻔한 스토리와 얕은 사유와 엉성한 구성. 별 특성 없이 생긴 남학생이 뻔한 지적을 받으며 시시껄렁한 분탕질이 끝났다. 노련한 창녀에게 변변한 수작도 못 걸고 나가떨어지는 풋내기 녀석이라니.

"자, 다음은 또 누구?"

나는 아무 기대 없이 다음 합평 대상 소설을 펼쳤다. 「롤리타와 나」──김치. 김치?

"본명이니?"

내가 묻고 싶은 말이다.

"그게 본명이겠어요? 그냥 써봤어요."

그 여자애였다. 나른하다 못해 노곤한 목소리. 다분히 도발적인 대답. 기분이 상하시겠다, 우리의 여교수. 하지만 그녀는 역시 노련한 창녀다. 감정의 변화는 보이지 않고, 오히려 제대로 된 상대를 만났다는 표정이시다.

합평이 시작되고 어이없는 질문들이 이어졌다. 여자애는 비딱하게 앉아 별 반응을 보이지 않았다. 가끔 그럴 수도 있구요라거나, 마음대로 생각하세요라는 대답을 하기도 했다. 감정이 상한 발제자들은 오타나 불분명한 오문 따위를 꼬투리잡았다. 자그마한 여자애 하나를 이겨먹지 못해 안달하는 찌질한 하이에 나들이라니. 꼭 변태 성애영화를 보는 느낌이었다.

"발상도 신선하고 문체도 안정되어 있고 인물도 재미있네. 몇 가지 습관적인 것들 좀 빼고, 결말을 보완하면 괜찮을 것 같다. 뒷부분 고쳐서 가져와봐."

여교수가 이렇게 만족스러운 총평을 하는 예는 일찍이 없었다. 이것은 최고의 찬사다. 여자들에게는 절대로 보여주지 않는 주목과 인정의 말.

"쓰레기예요."

여자애가 창밖으로 시선을 돌리며 툭 내뱉었다.

"뭐라고 그랬니?"

여교수의 목소리가 날카로워졌다.

"쓰레기라고요. 롤리타 얘기에 척 팔라닉 스타일에 마누엘 뿌익 흉내도 좀 내고. 이것저것 짜깁기한 쓰레기예요. 모르셨어요?"

여자애의 목소리는 그만큼 더 나른해졌다.

"쓰레기를 왜 썼니? 그러면!"

"그냥요."

"그냥이 어딨어!"

"심심해서요."

"소설이 심심풀이야?"

"왜 안되죠? 그러면!"

여교수의 입술이 움찔거렸다. 당신, 울기라도 할 건가? 감상적인 창녀는 사절이다. 표독스럽고 천박한 창녀가 창녀다운 법. 소리를 지르거나 그 잘난 몽블랑 펜이라도 집어던지시든지. 나는 이 노련한 창녀와 도발적인 손님의 흥미진진한 성교가 계속되길 바란다.

"넌 다음 시간부터 내 수업에 들어오지 마. 소설에 대한 모욕이야, 지금 네 자세. 네가 재능이 있는지 그건 모르겠다만. 문학을 할 자격은 없다. 점수는 기대하지 않는 게 좋을 거야!"

그녀는 교수가 쓸 수 있는 가장 구차한 카드를 꺼냈고, 여자애는 입을 다물었다. 시작도 제대로 안했는데 싱겁게 끝내버리고 마는 이 허망한 전희. 이것은 누구의 승리인가. 배심원제로 하자면 그녀의 승리가 분명했다. 여자애가 무례하고 거만하고 도를 지나쳤다는 것은 자명한 사실이니까. 배심원들은 이미 비위가 상해 있으니까. 그녀는 정말 승리했는가? 똥에 토사물에 쓰레기까지 뒤집어쓴 승리자가 전장을 빠져나갔다. 노련한 창녀의 굴욕적인 퇴장.

구경꾼들은 서둘러 자리를 피하고, 전장에 남은 사람은 여자애와 나, 둘뿐이었다. 여자애는 책상에 한팔을 베고 엎드려 무언가를 끼적거리고 있었다. 나도 똑같은 포즈로 책상에 엎드려 여자애를 훔쳐보았다.

여자애의 맨다리가 눈에 들어왔다. 무방비상태로 쩍 벌린 가무잡잡한 두 다리. 그 위에 무수한 모기 물린 자국과 크고작은 생채기와 멍자국. 어쩐지 천해 보이면서도 동정심을 유발하는

가느다란 두 다리. 하얗고 상처 하나 없고 균형잡힌 내 다리와
는 격이 달랐다. 하지만 어쩐지 천해 보이는 여자애의 다리가
훨씬 색감적으로 느껴지기도 했다. 자세를 곧추세운 여자애가
기지개를 켰다.

"그거 바나나우유였니? 아니면 흰 우유?"

여자애가 고개만 살짝 돌린 채 물었다.

"바나나."

나는 여전히 책상에 엎드린 채 무심히 대답했다.

"그럴 거라고 생각했어."

"정말 쓰레기라고 생각해?"

"글쎄…… 넌?"

"토사물이라고 생각하진 않아."

여자애가 자리에서 일어났다.

"밥 먹으러 갈래?"

"그러자. 널 롤리타라고 불러도 돼?"

"좋아. 넌 뭐라 불리길 원해?"

"네 맘대로."

"생각해볼게."

우리는 단 몇마디의 대화로 친구가 되었다. 나와 롤리타는 강
의실을 빠져나와 길어진 그림자를 밟으며 나란히 걸었다. 내 하
이힐과 롤리타의 슬리퍼가 기묘하게 잘 어울린다는 생각이 들
었다.

"내가 「나와 롤리타」라는 소설을 쓴다면, 오늘 우리 일을 첫 장면으로 하겠어."

"내 소설은 「롤리타와 나」야."

나는 소설을 읽지 않아 미안하다는 말 따위는 하지 않았다. 그 애가 쓴 것이 무엇이든 쓰레기거나 토사물은 아니었을 것이다. 물론 냄새나는 똥은 더욱 아니었을 테고.

"그다음 얘기는?"

"글쎄, 그건 우리가 무얼 하느냐에 따라 다르겠지?"

"그럼 이제, 우리, 뭐, 하지?"

롤리타가 걸음을 멈추고 혼잣말을 했다. 나는 롤리타를 마주 보았다. 그리고 롤리타의 귀에 대고 은밀하게 말해주었다.

"우린 근사한 걸 하게 될 거야."

〈마우스피스〉

여자는 가로등 불빛이 미치지 않는 도로가에 차를 세우고 앉아 있었다. 운전대를 부여잡고 앉은 여자는 어쩐지 불안하고 조급해 보였다. 거기 도착한 지 여섯 시간이 지나도록 여자는 길 건너 가마솥 설렁탕집 이층 창문에서 눈을 떼지 못했다.

여자는 담배에 불을 붙이고 연거푸 연기를 빨아들였다. 눈밑이 파르르 떨렸다. 좁은 차 안에 금세 연기가 들어찼다. 여자는 창문을 열고 피우던 담배를 신경질적으로 집어던졌다. 그러곤 주머니에서 마우스피스를 꺼내 입에 물었다. 권투선수용 마우스피스. 그것은 가마솥 설렁탕집 이층에 사는 남자가 여자에게 처음으로 선물한 물건이었다.

—세상에 불만 있어요? 이 다 상해요. 잘 때 이거 끼고 주무세요. 처음엔 불편해도 금세 익숙해질 거예요.

여자는 남자가 했던 말을 하나도 빼놓지 않고 기억할 수 있었다. 이를 갈며 잔다는 사실을 여자는 그때 처음 알았다. 마우스피스 때문이었는지 아니면 남자 때문이었는지, 여자의 이 가는 습관은 사라졌다. 적어도 남자가 떠나기 전까지는 그랬다.

—질척대지 말아요. 쿨하게 즐기자고 한 건 당신이었잖아요. 매력 없어요, 이렇게 물고 늘어지는 거. 당신답지도 않구요.

여자는 남자의 말이 진심이 아니라고 믿고 싶었다. 일종의 투정일 뿐이라고 생각했다. 남자의 머리칼을 쓰다듬어주면 다 해결될 일이었다. 하지만 여자의 손이 채 닿기도 전에 남자가 그 손을 매몰차게 뿌리쳤다. 여자는 남자의 반응이 낯설었다. 여자가 머리칼을 쓰다듬어주면 눈을 지그시 감고 낮은 숨을 내뱉던 남자였다. 여자를 갖지 못해 안달하던, 여자의 손만 닿으면 무너지던, 예전의 그 남자가 아니었다.

여자와 남자가 처음 만났을 때 남자는 스물다섯살이었다. 여자는 그보다 열 살이 많았다. 스물다섯살 남자에게 여자는 우상이었다. 이전에 만났던 어떤 여자들보다 능숙하고 풍요로웠다.

서른다섯살 여자에게 남자는 활력소였다. 미숙하고 불완전하지만 은밀하고 짜릿했다. 오년여의 시간이 흐르는 동안 헤어지려고 애를 쓴 것은 여자 쪽이었다. 태연히 다시 찾아가는 것도 물론 여자였다. 다시 찾아온 여자의 얼굴을 보면 남자의 다짐과 증오는 물거품이 되었다. 남자에게 여자는 일종의 중독이었다.

─그렇게 날 떼어놓으려고 애를 쓰더니, 이제 내가 끝내자고 하니까 아쉬워요? 그만 좀 갖고 노시죠. 선생님.

남자가 주먹을 불끈 쥐며 말했다. 여차하면 그 주먹으로 여자를 후려치기라도 할 기세였다.

─나 없이 살 수 있을 거 같아? 헤어질 거면 진즉에 헤어졌겠지, 안 그래? 너 혹시 여자 생겼니? 이제 자리 좀 잡으니까 어린 계집애들이 줄줄 따라다니니? 그러지 마. 어차피 넌 못 떠나. 자봐, 네가 좋아서 안달하던 걸 보라구!

여자는 셔츠를 풀어헤치고 젖가슴을 드러냈다. 남자는 그 풍만하고 탄탄한 젖가슴을 낱낱이 기억하고 있었다. 분홍빛 젖꼭지와 젖꽃판 부분에 난 조그마한 돌기까지. 여자는 남자의 손을 억지로 잡아끌어 제 가슴에 붙였다.

─만져봐. 옛날 그대로야. 하나도 안 변했어.

그 순간 남자는 여자에게 아무 미련도 남아 있지 않다는 사실을 확인했다. 여자의 어떤 것도 남자를 흥분시키지 못했다. 여자는 더이상 우상이 아니었다. 끊으면 금단증상을 보이는 중독물도 아니었다. 남자의 눈에 여자는 그저 발정난 암컷일 뿐이었다.

―추해요. 천박하고. 더러워.

남자는 이를 악물고 말했다.

―추하다고? 더러워?

―이제 그만해요. 자기연민 같은 건 버려요. 당신이 늘 하던 말 아니었어요? 냉정해지라고. 당신의 교만이 이렇게 만든 거야. 알아? 제발 내 앞에서 꺼져줘요.

단호하고 냉혹한 눈. 여자는 남자의 검은 눈동자 속에 비친 낯선 여자를 보았다. 변심한 남자를 붙들기 위해 안달하는 어리석은 여자. 붉어진 눈동자를 희번덕이며 악을 바락바락 쓰고 있는 여자.

여자는 정신을 가다듬었다. 풀어헤쳤던 옷을 여미고 헝클어진 머리칼을 쓸어올렸다. 그리고 웃었다. 그것이 여자가 할 수 있는 최선의 행동이었다. 여자는 차갑게 돌아섰다. 남자는 여자를 붙잡지 않았고, 여자도 되돌아보지 않았다. 여자와 남자는 그렇게 쿨하게 헤어졌다.

쿨하다는 것은 여자를 설명하기 위한 결정적이고 절대적인 키워드였다. 사실, 쿨한 태도는 원래 여자가 가진 것이 아니었다. 사람들은 속내를 드러내기 좋아하던 여자를 거북해했다. 돌진하고 참견하는 태도를 보이고 나면 꼭 손해가 왔다. 쿨하지 않은 사랑은 상처만 남겼다. 여자의 열정과 적극적인 태도는 비웃음거리였다. 세상은 여자에게 쿨하기를 강요했다. 그래야만 살아지고 인정받는 세상이었다.

사회와 역사에 대한 집착과 고민은 시대착오적인 것이다. 죄책감 따위는 개에게나 던져주어라. 짐지어야 할 의무와 책임보다는 누려야 할 권리와 자유가 우선이다. 타인의 삶에 관여하지 말고 영향받지도 말아라. 적절한 거리와 적당한 교류. 농담과 냉소. 위악과 가면. 침착하고 태연하고 서늘한 태도. 그것이 쿨한 세상을 만든다.

여자는 쿨을 자기 것으로 만들기 위해 뜨거웠던 몸을 바꿔야만 했다. 처음엔 어색했지만 시간이 지나자 쿨한 것에 익숙해졌다. 쿨하게 사는 것이 핫하게 사는 것보다 오히려 쉬웠다. 여자는 쿨의 성을 지었다. 어느 누구도 무너뜨릴 수 없을 만큼 견고한 성이었다.

남자와 헤어지고 나서 여자는 아무렇지도 않았다. 그것이 쿨한 태도라는 걸 여자는 잘 알고 있었다. 쿨하게 만나 쿨하게 헤어지는 것이 현대 연애의 절대적인 법칙이었다. 여자에게 이별의 통점 따위는 사라진 지 오래였다. 약간의 분노와 수치심이 여자를 힘들게 만들었지만, 그 정도의 소용돌이는 가뜬히 가라앉힐 자신이 있었다. 하지만 그런 생각이 오만이었다는 걸 알기까지 그리 오랜 시간이 걸리지 않았다.

여자는 수만 개의 바늘을 삼킨 것만 같았다. 몸속에 들어간 바늘은 혈관을 타고 온몸으로 퍼져갔다. 수만 개의 바늘이 독을 뿜고 혈관을 찢고 심장에 구멍을 내고 뼈를 쑤시고 살을 파고 나왔다. 살점이 떨어져나가고 피가 솟구치고 속이 썩어들어갔다. 여자는 숨쉬는 것조차 힘들었다.

단 한줄의 금이 견고한 성을 허무하게 무너뜨렸다. 내부에 숨죽이고 있던 거대한 분화구가 터지면서 여자는 예전의 뜨거운 몸으로 돌아갔다. 여자는 남자가 사는 집 앞에 차를 대고 몇시간씩 앉아 있다가 돌아오는가 하면, 공중전화부스에 들어가 밤새도록 전화를 해대기도 했다. 후회하고 집착하고 흥분하고 돌진하고. 여자는 도무지 스스로를 제어할 수가 없었다.

쿨하다. 그것은 사기다. 위선이다. 기만이다. 사악한 말장난이다. 얼어죽을 쿨. 여자는 운전대에 이마를 짓찧으며 자책했다. 쿨이 모든 걸 망쳐놓았다고 여자는 생각했다. 돌이킬 수만 있다면 남자를 다시 붙들고 싶었다. 자존심 따위는 상관없었다. 애원하고 협박해서라도 남자의 마음만 되돌릴 수 있으면 되었다. 하지만 남자는 단 한번의 기회도 주지 않았다.

자정이 가까워오고 있었다. 남자는 나타나지 않았다. 여자는 아무 생각도 하지 않으려고 애를 썼다. 하지만 여자 속에 무언가가 끊임없이 생각이라는 걸 하게 만들었다. 정확히 말하자면 상상이었다. 끔찍한 결과로 치닫는 어떤 상상들. 여자는 남자가 변하기 시작한 싯점을 거슬러올라 추측하고 짜맞추면서 무릎을 쳤다. 간교한 거짓말로 여자를 속이면서 몰래 계집들과 뒹굴었을 알몸의 남자를 생각하며 배신감에 치를 떨었다. 기어이 여자를 떼어놓고 자유를 즐기고 있을 남자를 생각하면 더 절망적이었다. 생각과 상상 속의 비통한 일들은 여자를 안절부절못하게 만들었다. 여자는 따져묻고 싶고 눈으로 확인하고 싶은 마음을 억지로 가라앉혔다.

여자는 마우스피스를 입에서 빼내 다시 주머니에 넣었다. 그러고는 차에서 내려 주저없이 길을 건넜다. 남자 집 번호키의 비밀번호는 그대로였다. 여자는 숨을 멈추고 손잡이를 돌렸다. 경첩소리가 유난히 날카롭게 들렸다. 어둠과 함께 익숙한 냄새가 밀려나왔다. 여자는 어둠속으로 빨려들어가듯 몸을 숨겼다. 그리고 어둠에 익숙해질 때까지 숨을 내쉬지 않았다. 집 안의 사물들이 서서히 눈에 들어오기 시작했다.

지난 오년간 허물없이 드나든 집이었다. 수없이 뒹굴었던 킹 싸이즈 침대와, 발가벗고 앉아 담배를 피우곤 하던 비닐 소재의 쏘파, 짝이 맞지 않는 낡은 책장과 책상, 그리고 여기저기 쌓여 있는 책과 신문뭉치들. 변한 것은 없었다. 여자는 그 변함없음이 무서웠다. 여자가 수많은 물건들을 버리고, 가구배치를 바꾸고, 머리 모양을 바꾸는 동안 남자는 아무렇지도 않게 태연한 삶을 살고 있었다는 현실이 끔찍했다.

침대 머리맡에 놓인 작은 스탠드 불을 켰다. 그것은 여자가 빠리의 벼룩시장에서 사온 것이었다. 주홍 불빛 아래 드러난 남자의 몸은 작고 단단했지. 여자는 남자의 등을 쓰다듬듯 스탠드 갓을 만지작거리며 생각했다. 그리고 그 불빛 아래서 나누었던 사소한 대화들도 떠올렸다. 그때는 가볍게 날아갔던 말들이 현재의 여자에겐 무겁고 고통스런 추억으로 돌아왔다.

침대에 걸터앉았다가 매트리스와 침대머리 사이에 낀 휴지뭉치를 발견했다. 두 손가락으로 휴지를 끄집어냈다. 휴지를 코에 갖다대고 냄새를 맡았다. 눈을 감고 휴지의 쓰임에 대해 상상했다. 여자는 거기서 남자의 정액 냄새가 난다고 생각했다. 그 생각은 여자를 더욱 불안정하게 만들었다. 침대시트에 묻어 있는 얼룩 하나, 방 안에 굴러다니는 휴지 하나 털 한올이 모두 어떤 증거물처럼 느껴졌다. 여자는 휴지를 갈기갈기 찢어버렸다.

남자는 집에 들어오지 않을 것 같았다. 먼 여행을 떠났는지도 모른다고 스스로를 달랬다. 여자는 즐거운 상상을 하려 애를 썼다. 어쩌면 남자도 여자처럼 헤어진 것을 후회하고 있을 거라고, 마음을 다스리기 위해 여행을 떠났거나 여자네 집 앞을 배회하고 있을 거라고 생각해보았다. 결국 긴 방황을 끝내고 여자에게로 돌아오리라고. 하지만 근거없는 즐거운 상상은 더이상 날개를 펴지 못하고 곤두박질쳤다.

여자는 남자의 숨결을 다시 느끼고 싶었다. 침을 흘리며 허겁지겁 입 안으로 밀고 들어오던 술냄새 풍기는 혓바닥과, 팔을 베고 누우면 어렴풋이 맡아지던 시큼한 땀냄새, 성급하게 올라탔다가 허망하게 쏟아지던 비릿한 정액 냄새. 여자가 때로 신경질을 부리곤 하던 남자의 모든 것들이 그리웠다.

도망가야 했다. 그렇게 하지 않으면 자신을 송두리째 잃어버릴 것만 같았다. 여자는 그만 집을 나가야겠다고 생각했다. 스탠드 불을 끄고 걸음을 떼려는 순간, 여자는 딱 한번만 남자의 침대에 누워보고 싶은 마음이 들었다. 한때 열정적이고 아름다웠던 시절을 추억해낼 수 있는 가장 강력한 그 침대에. 딱 한번만. 여자는 옷을 다 벗은 다음 침대 안으로 들어가 몸을 뉘었다.

따뜻했다. 그것은 추억의 힘이었다. 하지만 추억은 추억으로만 남아야 했다. 집착은 즐거웠던 추억까지 추하게 만든다. 이제 그만 되었다. 여자는 모든 집착과 헛된 욕망을 그 침대에 놓고 추억만 가지고 가기로 마음먹었다. 그렇게 생각하자 들끓던 마음이 차분하게 가라앉았다. 여자는 침대에 누워 눈물 한방울을 흘렸다. 여자는 그 한방울의 눈물이 남자에게 주는 마지막 선물이라고 생각했다. 그리고 미소지었다. 자조와 안도가 뒤섞인 묘한 미소였다. 여자는 침대에서 빠져나와 옷을 입기 시작했다.

팬티에 발을 끼워넣으려는 순간, 바깥에서 발걸음 소리가 들렸다. 계단을 다 올라온 발걸음 소리가 남자 집 현관 앞에 멈추었다. 남자의 목소리가 들렸다. 어렴풋이 계집의 웃음소리도 들렸다. 여자의 머릿속에 격랑이 일었다. 생각할 겨를이 없었다. 여자는 팬티를 마저 입고 나머지 옷을 챙겨 허겁지겁 보일러실로 몸을 숨겼다. 언젠가 남자의 친구가 갑작스런 방문을 했을 때 그랬던 것처럼. 보일러실 문이 닫히는 것과 동시에 현관문이 열렸다. 그리고 남자가 들어왔다. 계집도 함께였다.

보일러실에 몸을 숨긴 여자는 숨을 죽이고 문밖에서 나는 소리에 귀를 기울였다. 허겁지겁 옷을 벗는 소리, 까르르 숨넘어가는 계집의 웃음소리, 무언가 넘어지고 부딪치는 소리, 그리고 이어지는 교성. 도무지 깨어날 것 같지 않은 악몽. 모든 나쁜 상상이 현실로 드러나는 순간이었다.

쿠르릉 보일러 돌아가는 소리가 들렸다. 귀가 먹먹했다. 한바탕 분탕질을 끝낸 후 들리는 물소리. 물소리는 오래도록 이어졌다. 보일러가 멈추고 남자와 계집애의 히히덕거리는 소리가 들렸다. 언젠가 여자와 남자가 알몸으로 앉아 담배를 피우던 그 쏘파에 앉아 있을 남자와 계집애. 여자에겐 분노의 감정도 남아 있지 않았다. 지독히 나쁜 상황은 오히려 모든 걸 체념하게 만드는 힘이 있었다. 여자는 어서 그 좁은 보일러실에서 나갈 수 있기만을 바랄 뿐이었다.

—그거 알아요? 선생님 이상한 소문 있었던 거?

—무슨 소문?

—이진씨랑 연인이었다고.

—내가?

—사귄 거 맞죠?

—내가 총 맞았냐? 그런 나이 든 여자랑 사귀게?

—혹시 나랑 사귀는 동안에도 그 여자 만난 거 아니에요?

—왜 이래, 구질구질하게.

—그 여자가 선생님 소설도 봐주고 뒤도 봐주고 그랬다고. 선생님 소설 속 인물도 그 여자한테서 나온 거라고……

—그런 쓸데없는 소린 어떤 놈들이 하고 다니는 거야? 아주 소설을 쓰는구만. 그 여잔 내 취향도 아니라구. 목을 빳빳이 세

우고 다니는 그런 밥맛없는 여잔 질색이야. 아시겠어요? 우리 샘쟁이님?

　─근데요, 그 여자 남편 자살한 거 알아요? 비손가 청산가린가 먹고 죽었다잖아요.

　여자는 두 손으로 귀를 막았다. 귀를 막아도 남자와 계집의 목소리는 계속해서 들려왔다. 그게 다 그 여자한테 치여서…… 장례식장에서 눈물 한방울 안 흘렸다고…… 여자가 기가 세면 남자들이…… 여자는 눈을 꼭 감았다. 감은 두 눈에서 눈물이 흘러내렸다. 여자는 이를 악물었다. 이를 악물어도 속에서부터 올라오는 딸꾹질은 참아지지가 않았다.

　여자는 옷주머니에서 마우스피스를 꺼내 입에 물었다. 이를 보호해주고 숨을 조절해주는 권투선수용 마우스피스. 여자의 이 가는 습관을 고쳐주기 위해 남자가 선물한 초록색 마우스피스. 그것의 마지막 용도는 여자의 입을 틀어막는 것이었다.

〈사내와 개와 오동나무〉

　한 사내가 욕실 바닥에 엎드려 있다. 사내가 그 자세로 엎어진 지 이미 두 시간이 지났다. 입가에 묻은 피가 아니라면 깊은 잠에 빠져 있는 것처럼 보이기도 한다. 뻣뻣하게 굳은 손 옆에는 빈 술잔이 나동그라져 있다. 그 술잔을 비운 지 이분 만에 사내의 입에서 피와 함께 가스 한줄기가 새어나왔다. 그 가스는 혓줄기를 목 안으로 끌어당겨 숨통을 막은 다음, 몸의 모든 근육을 마비시켰다. 사내는 고통을 느낄 틈도 없었다.

욕실문이 열리고 남자 하나가 비칠거리며 들어온다. 눈도 채 뜨지 못하고 변기 앞에 서서 팬티를 내리고 성기를 꺼낸다. 오줌발이 터져나오는 것과 동시에 사내의 모습이 남자 눈에 들어온다. 반쯤 감겼던 남자의 눈이 커다래진다. 채 잦아들지 않은 오줌발이 사내의 맨발에 떨어진다. 남자는 헉, 낮은 신음소리를 내며 바닥에 주저앉는다.

남자는 지난밤 유난히 고집을 부리던 사내의 행동들을 기억해낸다. 아내는 북유럽 어느 나라를 여행중이라고, 빈집에 혼자 들어가기 싫으니 함께 가자고, 사내는 애원하다시피 남자의 팔을 붙들었다. 취할 대로 취한 남자에게 끊임없이 술을 권한 것도 전에 없던 일이었다.

남자의 머릿속에는 뇌진탕이나 뇌출혈 같은 불의의 사고가 떠오른다. 사내는 사고가 아니라 청산가리가 든 술을 마시고 죽었다는 것, 처음 사체를 발견할 사람이 아내가 아니라 가장 친한 친구이기를 바랐다는 것, 처음부터 계획된 일이었다는 것을, 남자는 알지 못한다. 그것은 나중에 사내의 양복 안주머니에 든 유서를 읽고 나서야 알게 될 일이다.

왜 이런 데서 자고 그래, 얼른 일어나. 남자는 친구의 이름을 부르며 소리를 질러댄다. 몸을 흔들고 따귀를 때리고 주먹으로 등을 쳐보아도 사내는 잠에서 깨어나지 않는다. 남자는 계속해서 사내의 이름을 부른다. 그렇게 하다보면 죽었던 사람이 돌아오리라 믿는 사람처럼. 여기서 뭐 하는 거야, 얼른 일어나라고, 얼른은. 남자의 울부짖음은 쉽게 끝날 것 같지 않다.

남자의 울부짖음이 허공을 가르는 사이, 사내는 욕실을 떠나 아주 길고 먼 여행을 하는 중이었다. 송아지만한 누런 개 한 마리도 함께였다. 목줄이 없어도 사내와 개의 거리는 일정하게 유지되었다. 어쩌면 사내와 개는 이미 하나의 그림자로 존재하는지도 몰랐다.

사내와 개가 한강 둔치에 나란히 앉아 있다. 사내는 다리를 장식한 전등불 수를 세고 있다. 주차장 구석에 세워진 쎄단 안에는 아랫도리를 무릎에 걸친 남녀가 허겁지겁 정사를 벌이는 중이다. 차의 불규칙적인 흔들림이나 거기서 새어나오는 신음소리가 사내의 시선을 돌리지는 못한다.

다리 위 전등불이 꺼진다. 사내는 고개를 숙이고 강물을 들여다본다. 검은 강물 위로 신랑 손을 잡은 화사한 신부가 흘러간다. 발을 헛디뎌 벗겨진 신부의 흰 구두도 떠내려간다. 그 구두를 주워 신부의 발에 신겨주는 무릎꿇은 신랑도 지나간다. 신부의 부케와 함께 날아오르던 웃음소리들도 검은 물줄기 속으로 잦아든다.

그 뒤를 이어 떠내려온 스티로폼에 사내와 개가 올라탄다. 멀리 바다가 보일 때쯤, 사내는 개를 데리고 스티로폼에서 내린

다. 갯벌을 사뿐히 건너 간척지에 세워진 신도시를 지나 신축공
사장에 다다른다.

이윽고 도착한 곳은 이제 겨우 골격을 갖춘 육층 건물 옥상이
다. 정면에 설치된 비계 위에는 청년 둘이 나란히 앉아 담배를
피우고 있다. 하나는 목에 수건을 둘렀고, 하나는 푸른 모자를
썼다. 담배연기와 함께 청년들의 굵은 웃음소리가 부서진다. 신
발 밑창에 담배를 비벼끈 수건청년이 먼저 몸을 일으켜세운다.
모자청년도 담배를 던지고 일어난다.

수건청년이 곡괭이로 거푸집을 뜯어내면 모자청년은 거푸집
찌꺼기를 끌로 긁고 불로 지진다. 수건청년과 모자청년이 만들
어내는 호흡은 완벽하다. 거푸집에 곡괭이를 꽂아넣을 때마다
청년의 팔뚝에 근육이 잡힌다. 따가운 햇살이 청년들의 그을린
어깨에 내리꽂힌다. 청년들이 탄 비계가 지상에 도착한다.

비계줄을 타고 내려오는 사내의 몸놀림이 날렵하다. 사내는
청년들에게 다가가는 한 여자를 본다. 앳된 얼굴이지만 당차 보
인다. 여자는 청년들의 비계가 사층에 있을 때부터 목을 빼고
올려다보고 있었다. 모자청년이 배시시 웃으며 수건청년의 옆
구리를 친다. 수건청년은 쑥스러운 듯 고개를 숙인다. 수건을
풀어 먼지를 탈탈 털어내는 동안, 모자청년은 짐을 들고 황망히
사라진다. 여자가 기다렸다는 듯 수건청년의 품에 안긴다. 지저
분하다, 여까지 뭐 하러 오노, 힘들게. 청년의 무심한 듯한 목소
리에는 다정함과 뿌듯함이 묻어 있다. 땀냄새 맡으려고, 먼지

냄새도. 여자는 청년의 가슴팍에 얼굴을 묻고 숨을 깊게 들이마신다. 남자가 여자의 머리칼을 쓰다듬는다. 여자가 웃는다. 남자도 따라 웃는다.

청년이 여자의 어깨에 팔을 두르고 걸어간다. 누런 개가 그 뒤를 쫓아간다. 멈칫거리던 사내도 걸음을 옮긴다. 청년과 여자는 골목을 돌고돌아 막다른 집으로 들어간다. 그들이 들어간 곳은 해질녘이나 잠깐 볕이 들어오는 반지하방이다. 방에 들어선 여자는 다짜고짜 옷을 올리고 청년의 입에 젖을 물린다. 청년은 여자 품에 아이처럼 안겨 젖을 빤다. 청년의 젖 빠는 소리가 눅눅한 방 안을 가득 메운다.

사내는 청년과 여자에게서 시선을 떼지 못한다. 누런 개가 그의 바짓가랑이를 잡아끌지 않았다면 사내는 그곳에 그냥 눌러앉았을지도 모른다. 사내는 아쉬운 표정으로 반지하방을 나선다. 사내는 노동자시인학교 플래카드가 걸린 건물 앞에서 걸음을 멈춘다.

종종걸음으로 계단을 내려오는 사무실 여간사와 노동자시인학교에 등록하기 위해 사무실로 오르는 청년의 어깨가 부딪친다. 여간사는 인근 공원의 등나무 그늘에 앉아 책을 읽는다. 벤치에 놓인 도시락에는 손도 안 댔다. 책장을 넘기는 여간사의 손끝에 보랏빛 등나무꽃이 떨어진다. 여간사는 등나무꽃을 책장 사이에 끼우고 책을 덮는다. 고개를 들어 하늘을 올려다보는 여간사의 입가에 향긋한 미소가 떠오른다. 그런 여간사를 바라보는 사내의 입가에도 미소가 번진다.

　사내와 개의 여행은 도무지 끝날 것 같지가 않다. 그들이 걷는 길에 꽃이 피고 낙엽이 지고 눈이 내린다. 비가 오면 우산을 펴고, 바람이 불면 옷깃을 여민다. 그들은 북적거리는 터미널을 지나 폐교가 된 빈 운동장을 가로지른다. 사내는 차부에 서서 바들바들 떨고 있는 소년을 본다. 눈물을 흘리며 새벽 첫차에 오르는 여인도 본다. 가만히 서 있는 사내 곁을 수많은 사람들이 스쳐지나간다.

　전단지 한장이 바람을 타고 사내의 발밑으로 굴러온다. 누런 개가 전단지에 그려진 쥐를 혓바닥으로 두어 번 핥더니 다리 사이에 꼬리를 숨긴다. 전단지는 다시 바람을 타고 날아간다. 바람이 멈춘 자리에 소년이 서 있다. 소년은 강둑에 잠시 내려놓았던 개를 다시 어깨에 둘러메느라 애를 쓰고 있다. 사내는 누런 개와 함께 소년의 뒤를 쫓는다. 들판 여기저기에 쥐약을 섞은 곡식들이 뿌려져 있는 걸 소년은 모른다. 쥐약을 잘못 먹은 개가 발광을 하며 들판을 냅다 뛰어간다.

　소년은 버드나무 둥치에 개를 누인다. 거기서 두어 발짝 떨어져서 구덩이를 파기 시작한다. 땅이 얼어 삽이 잘 들어가지 않는다. 한나절이 꼬박 걸려서 죽은 개가 들어갈 만한 자리가 생긴다. 소년은 구덩이에 개를 넣고 다시 흙을 덮는다. 그사이 동쪽 하늘에는 붉은 보름달이 떴다. 봉분 위에 벌러덩 누운 소년이 휘파람을 불기 시작한다. 휘파람 소리는 버드나무 마른 가지 사이를 휘돌아 강둑을 넘어 강물로 스며든다. 소년은 날이 밝아 올 때까지 휘파람 불기를 멈추지 않는다. 강물이 안개를 피워올릴 무렵 소년도 몸을 일으킨다. 발로 봉분을 툭툭 차고는 성큼성큼 걸어간다. 소년은 소년의 집과 반대방향으로 가고 있다.

소년이 사라지고, 봉분 위에는 사내가 등을 대고 누워 있다. 누런 개도 그 옆에 자리를 잡는다. 누런 개가 사내를 향해 우우 울음소리를 낸다. 사내는 여행의 끝이 멀지 않다는 것을 느낀다. 사내는 소년이 그랬던 것처럼 입술을 모으고 휘휘 휘파람을 분다. 하얗게 얼어붙은 휘파람 소리가 마른 풀들 위에 사뿐히 내려앉아 서리꽃을 피운다.

서리가 녹는다. 여린 풀들이 들썩이며 사내의 손등을 간질인다. 어디선가 날아온 꽃잎 한장이 사내의 손바닥에 앉았다가 날아간다. 따뜻한 햇살과 계집들의 웃음소리가 환하다. 내내 함께 했던 누런 개는 어디론가 사라지고 없다. 사내는 여행을 마치기 위해 양철대문 집으로 향한다.

사내아이가 혼자 툇마루에 앉아 있다. 아이는 마당에 떨어지는 오동나무 꽃을 세고 있다. 방 안에서는 남정네들의 거친 육담과 욕설들과 웃음소리가 왁자하게 흘러나온다. 아이를 돌보는 것은 툇마루 끝에 닿은 햇빛 한줄기와 꽃향기를 품은 바람뿐이다.

아이에게는 화투장 하나가 유일한 장난감이다. 화투장은 비행기가 되고 자동차가 되고 로봇이 된다. 크레파스가 되고 접이칼

이 되고 블록이 된다. 아이는 화투장에 그려진 그림을 유심히 들여다보며 이야기를 만든다. 아이의 입에서 흘러나온 이야기들은 시가 되고 소설이 된다. 시냇물이 흐르고 버드나무 가지가 일렁이고 개구리가 운다.

방문이 열리고 남자가 나온다. 남자와 함께 담뱃진내와 술냄새도 밀려나온다. 아이가 화투장을 감춰보려 하지만 남자는 이미 방문을 열기 전부터 아이의 손에 든 것이 무언지 알고 있었다. 남자가 아이의 손에서 화투장을 낚아채고는, 그 손으로 아이의 얼굴을 후려친다. 아이는 툇마루에서 굴러떨어져 흙마당에 나동그라진다. 아이는 울지 않는다. 아이는 울어서 얻을 것이 없다는 것을 알고 있다.

마당에 멍하니 앉아 있던 아이가 고개를 돌려 개집을 바라본다. 개집 안에는 낳은 지 일주일 된 새끼 개 여섯 마리와 젖이 퉁퉁 불은 누렁이가 있다. 아이는 젖을 빠는 새끼 개들을 보며 입맛을 다신다.

아이가 개집을 향해 다가간다. 한동안 개집 안을 들여다보던 아이가 새끼 개들을 꺼내기 시작한다. 여섯 마리를 모두 꺼낸 아이가 몸을 옹송그려 개집 안으로 들어간다. 누렁이는 아이가 자리를 잡도록 몸을 바싹 붙여준다. 다리를 들어 아이를 품에 안는다. 아이는 누렁이의 다리를 베고 눕는다. 단단한 젖꼭지를 입에 문다. 누렁이는 아이에게 기꺼이 젖을 내준다. 아이는 태어나서 젖을 빨아본 적이 없지만, 새끼 개들이 그랬던 것처럼 혀를 동그랗게 말 줄은 안다. 아이의 얼굴에 보조개가 팬다. 두 손으로 젖통을 번갈아 누르며 새끼 개 흉내를 내기도 한다. 아이는 새끼 개들을 위해 두 개의 젖꼭지에만 입을 댄다. 오동나무 이파리 하나가 날아와 개집에 문을 달아준다.

사내는 아이와 누렁이가 누워 있는 개집에서 여행을 끝내도 괜찮겠다는 생각을 한다. 하지만 마지막으로 꼭 보고 가야 할 것이 있다. 사내는 오동나무 이파리 대문 집을 일별하고 방으로 걸음을 옮긴다.

방은 좁고 어둡다. 이제 막 사정을 마친 남자가 가쁜 숨을 몰아쉬며 여자의 얼굴을 감싼다. 여자는 두 손으로 눈을 가린 채 남자 품에 안긴다. 여자는 웃음이 나려는 걸 억지로 참으며 남자에게 말을 건다. 남자는 자꾸만 감기는 눈꺼풀을 치켜뜨며 여자의 말에 대답한다. 지금 죽어도 좋아. 여자가 눈을 감으며 말한다. 나도. 남자가 눈을 감으며 대답한다. 그리고 누가 먼저랄 것도 없이 동시에 잠이 든다.

사내는 벗은 남녀의 마지막 대화가 귀에 설지 않다. 그것은 언젠가 눅눅한 반지하방에서 한 여자와 사내가 나눈 대화인지도 모른다. 사내의 눈에서 눈물이 흘러내린다. 사내는 여자 몸속으로 들어가 여행을 마칠 생각이다. 거기 들어가 물고기로 다시 살 생각이다.

사내의 눈에 여자의 하얀 엉덩이가 들어온다. 그리고 거기 찰싹 붙어 있는 화투패 한장을 본다. 화투장에는 누런 개 한 마리가 사내를 향해 꼬리를 흔들고 있다. 사내는 조금씩조금씩 작아진다. 손톱만해진 사내가 그림 속으로 빨려들어간다. 사내와 개와 오동나무. 그 옆으로 자그마한 시냇물이 흐른다. 여자 엉덩이에 붙어 있던 화투장이 바닥으로 툭 떨어진다.

〈작가후기〉

이것은 세 편의 소설을 묶으며 덧붙이는 작가후기이다. 여기에 실린 것들 중에 어떤 것은 내가 직접 썼고, 어떤 것은 다른 사람이 쓴 것을 좀 고쳐 썼다.

소설의 발단은 강의실에서부터 시작한다. 나는 학생들에게 강의실 안에 있는 사람들을 모델로 소설쓰기 과제를 내주었다. 나는 학생들 사이에서 벌어질 반목과 시기와 분노를 보고 싶었다. 소설은 왜곡과 과장을 통해 이루어지므로, 작중인물들의 불만이 작가와의 관계를 어떻게 변화시키는가가 궁금했던 것이다. 물론 나를 포함해서 말이다.

그들의 소설에서 나는 욕망을 읽었다. 내부에 들끓는 자신의 욕망과 타인을 향한 욕망이 뒤섞여 새로운 욕망을 만들어내는 모습. 언젠가 내게 무안을 당했던 한 학생이 쓴 소설이나, 내게 끊임없이 문자질을 해대던 여드름투성이 남자 녀석의 소설은,

그래서 더욱 흥미로웠다.

　나를 비웃고 조롱하고 상상하는 방식에 화가 나기도 했다. 멋대로 꾸며대고, 소문을 부풀리고, 치부를 까발려서 만들어진, 나이면서도 결코 나일 수 없는 나. 나는 왜곡된 내 모습에 분노를, 소설을 향한 치기어린 열정에 시기를 느꼈다. 그러다가 문득 내가 쓴 것들을 떠올렸다.

　나는 엄마를 팔아먹고, 옆집 여자의 슬픔을 희화했고, 친구의 외모를 굴절시켰다. 낯선 사람들을 쫓아다니며 꼬치꼬치 캐묻고 염탐하고는 내 맘대로 써버리기도 했다. 온갖 나쁜 일을 도맡아하던 남편은 다섯 번이나 죽었다. 생각해보니 자기 얘기를 썼다고 연을 끊은 절친했던 친구도 하나 있다. 소설을 위해서라면 어쩔 수 없는 일이었다.

　한권의 소설책을 낼 때마다, 내 소설은 내가 쓴 것이 아니라, 그 소설이 나오기까지 도움을 준 많은 사람들이 쓴 것이라고 말하곤 했다. 나는 다만 입을 빌려준 것뿐이라고, 실제로는 그들이 쓴 이야기들이라고 말이다. 그것은 결코 포즈가 아니었다. 나는 내가 함부로 훔쳐온 삶과 삶의 주인들에게 일종의 죄책감을 가지고 있었던 것이다. 이것은 다만 이야기일 뿐이니, 상처받지 말라고 말하는 것은 그들에게 책임을 전가하는 일이다. 희생은 인물들이 하고, 보상은 작가가 받고. 나는 내가 소설의 모델이 된 후에야, 그 사실을 깨달았다. 나는 내 인물들에게 진 빚이 많다.

소설을 쓴다는 것은 어쩌면 세상에 진 빚을 갚는 것인지도 모른다. 내가 외면한 세상, 내가 저지른 실수, 알게 모르게 저지른 세상에 대한 교만과 악행들. 그것에 대한 고백성사이며, 자기반성이며, 죄사함이다. 세상에 진 빚이 없으니 자유로운 소설이 나온다는 것은 그야말로 기만이고 자기합리화다. 어찌 이 세계에 무결할 수가 있겠는가. 하물며 내가 먹고 싸고 자는 동안에도 물과 공기와 나무들은 죽어가는데. 내가 사랑을 노래하는 동안 세상에는 유괴와 질시와 범죄 들이 난무하는데. 한낱 글쓰기 재능으로 세상에 제멋대로 군림하면서 죄의식도 갖지 않는다면, 그렇게 나온 소설이 과연 순수한 것일까?

누군가의 표현대로 나는 한물간 소설가이며, 남편을 죽음으로 몰고 간 나쁜 아내이기도 하다. 지나친 도도함과 자신감으로 학생들에게 조롱을 받는 퇴색한 여교수다. 이제 나를 흥분하게 만드는 어린 남자애도 없다. 사실 나는 등나무 꽃잎이 어떻게 생겼는지도 모른다. 노동자시인학교는 근처에도 가보지 않았다. 이젠 뭐가 사실이고 뭐가 허구인지 분간이 가지 않는다.

이것은 내 마지막 소설집에 붙이는 작가의 말이다. 어쩌면 이것은 생에 마지막으로 남기는 유서인지도 모른다. 이것이 유서라고 생각하니 요절작가를 꿈꾸던 시절이 떠오른다. 등나무 꽃잎 하나도 소중한 시절이었다. 하지만 나는 이미 요절하기에 너무 늦은 나이가 되어버렸고, 꽃잎 하나에 미소짓는 일도 없다.

내가 죽어 먼길을 떠나 어디엔가 도착해야 한다면 내가 쓴 소설 속으로 들어가겠다. 소설을 쓴다는 것은 시간을 거슬러 기억 저편의 그림 속으로 가는 과정일 테니까. 그러니 이것이 누가 쓴 것이든 태우지 마시라. 내가 쓴 것, 그 속에 내가 있다.

백조의 호수

완벽해.

마침내 제 품에 안긴 한 마리 개를 바라보며 여자는 흡족한 미소를 지었다. 그리고 입술을 달싹여 비숑 프리제,라고 발음해보았다. 혀끝에 감기는 이름이 여자의 만족감을 한층 높여주었다. 희고 윤기 흐르는 털과 검고 반들반들한 코. 과연 프랑스 귀족들이 사랑한 견종다워, 기다렸던 시간이 결코 아깝지 않았어. 여자는 비숑 프리제의 보드라운 털을 쓰다듬으며 생각했다.

여자가 비숑 프리제를 선택한 것은 오랜 고심 끝에 이루어진 것이었다. 특별해야 했다. 평범한 것은 싫었다. 누구나 다 아는 몰티즈나 푸들, 테리어 종류가 일단 제외되었다. 시베리언 허스

키나 맬러뮤트는 특별하기는 하지만 몸집이 너무 컸다. 그렇다고 봉제인형처럼 작고 귀엽기만 한 종은 폼이 나지 않았다. 닥스훈트나 퍼그처럼 불균형한 신체를 가진 종 또한 여자의 외모와는 어울리지 않는다고 판단되었다. 미니어처 핀셔나 비글 같은 단모종과, 털이 길고 아름답지만 탈모가 심한 스패니얼 종도 안되었다. 결국 남은 것은 재패니즈 칭과 비숑 프리제였다. 국내에선 흔하지 않은, 일본 황실과 프랑스 귀족들 사이에서 사랑받은, 털의 길이와 크기와 외양이 조화로운, 그야말로 여자에게 딱 어울리는 종이었다. 최종선택에 결정적인 역할을 한 것은 이름이었다. 비숑 프리제. 덥수룩한 털로 장식하다라는 뜻. 여자의 장식품으로서 더없이 좋은 종이었다. 여자는 견종을 결정한 순간, 그 개를 비숑이라 부르기로 마음먹었다.

애완동물을 키우겠다고 생각한 뒤 맨 먼저 떠올린 것은 페르시아나 히말라야 종의 고양이였다. 부드러운 털과 오묘한 눈빛, 냉정하면서도 우아한 고양이의 자태가 자신과 가장 잘 어울린다고 판단했기 때문이다. 하지만 귀 끝이 연한 살구색이 감도는 페르시아 고양이를 대면한 여자는 이내 마음을 바꾸었다. 시선을 빨아들일 듯한 눈동자와 윤기 흐르는 털은 여자가 보아도 아름다웠다. 여자는 사람들의 시선이 자신과 고양이 중 어느 쪽으로 먼저 가게 될지를 가늠하고 있음을 깨달았다. 한낱 고양이에게 경쟁을 하고 있다니. 여자는 자존심이 상했다. 그것은 멋진 액세서리를 앞에 두고 빛이 바랠까 지레 걱정하는 격이지만 자존심이 상한 여자는 갖고 싶은 마음을 완전히 접었다. 함께 산책을 할 수도 없잖아, 주인도 못 알아보는 동물일 거야. 여자는 흠집난 자존심을 그렇게 가뿐하게 치료했다.

견종을 결정하는 일보다 더 중요한 것은 어디에서 데려오는가의 문제였다. 농장에서 생산되어 애견센터 쇼윈도우에 전시된 질 낮은 강아지를 데려올 수는 없는 일이었다. 사랑과 애정을 듬뿍 받으며 가정집에서 태어난 강아지여야 했다. 그것도 괜찮은 집에서 키워진 혈통 있는 개. 인터넷을 비롯해 여기저기 알아보았지만 여자의 마음에 드는 개는 쉽게 나타나지 않았다. 여자는 조바심을 누르며 참을성있게 기다렸다.

기다림은 헛되지 않았다. 행운은 유명 의류업체의 청담점 오픈 리셉션 때 찾아왔다. 두어 시간 동안 진행된 리셉션에서 여자가 책임진 케이터링은 성공적이었다. 칵테일과 각종 핑거 푸드들, 꽃과 유리를 주로 한 테이블 데코레이션은 풍성하면서도 격조가 있었다. 리셉션이 끝나갈 무렵 여자는 의류업체 사장과 마주섰다. 초콜릿 칩을 넣은 강아지 모양의 쿠키를 집어든 사장이 제집 개 이야기를 꺼냈고, 누군가가 견종을 물었고, 사장의 입에서 비숑 프리제라는 말이 나오자마자 여자가 아는 척을 했다. 비숑 프리제는 귀족의 개잖아요, 저도 키우고 싶어 알아봤는데 여태 못 구했지 뭐예요. 네댓 명이 각기 칵테일 잔을 들고 둘러서 있었지만 비숑 프리제에 대해 아는 사람은 여자뿐이었다. 도그 쇼에서 챔피언에 오른 개의 혈통을 이어받았습니다. 여자의 반응에 힘을 얻은 사장은 프랑스에서 직접 받아온 혈통서와 개의 영특함에 대해 덧붙였다. 여자에게 찾아온 진짜 행운은 바로 그 개가 임신중이라는 사실이었다. 좋은 종을 번식시키지 않고 놔두는 건 죄잖습니까? 그에 맞는 짝을 찾아주느라 꽤나 고생했습니다. 제게도 행운을 나눠주세요. 여자는 사장의 팔에 제 팔을 감으며 비음이 섞인 목소리로 말했다. 사장은 여자의 손을 슬쩍 감아쥐며 비숑 프리제를 약속했다. 그후로 다섯 달을 기다려 비로소 새끼 비숑을 품에 안게 된 것이었다.

여자가 얻은 것은 혈통 좋은 개만은 아니었다. 여자는 사장이 운영하는 의류업체의 각종 파티의 스타일링은 물론이고 사교모임에도 초대되었다. 사장의 사교모임에 오는 사람들은 대부분 재력가나 실력가 들이었고, 여자의 일에도 적지 않은 도움이 되었다. 조금씩 친분을 쌓아가던 여자와 사장의 관계는 언제부턴가 일본이나 홍콩 출장 때 동행하는 관계로까지 발전했다. 사장은 땅투기 따위로 돈을 번 졸부와는 달리, 지성과 매너를 겸비한 실력가라는 것이 여자의 평가였다. 여자는 혈통 좋은 개를 선택함으로써 여자와 어울리는 사람들과의 교제도 넓히고 든든한 스폰서도 얻은 것이었다.

물이 달라야 고기도 다르다, 노력하는 자만이 그에 상응하는 결과를 얻을 수 있다. 그것은 여자가 생각하는 삶의 기본방식이었다. 오미숙 선생 스타일링 강좌를 비롯해 재팬 푸드코디네이트를 수료하고, 랩핑 코디네이터와 베타 홈 화과자 코스, 파티 플라워 강좌를 수료하는 데 들인 시간은 결코 헛되지 않았다. 각종 음식광고 촬영을 비롯해 고급 음식점 스타일링과 뷰티클래스 파티 등. 그동안 여자가 맡은 굵직굵직한 일들은 이루 셀 수가 없었다. 사년 전에는 홍대 근처에 스튜디오 겸 작업실을 마련했고, 써포터들과 수강생도 꽤 되었다. 이제는 자신의 이름만으로도 실력을 보장받는 최고급 푸드스타일리스트라 자부하고 있었다. 그것은 다른 물로 들어가기 위한 기본적인 명함이기도 했다. 푸드스타일리스트가 상대하는 물은 그야말로 다른 물이기 때문이었다.

그런 여자가 애완동물을 키우겠다고 생각한 것은 순전히 계절 탓이었다. 가을이었고, 느닷없이 쓸쓸하다는 느낌이 들었다. 아이를 낳아 키우고 싶다는 모성본능과 함께 결혼을 하면 어떨까 하는 생각에까지 이르렀다. 여자는 당혹스러웠다. 안달난 노처녀처럼 천박한 생각을 하다니, 여자는 세차게 고개를 흔들어댔다. 혼자서도 잘살아왔다. 혼자였기에 현재의 자신이 있는 거라고 믿고 있었다. 좁은 공간에서 누군가 뱉은 숨을 들이마시며 자야 한다는 것은 생각만 해도 끔찍한 일이었다. 한 남자만을 위해 음식을 장만하고, 남자의 양말과 여자의 속옷이 한 세탁기에서 돌려지고, 침대시트에 박힌 굵고 구불구불한 남자의 거웃을 거둬내고, 애 뒤치다꺼리를 하느라 볶이고, 그러다 어느날 늙고 볼품없는 여자가 되어 있겠지. 그러느니 개를 키우자. 개는 방패막이며 장식이며 위안이 될 것이었다. 여자는 싸구려 감상에서 벗어난 자신을 대견해했다.

빗질을 많이 해줄수록 털이 고와져요, 애교는 또 어찌나 많은
지, 생각 같아서는 다 키우고 싶지만 어미가 샘을 부려서요. 어
미 비숑의 귀를 만지작거리며 말하는 사장 부인의 목소리를 들
으며 여자는 또 한번 자신의 선택에 만족해했다. 사랑은 독차지
해야 맛이라는 걸 너도 아는구나. 정작 그 사실을 모르는 사장
부인이 가엽게 느껴져서, 여자는 감사와 존경으로 한껏 치장한
미소로 비숑을 받아안았다. 비숑을 안은 여자는 곧바로 애견용
품점으로 향했다.

단계별로 영양을 달리한 프랑스제 로열 캐닌 사료와, 여자가
자는 침대와 비슷하게 생긴 원목침대, 은나노가 함유된 탈취제,
긴 털을 아름답게 관리해줄 모발제품들을 샀다. 그리고 식기는
유아용품매장에서 쎄라믹 제품을 구입했다. 그것은 장식품에
맞는 또다른 장식품을 고르기 위한 신중함이었다. 모든 물건은
까탈을 부릴수록 후회가 없는 법이라고 여자는 믿고 있었다. 음
식 역시 좋은 재료에서 출발하는 법. 좋은 재료를 골랐으니, 다
음은 그 재료의 특성을 제대로 파악하는 게 필요했다.

우선 개가 먹어서는 안되는 음식과 좋은 음식을 구별해야 했
다. 오징어나 쥐포 같은 건어물은 위장장애를 일으킬 수 있으므
로 절대 주지 말 것. 어차피 자신도 안 먹는 음식이니 그럴 일은
없겠다고 가볍게 넘어갔다. 양파 두 조각이면 산소공급이 불가
능할 정도로 적혈구를 상하게 하므로 절대 금물. 여자는 양파를

머릿속에 각인시켰다. 그밖에 지방이 많은 음식이나 짠 음식, 닭뼈나 껌 등 주의해야 할 음식들을 체크했다. 모두 여자가 즐기지 않거나 먹지 않아도 되는 음식이므로 별다른 문제는 없어 보였다. 문제가 될 만한 것은 초콜릿이었다. 초콜릿에 함유되어 있는 데오브로민은 뇌로의 혈류량을 감소시키고 심장마비를 일으키는 독약이라는 것. 그 달콤하고 감미로운 초콜릿 한조각만으로도 개를 죽음에 이르게 할 수 있다니. 더구나 초콜릿은 여자가 특별히 좋아하는 것이 아닌가. 벨기에의 고디바나 스위스의 린트 제품은 이미 모두 다 먹어봤다고 자부할 정도였다. 가장 비싸고 화려하다는 수제 초콜릿의 맛을 보기 위해 빠리까지 달려간 적도 있었다. 초콜릿 칩을 얹은 쿠키나 케이크는 여자가 즐겨 내놓는 메뉴 중 하나였다. 초콜릿을 공유할 수 없다는 데 실망하긴 했지만 상관없었다. 어차피 요리는 작업실에서 하게 될 것이고, 초콜릿은 집으로 가져오지 않으면 될 일이니까.

여자는 푸드스타일리스트답게 비숑의 스타일을 잡아갔다. 가장 어렵다는 배변훈련도 쉽게 마쳤고, 여자의 침대로 뛰어오르거나 먹을 것을 탐내는 등의 버릇없는 행동도 일찌감치 고쳐놓았다. 젖니를 갈고 나서부터는 우아하고 당당한 목선이 드러났고, 털은 정성스러운 빗질과 관리로 고급 파우더 퍼프의 느낌이 났다. 여자는 근처 공원이나 한강 둔치를 산책하기도 했는데, 잘 가꾸어진 외양과 비숑 특유의 쾌활한 발걸음은 주위 사람들의 시선을 붙들기에 충분했다. 아무에게나 꼬리를 흔들거나 안

기지도 않아서 여자가 개줄에 끌려다니는 꼴사나운 일이 발생하지도 않았다. 비숑은 여자가 스타일링한 대로 고급스럽고 우아한 개가 되어갔다. 비숑의 스타일이 완성되어가는 동안 여자는 쓸쓸하지도 않았고 결혼 생각이 들지도 않았다. 최고급 일식당의 스타일링을 비롯해 에이급 작업들이 이어졌고, 더불어 의류업체 사장의 사랑도 독차지했다.

완벽해. 디자인 갤러리 제품의 와인글라스와 샹빠뉴글라스, 영국 덴비 제품의 개인용 매트, 화려한 아마릴리스로 장식한 쎈터피스와 레드 컬러의 초로 연출한 로맨틱 분위기까지. 완벽한 성탄절 파티 테이블 쎄팅이었다. 여자는 초에 불을 붙이고 테이블 뒤로 물러섰다. 그리고 자신이 만들어낸 창작품을 숨죽인 채 바라보았다. 조명이 켜지고 촬영이 시작되었다. 플래시가 터질 때마다 여자는 빛이 제 몸 위로 부서지고 있다는 느낌을 받았다. 여자의 표정은 마치 융단을 밟으며 시상식장으로 걸어들어가는 여배우처럼 상기되어 있었다. 계속해서 돌아가는 셔터소리는 여자의 몸을 조금씩 달구고 있었다.

음식으로 스타일과 스토리를 표현하는 게 바로 푸드스타일리스트야. 예술가적 감성과 전문적 지식을 겸비해야만 가능한 스타일리스트. 저기 내 스토리가 있다. 고급 테이블 위에 놓인 붉은 아마릴리스 꽃, 아마릴리스가 아니면 무엇이겠는가! 아마릴리스 꽃을 바라보는 여자의 입가에는 미소가 가시지 않았다. 여자는 필름을 갈아끼우는 사진작가를 슬쩍 한번 보고는, 마치 자신이 연기한 영화가 스크린에 펼쳐지고 있기라도 하듯 도취감에 빠져 주위를 둘러보았다. 그들은 최고의 요리 전문 사진작가이고, 최고의 잡지 편집장이며, 자신의 작품을 위해 혼신을 다한 스태프들이었다. 최고가 아니었으면 함께 작업을 하지도 않았으리라. 여자는 만족스러웠다. 십이 페이지나 차지하는 성탄 특집란이었다. 여자의 스토리가 그대로 들어 있는 특별상영.

테이블 쎄팅 촬영이 끝나고 세부 촬영에 들어가기 위해 준비하는 사이 여자는 잠시 숨을 가다듬을 수 있었다. 계속해서 플래시가 터졌다면 여자는 도취감에 지쳐버리고 말았을 것이다. 여자는 애피타이저로 준비한 니스풍 쎌러드와 아스파라거스 토스트, 카프레제 까나페를 차례차례 무대에 올렸다. 일본 니꼬사의 은은하면서도 고급스러운 그릇은 작품을 압도하거나 누르지도 않았다. 메인으로는 칠면조구이와 함께 허브 통닭구이를 선보였다. 흔히 구할 수 있는 영양통닭에 허브와 올리브유를 추가해 새롭고 특별한 메뉴를 만들 수 있음을 보여주려는 의도였다. 가장 화려한 접시에 각종 치즈를 담아 한 컷, 금잔화로 장식한 여성스러운 크리스마스트리 한 컷, 치즈케이크 위에 블루베리와 크랜베리로 장식한 디저트 한 컷. 게스트들을 위해 마련하면 좋을 선물들 모음 한 컷, 메인메뉴와 어울릴 만한 와인과 식후주 베네딕틴까지. 모든 것이 완벽했다.

촬영은 두 시간에 걸쳐 진행되었다. 촬영이 끝나자 여자는 극

심한 피로를 느꼈다. 노곤하면서도 묵직한 그 피로감은 열정적이고 격렬한 쎅스를 끝낸 뒤의 나른함과 같았다. 하지만 화려하고 완벽한 식탁은 거기서 끝이었다. 여자가 요리를 만든 것은 성탄절 파티를 위해서도 스태프들의 노고를 치하하기 위해서도 아니었다. 그것은 좀더 아름다운 화면을 선사할 스토리이며 연기일 뿐이었다. 노릇한 통닭 껍질 사이에는 식은 기름이 하얗게 뭉쳐져 있을 테고, 일찌감치 촬영을 마친 니스풍 쌜러드는 이미 물기를 잃었을 것이다. 겉은 노릇노릇하지만 속살은 채 익지 않은 칠면조 배를 갈라 다시 요리를 하고 간을 맞추는 과정을 보여줄 수는 없는 일이었다. 근사한 성탄절 파티 음식을 맛보리라 기대한 사람들은 염소젖 치즈를 얹은 까나페와 치즈케이크로 만족해야 했다. 사진작가와 편집장을 위해서는 특별히 아스파라거스 토스트를 선사했다. 사람들에게 까나페와 케이크를 건네주는 여자의 손놀림은 꼭 하사품을 내리는 여왕의 것 같았다.

촬영팀이 모두 철수하고 써포터들과 수강생 몇이 스튜디오에 남았을 때에야 여자는 몸의 긴장을 풀 수 있었다. 선생님 오늘 정말 근사했어요. 써포터 중 와인을 담당한 남자가 여자에게 다가가 말했다. 특히 포인쎄티아가 아니라 금잔화를 이용한 장식은 정말 독창적이었어요. 여자는 남자의 말에 환한 미소로 답했다. 여자는 누군가의 칭찬에 익숙했다. 오히려 자신을 추켜올려주지 않는 집단에서는 오래 머물지 못했다. 여자가 다른 여자들처럼 패를 이루어 지내지 못하는 것도 그 때문이었다. 여자들

틈에 있으면 그녀들이 자신을 좋아하지 않거나 꺼린다는 느낌을 받곤 했다. 그녀들은 자신의 아름다움과 능력을 시기할 것이 분명했다. 그녀들의 비유를 맞추기 위해 자신을 낮추느니 패거리에 끼지 않는 편이 나았다.

스튜디오 정리를 하느라 분주한 사이 남자가 여자에게 초콜릿 박스를 내밀었다. 여자가 좋아하는 스위스 린트 초콜릿이었다. 여자는 남자가 여자의 관심을 끌려고 애쓴다는 것을 알아차렸다. 이애를 어떻게 할까. 제법 미남인 얼굴에 단단한 가슴팍을 가진 이애. 여자는 초콜릿을 들고 서 있는 남자를 보며 잠시 생각해보았다. 결혼을 하자고 보챌 일도 없고, 항상 배우는 자세로 찬사를 보내줄 이 남자애. 하지만 자신보다 여섯 살이나 어린데다 이제 막 푸드스타일링에 발을 들인 풋내기에게 모험을 하고 싶지는 않았다. 남자가 여자의 수준에 오를 즈음이면 여자에게 싫증을 내고 남자를 떠받쳐줄 어린 여자애를 찾게 될 것이었다. 결국 여자는 존경받는 선생님으로 남는 것이 훨씬 더 현실적이라는 판단을 내렸다. 잘 먹을게, 네 와인 선택도 좋았어. 여자는 초콜릿을 받아들고 적절한 칭찬으로 보답해주었다.

여자는 남자에게서 받은 초콜릿을 가방에 넣고 스튜디오를 나섰다. 다음 촬영에 쓸 소품들을 위해 몇개의 숍을 돌고 난 후 모임에 갈 것이었다. 그 모임은 건축가와 변호사 증권사 딜러로 이루어진 사교모임으로, 건축가의 새로 단장한 작업실에서 조촐한 파티를 갖기로 했다. 구성원들의 취향을 감안할 때 술은

꼬냑이 될 것이었고, 가방에 든 초콜릿은 쎈스 있는 안주로 손색이 없을 것이었다.

건축가의 새 작업실은 거친 듯하지만 현대적인 감각이 돋보이는 건축물이었다. 그날의 화제는 건축물과, 홈씨어터 씨스템에 관한 것이었다. 영화를 유난히 좋아하는 건축가는 벽 한가득 스크린을 설치하고 프로젝터와 6.1채널 스피커를 설치해놓았다. 이야기를 나누는 데 방해가 되지 않을 정도의 은은한 음악이 모임의 분위기를 한층 높여주고 있었다. 증권사 남자가 뉴질랜드 이민을 결정했다는 이야기는 대화의 주제를 바꾸어놓았다. 나도 늘그막에는 그쪽으로 이민을 가야겠습니다, 서울 시내야 답답해서 어디, 일찌감치 결정 잘했습니다. 답답하기야 정치도 마찬가지죠, 어디서 데모나 하던 것들이 국회의원이라고 날뛰지 않나, 그 꼴 보기 싫어서라도 이 나라를 떠야겠어요. 이민 얘기는 슬그머니 정치 얘기로 흘렀고, 대통령의 학력과 자질에 대해 언급하더니, 각자의 학교와 동문들의 거취 얘기로 이어졌다. 결국 모임원의 관계를 더욱 돈독히하자는 의미에서 건배를 한 뒤 자정이 되어서야 모임이 끝났다. 몇은 작업실에 남아 술을 더 마시기로 했고, 여자는 사람들의 끈질긴 설득에도 불구하고 집으로 향했다.

매일매일 작업과 모임의 연속이었다. 연말연시에는 각종 파티가 많아 써포터들을 비롯하여 수강생들까지 전격 투입되어 바쁜 일정을 겨우겨우 맞추어나갔다. 여자는 바쁜 와중에도 의류업체 사장과 여행을 가기도 했고, 사교모임에도 꾸준히 얼굴을 비쳤다. 집에 있는 시간보다는 작업실과 모임에서 보내는 시간이 더 많았다. 그러는 사이 여자가 고심 끝에 골랐던 장식품 비숑은 유행 지난 액쎄서리가 되어가고 있었다.

　황사가 심한 어느 봄날 아침, 거울 앞에 선 여자는 기겁을 했다. 입가에 피어오른 허연 버짐과 눈밑에 보일락말락 자리잡은 기미 때문이었다. 부쩍 건조해진 계절 탓이라고 무심히 넘기려는 순간, 미처 보지 못한 목의 주름까지 보고야 말았던 것이다. 선명히 그어진 목주름은 사형선고와 같았다. 피부만큼은 이십대의 탄력을 유지하고 있다고 자부하던 여자였다. 집을 나선 여자는 곧장 피부관리실로 달려갔다. 콜라겐 성분이 함유된 특수크림으로 마싸지를 받은 후 일년간의 피부관리를 예약했고, 근처 피트니스쎈터에 회원가입도 했다. 겨우내 바쁜 일정을 핑계로 자신의 몸에 소홀히한 것이 잘못이었다고, 아름다움을 유지하기 위해서는 끊임없는 애정과 관리가 필요한 것이라고, 여자는 트레이닝복을 새로 장만하며 마음을 다잡았다.

　애정과 관리가 필요한 것은 여자의 피부만이 아니었다. 그것은 이제 막 여자가 된 비숑에게도 필요한 것이었다. 비숑의 침대에서 발견된 선명한 핏자국. 핏자국은 거실과 쏘파 등은 물론이고, 정성스럽게 빗어넘긴 털 곳곳에도 묻어 있었다. 여자가 미처 생각하지 못한 상황이었다. 여자는 비숑에게 맞는 위생팬티를 구입해 입히는 것으로 제집이 개의 혈흔으로 얼룩지는 것을 막았다. 그리고 생리가 끝나면 중성수술을 해주리라 마음먹었다.

봄은 여자에게 위태로운 계절이었다. 흩날리는 꽃잎과 따사로운 봄볕은 여자의 마음을 자주 흔들어놓았다. 잡지 촬영도 뜸했고 모임도 줄어 혼자 남겨진 시간이 많아진 것도 불안한 징조였다. 한가로움은 잡념에 빠지게 하는 가장 위험한 적이었다. 자신을 위해 좀더 많은 시간을 할애하기로 마음먹은 여자는 피트니스쎈터는 물론이고 피부관리와 네일관리 등, 세월의 침범을 막기 위해 심혈을 기울였다. 비숑에 대한 애정도 되살아나, 십일 동안이나 계속된 생리혈을 닦아주고 털을 빗기고 특식을 만들어주었다. 시시하다고 여겨 가지 않던 모임에도 얼굴을 내밀었고, 사람들과 함께 발레공연이나 전시회를 다니기도 했다. 시간을 남기지 않는 것만이 여자가 위기에 빠지지 않는 방법이었다.

신혼부부의 집들이도 전 같았으면 간단한 선물 정도로 해결하고 말 일이었다. 신랑신부가 모두 여자의 수강생이기 때문에 어쩔 수 없기도 했지만, 호의적인 얼굴을 하고서 상대를 깔보는 사교모임의 분위기에 싫증이 나던 참이었다. 한편으로는 자신이 가꾸어온 비숑을 뽐낼 수 있는 절호의 기회이기도 했다. 비숑의 생리도 때맞춰 끝나주었다. 여자는 생화로 장식한 핑크빛 이단 케이크를 구웠다. 햇빛 찬란한 봄날, 여자는 한손에 케이크를 또 한손에 비숑의 목줄을 쥔 채 길을 나섰다. 외출하기 좋

은 날이야, 여자는 버드나무 가지 출렁이는 강변도로를 달리며
생각했다.

신혼부부는 낡은 감이 있기는 하지만 마당과 작은 화단이 있
어 나름대로 정감이 있는 주택에 보금자리를 틀었다. 마당에는
스피츠와 몰티즈가 섞인 듯한 잡종개가 느긋하다 못해 나른한
표정으로 누워 있었다. 여자는 비숑을 안고 우아한 걸음으로 잡
종개 곁을 지나 집 안으로 들어갔다. 약속시간보다 한 시간 가
량 늦게 도착했지만 조급하지는 않았다. 사람들이 다 모이고 모
든 것이 갖추어져 있을 때 도착하는 것이 자신의 존재를 빛내는
하나의 방법이라고 생각했다. 자신에게서 스타일링을 배우는
수강생들의 모임이라면 더욱 그러했다. 여자의 짐작대로 모두
의 시선이 한꺼번에 여자를 향했고, 신혼부부는 호들갑을 떨며
여자를 반겼다.

양란으로 장식한 분홍빛 케이크는 단연 인기였다. 빨간 리본
으로 묶은 비숑의 길고 풍성한 털 또한 인기만점이었다. 서로
안아보겠다고 애를 썼지만 비숑은 새침을 떨며 여자의 옆자리
를 지켰다. 비숑이 비싸게 굴면 굴수록 사람들은 안달을 냈고,
여자의 만족감도 그만큼 커졌다. 신혼부부는 부엌과 거실을 부
지런히 오가며 마실 것과 음식을 내왔다. 입담 좋은 남자들의
우스갯소리와 신혼부부의 노랫소리가 집 안을 가득 메웠다. 여
자도 오랜만에 긴장을 풀고 훈훈한 분위기에 흠뻑 빠져들고 있
었다.

여자가 즐겁게 웃고 있는 사이 비숑은 여자의 품을 조용히 벗어나 현관문을 빠져나갔다. 그러고는 마당 한구석에 나른하게 누운 잡종개를 향해 경쾌하게 걸어갔다. 비숑이 꼬리를 내리고 주변을 맴돌았고, 잡종개도 화답하듯 코를 들이댔다. 꽃냄새를 품은 바람이 휙 불어오는가 싶더니, 신혼집 마당에 늘어져 있던 잡종개는 우아하고 혈통 좋은 비숑의 몸에 재빠르게 올라탔다. 집 안의 어느 누구도 밖에서 벌어지고 있는 일을 짐작하지 못했다. 떠들썩한 웃음소리가 멈춘 잠깐의 정적을 비집고 들어온 비숑의 마지막 신음소리를 들었을 뿐이었다. 사람들의 시선이 한꺼번에 마당으로 향하는 순간, 여자는 제 옆을 바라보았다. 여태 손가락으로 구불구불한 털을 꼬고 있었는데, 여자의 손에는 케이크를 찍은 포크만이 들려 있었다. 사람들은 너나할 것 없이 마당으로 달려나갔다. 그리고 자신들의 웃음소리를 멈추게 한 그 신음소리의 실체를 보고야 만 것이었다. 여자의 아름다운 비숑과 근본을 알 수 없는 잡종개가 엉덩이를 마주붙이고 마당 한가운데 서 있는 것을. 혈통 좋은 비숑 프리제와 스피츠 몰티즈 잡종의 달콤한 신혼을.

사람들은 마당 한복판에 벌어지고 있는 광경에 입을 쩍 벌릴 수밖에 없었다. 혀를 내빼물고 헉헉거리는 모습도 모습이었지만, 잡종개가 움직이는 대로 질질 끌려다니는 비숑의 몰골은 안쓰럽기까지 했다. 비숑과 잡종개를 바라보던 시선들이 한순간 여자에게로 향했다. 여자의 얼굴은 퍼렇다 못해 검게 변했고,

입술은 바르르 떨렸다. 누군가는 발을 동동 구르며 소리를 질렀고, 누군가는 뜨거운 물을 뿌려야 한다고 했고, 발빠른 새신랑이 물을 담아와 비숑을 향해 끼얹었다. 물을 뒤집어썼지만 마주붙은 엉덩이는 떨어지지 않았다. 누군가 참지 못하고 큭, 웃음을 터뜨렸다. 그 짧은 웃음소리는 비수가 되어 여자의 심장에 내리꽂혔다. 여자는 심장에서 터져나온 피가 머리끝까지 솟구치는 것 같았다. 지금까지 지켜온 품위와 위신이 한꺼번에 무너지는 소리가 들렸다. 여자는 발악하듯 터져나오려는 비명을 억지로 누르며 등을 돌렸다.

흙바닥을 구르고 물을 뒤집어쓴 비숑은 진흙탕에서 건져올린 솜뭉치 같았다. 비숑을 바라보는 여자의 마음도 온통 진흙탕 속이었다. 처음부터 이런 모임에 오는 것이 아니었어, 여자는 자신과 어울리지 않는 물에 발을 담근 것을 후회하고 또 후회했다. 노는 물이 달라야, 노는 물이 달라야. 여자는 되뇌고 되뇌었다. 비숑의 몸을 대충 닦은 후 허겁지겁 신혼집을 빠져나왔다.

여자는 비숑을 차 뒷자리에 내던지고 운전석에 앉았다. 시동을 거는 손이 부르르 떨렸다. 뒷자리에 던져진 비숑은 털에 묻은 물기와 잔뜩 부푼 성기를 핥아대느라 정신이 없었다. 더러워! 불결해! 여자는 운전대에 머리를 박고 소리를 질러댔다. 있을 수도, 있어서도 안되는, 끔찍한 일이었다. 한참이 지난 후에야 겨우 안정을 찾은 여자는 구석에 누워 있는 비숑을 보며 생각했다. 한번 관계를 가졌다고 임신이 되지는 않겠지, 어차피 생리 후에는 가장 안전한 시기잖아, 차라리 네가 그 몹쓸 개에게 병이라도 옮아 죽어버렸으면 좋겠다. 그렇게 되면 애견을 잃은 주인의 슬픔으로 이 당혹스러움을 치장할 수 있을 텐데. 여자는 비숑의 죽음을 바라고 또 바랐다.

그러나 현실은 여자의 바람대로 되지 않았다. 비숑은 죽지도 않았을뿐더러 그토록 우려했던 새끼까지 뱄다. 처음에는 여자의 생각대로 곧 죽을 것처럼 보였다. 사료는 물론이고 좋아하는 간식도 먹지 않는데다 잠만 자는 품이 꼭 병 걸린 닭 같았다. 고기를 삶아 잘게 다져 사료에 섞어주면 조금 입을 대다간 어느새 구역질을 하기도 했다. 그것이 임신한 개의 입덧이라고는 상상하지도 못했다. 입덧을 멈춘 비숑은 갑자기 식탐을 부리기 시작했고, 아무데나 배를 깔고 누워 자는가 하면, 여자에게 이를 드러내고 으르렁거리기까지 했다.

여자는 치욕스러운 사건을 잊기 위해 어느 때보다 일에 열중했다. 사소한 촬영에도 여자가 직접 쎄팅을 하고 요리를 했다. 그 자리에 있었던 사람들도 신혼집 마당에서 벌어진 일에 대해 언급하거나 비숑의 안부를 묻는 일은 피했다. 하지만 그날의 치욕은 복면 쓴 강도처럼 불쑥불쑥 튀어나와 여자에게 칼을 들이대곤 했다.

여자는 만삭이 된 비숑을 앞에 두고 고민에 빠졌다. 비숑이 새끼를 난다 해도 의류업체 사장처럼 폼잡으며 분양할 수도 없었고, 모두 맡아 키울 수도 없었다. 여자는 비숑의 새끼들이 어미를 꼭 닮아주기를 바랐다. 그렇게 되면 애견쎈터 같은 곳에 팔아넘길 수도 있을 것이었다. 출산만 하고 나면 비숑의 새끼들은 물론이고 비숑까지 완벽하게 처리하리라 마음먹었다.

삼개월 후, 비숑은 건강한 새끼 네 마리를 낳았다. 여자가 잠든 사이 혼자 산고를 치른 비숑은 네 마리의 탯줄을 끊고 몸을 닦아주고 태반까지 깨끗하게 먹어치웠다. 다행이라면 다행이었다. 눈도 채 뜨지 못한 하얀 새끼 개를 보자마자 여자가 한 일은 잡종의 징후를 찾는 것이었다. 새끼들은 다행히 비숑 프리제의 모습 그대로였다. 여자는 가슴을 쓸어내렸다. 그리고 어미 비숑과 새끼들을 한꺼번에 처리할 수 있는 애견쎈터를 찾아다녔다. 완벽한 계획은 아니었지만, 그래도 삶을 송두리째 흔들어놓을 만큼 위험한 문제는 아니었다. 여자의 삶은 그런대로 완벽한 편이었다.

여자가 비숑의 임신에 전전긍긍하고 있는 사이, 의류업체 사장에게는 새로운 애인이 생겼다. 지방의 한 호텔에서 여자와 사장은 우연히 마주쳤다. 여자가 그 호텔을 찾은 것은 리쎕션 스타일링 때문이었고, 사장은 새 애인과의 밀애를 즐기기 위해서였다. 사장의 새 애인은 여자보다 열 살쯤 어려 보였다. 여자는 사장과의 관계를 정리했다. 미련은 없었다. 여자는 상처받지 않는 법을 잘 알고 있었다. 갖지 못할 것은 포기할 줄 알아야 했다. 아무리 좋은 것이라도 차례를 기다리며 전전긍긍해서는 안되었다. 미련이 많을수록 상처가 깊은 법이었다. 여자는 자신의 일에 열중하면 될 일이었다. 물이 다른 사교모임은 사장 없이도 가능한 일이었고, 여자의 실력 또한 여전히 유효했다.

문제는 사장이 아니라 사장에게서 받은 비숑과 그의 새끼들에게 있었다. 어미의 품에서 벗어나지 않던 새끼들이 걸음걸이를 시작하면서부터 여자는 감당하기가 어려워졌다. 아침에 일어나서 가장 먼저 눈에 들어오는 것은 새끼들의 배설물이었다. 새끼들은 아무데나 똥을 싸고 제 몸에 뭉개기까지 했다. 비숑의 원목침대에서는 개 비린내가 났고, 집 안 곳곳에는 오줌 지린내가 진동했다. 여자는 락스와 탈취제를 들고 이리저리 쫓아다녔고, 집에서 나서기 전에는 혹시나 옷에서 풍길지 모르는 개 오줌 냄새를 지우기 위해 향수를 뿌려대야 했다. 여자의 인내심은 한계에 이르렀다.

여자는 수소문 끝에 비숑과 그의 새끼들을 처리해줄 작자를 찾았다. 김포 근처의 농장이었는데 주로 퍼그와 차우차우 같은 특수견을 분양하는 곳이었다. 생각보다 깨끗하고 단정하다는 것이 약간의 죄책감을 덜어주었다. 농장주인은 어미와 새끼를 한꺼번에 팔아야 하는 이유를 물었다. 당황한 여자는 이민을 가게 되었다고 둘러댔다.

정이 많이 들었는데 데리고 갈 수도 없고, 맡아 키우겠다는 사람도 없네요. 여자는 새끼들 사진과 함께 비숑의 혈통서를 보여주었다.

혈통서쯤이야 돈만 좀 들이면 다 떼어주죠. 그래도 뭐 한번 믿어보조. 요즘 개값이 정말 개값입니다. 일년 전만 해도 이런 종 같으면 백을 훌쩍 넘었을 텐데. 기르던 개도 버리는 판에 어디 새로 사겠다는 사람이 있어야죠. 길거리 한번 둘러봐요. 쓰레기 봉투 뒤지며 굴러다니는 이름깨나 있는 개들이 수두룩해요. 아무리 경제가 어렵다고 해도 키우던 개까지 버리면서…… 농장 주인은 여자를 훔쳐보며 혀끝을 찼다.

그러게요. 여자는 말끝을 흐렸다. 그러곤 도망치듯 농장을 빠져나왔다. 비난은 잠시였다. 비숑과 새끼들을 모두 처리할 수 있다는 생각에 여자는 숨이 트여왔다. 사흘 후면 호수처럼 잔잔했던 예전의 생활을 되찾을 것이었다. 여자는 그 호수에서 백조처럼 유유히 떠 있기만 하면 되었다. 사장과의 관계가 끝난 이상 비숑에게 애착을 가질 필요도 없었다. 모든 것은 비숑이 자초한 일이었다.

비숑을 보내기 전날. 여자는 작업실에 늦게까지 남아 틈틈이 모아둔 명품 그릇들을 정리했다. 한편으로는 지린내 가득한 집에 발을 들여놓기 싫었고, 한편으로는 약해지려는 마음을 다잡기 위해서이기도 했다. 지켜야 할 약속도 없었고, 강의도 없는 날이었다. 그릇정리가 끝나갈 즈음 남자가 들어왔다.

수제 초콜릿이에요. 스위스 여행 다녀오시는 부모님께 사달라고 부탁했어요. 선생님 초콜릿 좋아하시잖아요.

복잡하던 마음이 초콜릿처럼 녹아내리는 순간이었다. 스위스로 여행이라면, 그래도 제법 사는 집 애구나 너. 여자는 남자의 얼굴을 바라보며 생각했다. 그리고 함께 저녁을 먹어도 되겠다는 생각을 했다. 여자와 남자는 남산에 있는 이태리식당으로 향했다.

남자는 쏘믈리에답게 여자가 선택한 요리에 맞는 와인을 골라주었다. 선생님한테는 론 지역의 비오니에로 만든 와인이 어울릴 것 같아요. 스위스 국경지역에서 시작되는데 그 맛이 쎅시하면서도 가볍지 않다고 정평이 나 있거든요. 론 지역의 품종을 설명하는 남자의 말은 여자에게 더없이 감미로웠다.

와인 한병을 다 비운 후, 남자는 이차를 제안했다. 남자가 이끈 곳은 대형 수족관을 갖춘 포장마차였다. 길가까지 나온 테이블을 차지하고 앉은 수많은 사람들, 환한 불빛과 수족관의 물 흐르는 소리까지, 여자는 특이한 경험을 하는 것도 좋겠다는 생각을 했다. 평소 즐기지 않는 소주였지만 남자의 술잔을 기꺼이 받았다. 새로운 출발이 눈앞에 있었기 때문이다.

남자는 여자가 생각했던 것보다 훨씬 사려깊고 경험이 풍부했으며, 술자리를 유쾌하게 이끌 줄도 알았다. 여자는 취할 정도는 아니었지만 제법 많은 술을 마셨다. 술을 따르던 남자가 불현듯 여자 손을 잡았고 여자는 손을 빼지 않았다. 손가락 마디마디에 느껴지는 남자의 손길이 나쁘지 않았다. 잠시 후 여자는 손을 거두어들이고 자리에서 일어났다. 화장 좀 고치고, 여자는 남자의 어깨를 잡으며 말했다.

건물 층계참에 있는 화장실은 지저분한데다 남녀공용이었다. 하나밖에 없는 화장실 안쪽에는 전화를 하며 훌쩍이는 여자애가 있었고 그 바깥에는 또 한명의 여자애가 화장을 고치며 서 있었다. 여자는 손을 닦으며 슬쩍 여자애를 훔쳐보았다. 코와 입술에 한 피어씽이며 길게 붙인 속눈썹이며 어설픈 화장까지, 도무지 격조라곤 없는 천박한 차림이라고 여자는 생각했다. 변심한 애인을 향해 애걸하는 화장실 안쪽의 훌쩍임도 한심스럽기 그지없었다. 여자가 화장실문을 톡톡 두들겼지만 안쪽의 애는 나올 기미가 보이지 않았다.

아줌마, 그냥 여기 바닥에다 싸요, 내가 망봐줄게. 피어씽의 거친 말투는 여자의 심기를 건드렸다. 하지만 한참 들떠 있던 여자는 불편한 심기를 숨기고 미소를 지어 보였다. 조금 아까 어떤 아줌마도 내가 망봐줘서 여기 그냥 볼일 봤어요, 쟤 심각하거든요. 피어씽이 담배에 불을 붙이며 말했다. 그러지 말고 전화는 나와서 하라고 그래줄래? 여자가 대답했다. 쟤 심각하다니까요, 그냥 여기서 싸든가, 아님 딴 데로 가요, 아, 줌, 마.

결정적으로 여자의 심기를 건드린 것은 딱딱 끊어 말한 아줌마란 단어였다. 여자는 정색을 하고 피어씽에게 말했다. 얘, 나는 네 앞에서 바지 내리고 싶지도 않고, 아줌마도 아니거든? 그러니까 네 친구 빨리 나오라 그래라. 여자는 미소를 잃지 않으며 최대한 부드럽게 말했다. 하지만 여자의 그런 태도는 오히려 피어씽의 비위를 건드렸다. 피어씽이 피우던 담배를 바닥에 던

216

지며 소리쳤다.

아줌마, 지금 나랑 해보자는 거야? 나는 아줌마처럼 교양 떠는 년들이 제일 밥맛없어 알아? 말이 끝나기가 무섭게 피어씽의 손이 여자의 머리채를 잡았다. 그러고는 지저분하고 냄새나는 화장실 벽에 처박았다. 오랫동안 화장실 안쪽을 지키고 앉았던 여자애까지 뛰쳐나와 가세하면서 좁은 화장실은 격투장이 되었다. 여자가 가까스로 피어씽의 손목을 잡았지만, 혈기왕성한 젊은 두 여자애를 감당하기엔 무리였다.

정성스럽게 쎄팅한 여자의 머리는 뭉텅뭉텅 뽑혀나갔고, 특별 관리를 받은 얼굴에는 기다란 손톱자국이 났다. 두 팔을 붙들린 여자가 피어씽의 가슴에 발길질을 한 것이 여자의 유일한 방어이자 공격이었다. 가슴을 맞은 피어씽은 더 흥분했고, 여자는 팔을 뒤틀리고 목을 붙들려야 했다. 남자가 들어오지 않았더라면 얼마 동안이나 더 이어졌을지 모를 일이었다. 남자는 피어씽과 친구를 여자에게서 떼어내는 데 가까스로 성공했다.

조심하고 살어, 씨발. 피어씽이 채 흥분이 가시지 않은 목소리로 욕설을 내뱉고는 화장실을 빠져나갔다. 남자는 여자의 몸을 일으켜세우느라 여자애들이 사라지는 것도 보지 못했다. 남자 품에 안긴 여자는 서러움이 북받쳤고, 결국 눈물을 보이고 말았다. 여자의 얼굴은 눈물과 마스카라로 시커멓게 얼룩졌다. 남자가 여자의 머리칼을 쓸어주고 뜯어진 솔기를 매만져주었다. 겨우 정신을 수습한 여자는 자신의 헝클어진 모습을 남자에게 보여서는 안된다는 생각을 했다. 결국 여자는 남자의 만류에도 불구하고 혼자 택시를 타고 집으로 향했다.

현관문에 열쇠를 꽂는 여자의 손이 심하게 떨렸다. 여자에게는 어서 몸을 누이고 싶은 생각뿐이었다. 집 안으로 들어선 여자를 반긴 것은 다섯 마리의 개와 그들이 싸놓은 배설물의 지릿한 냄새였다. 그리고 거실 한가득 풀어놓은 두루마리 화장지와 그 사이로 드문드문 보이는 개의 배설물들. 참고 있던 분노가 한꺼번에 터져나왔다.

여자는 발길질을 하고 신발을 집어던지고 소리를 질러댔다. 가방 속에 든 파우치며 지갑이며 열쇠를 하나하나 꺼내 개들을 향해 던져댔다. 그리고 여자를 감미롭게 만들었던, 그리하여 그 더러운 화장실까지 가게 만들었던, 스위스 수제 초콜릿도 던져버렸다. 새끼 개들은 여자의 발길질에 나동그라졌고, 놀란 어미 비숑이 여자를 향해 달려들었다. 더이상 던질 것이 없어진 여자는 비숑을 발로 차버리고 방으로 들어갔다. 여자는 그대로 침대에 쓰러졌고, 통곡하듯 울어대다가 겨우 잠이 들었다. 화장도 안 지우고 샤워도 하지 않은 채 잠을 잔다는 것은 생각해본 적이 없는 여자였다.

여자가 잠에서 깨어난 것은 다음날 저녁 무렵이었다. 끊임없이 울리는 전화벨 소리와 지끈거리는 머리 때문에 잠깐씩 눈이 떠지기도 했지만 일어날 수가 없었다. 일단 몸을 일으켜세우는 데는 성공했으나 온몸이 욱신거려 움직이기가 쉽지 않았다. 머리를 매만질 때마다 뜯겨나간 머리털이 이불에 떨어졌다. 여자는 간밤에 일어난 일을 떠올리고는 또 한번 머리를 감싸쥐었다.

새로운 희망이라 생각한 빛줄기가 자신의 등짝을 후려갈기리라곤 짐작도 못했다. 여자는 예전의 평온을 되찾고 싶었다. 호수처럼 고요하던 삶. 순간, 모든 것이 비숑과 그의 새끼들 때문이라는 데까지 미치면서, 그것들을 당장 농장에 데려다주어야겠다고 생각했다. 비숑과 그의 새끼들만 처리하고 나면 예전의 고요를 되찾으리라는 희망에 다리에 힘을 주고 겨우겨우 발걸음을 옮겼다.

여자의 발에 무언가 물컹한 것이 밟혔다. 여자는 그 자리에 주저앉고 말았다. 여자 발에 밟힌 것은 죽어 너부러진 새끼 비숑의 사체였다. 그 주변으로 세 마리의 사체가 더 있었다. 입가에는 시커먼 토사물이, 희디흰 털에는 검은 배설물들이 잔뜩 묻은 채였다. 여자는 고개를 들어 천천히 주위를 둘러보았다. 마구 던져진 여자의 물건들, 풀어진 화장지, 그리고 수제 초콜릿을 쌌던 기름종이들.

도대체 무슨 일이 일어난 거지? 여자는 눈앞에 펼쳐진 살풍경에 고개를 저으며 읊조렸다. 그때 한쪽에 누워 있던 비숑이 비틀거리며 일어나 여자에게 다가왔다. 걸쭉한 거품을 입에 물고, 늘어진 젖퉁이를 출렁대며. 눈동자에 흰자위가 희뜩 드러나는가 싶더니, 픽, 쓰러졌다. 그러곤 꼼짝도 하지 않았다.

도대체, 도대체, 여자는 같은 말만 되풀이했다. 여자의 목소리

말고는 아무 소리도 나지 않았다. 여자의 목소리까지 완전히 잦아들자, 집 안에는 정적만이 남았다. 호수처럼 고요한, 어떤 일렁임도 없는 정적. 여자의 호수에는 다섯 마리의 죽은 개와 그 개들이 마지막으로 남겨놓은 배설물과 토사물만이 고요히 떠다니고 있었다.

후에

1

　거기서 그만 나오지? 도대체 언제까지 그러고 있을 거야? 뭐
가 좋다고 그 비좁은 데 기어들어가서 내 속을 썩이냔 말이야.
다리도 못 펴고 숨도 제대로 못 쉴 텐데 답답하지도 않아? 그런
다고 내가 눈이나 끔쩍할 것 같아? 거기서 굶어 죽든 질식해 죽
든 난 상관 안해.

　대답 좀 해봐. 한시도 쉬지 않고 종알거리던 애가 아주 벙어리
가 되었구나. 그렇게 한자리에 오래 앉아 있다보면 다리가 굳어
서 앉은뱅이가 될걸? 어두운 데 너무 오래 있어서 장님이 될지
도 몰라. 내 말을 못 알아듣는 걸 보니까 벌써 귀머거리가 된 모
양이지? 앉은뱅이에다가 장님이고 벙어리인 너를 누가 거들떠

나 볼 거 같아? 결국 넌 길바닥에 앉아 구걸이나 하며 살게 될 거야.

거기서 몸 성히 나오면 그나마 다행이지. 벌레들이 네 살을 다 갉아먹을 테니까. 거기 사는 좀벌레들은 살냄새만 맡으면 아주 환장하거든. 거기 좀벌레만 있는 줄 알아? 바퀴벌레며 귀뚜라미며 벌레란 벌레는 다 모여들걸? 그 징글징글한 것들이 콧구멍 귓구멍 할 것 없이 모조리 파고들어가서 몸속에다 알을 싸질러대겠지. 알을 까고 나온 새끼 벌레들이 몸속에 들어앉아 살을 파먹으며 살아가는 걸 상상해봐. 어때, 징그럽고 겁나지? 그러니까 고집 좀 그만 피우고 어서 나와.

그래 알았어, 벌레 얘긴 취소야. 그냥 겁 좀 주려던 것뿐이었어. 이제 우리집에 벌레들은 없다는 거, 너도 잘 알잖아. 널려 있는 옷도 없고, 먹다 남긴 음식도 없고, 바닥에 날아다니는 먼지뭉치도 없어. 빵봉지도 없고 썩은 음식이나 과일껍질 같은 건 더더욱 없지. 집은 깨끗해. 청소는 내가 다 끝냈거든. 베란다도 치우고 설거지도 하고 쓰레기통도 비우고 걸레질도 했어. 나 혼자서. 씽크대랑 화장실은 락스 물로 싹싹 닦아냈어.

락스는 정말 요술쟁이지 뭐야. 냄새나는 개수구며 막힌 하수구며 지저분한 변기 속이며, 락스 하나면 만사 오케이. 미심쩍은 곳엔 다 부었어. 집 안에 온통 락스 냄샌데 거기서도 맡아지니? 나는 락스 냄새가 좋아. 그건 깨끗한 냄새거든. 온갖 병균들이 박멸되었다는 증거야. 박멸이라는 말 참 근사하지? 뭔가 박

살내는 기분이 들잖아. 락스랑 관계된 건 뭐든지 맘에 들어. 너무 많이 뿌리면 눈이 좀 따끔거리긴 하지만, 그래도 코가 뻥 뚫리면서 쌈박해지는 그 느낌은 정말 신선해. 몸 구석구석이 환해지는 기분이야.

하지만 벌레를 없앨 때는 락스를 써서는 안된다는 걸 명심해야 해. 락스는 벌레들을 너무 요란하게 만든단 말이야. 꿈틀꿈틀 요동을 치며 흩어지는데다 한참 만에 죽으니까, 나중에 그걸 다 치우려면 좀 곤란하거든. 벌레를 없앨 때는 락스가 아니라 뜨거운 물을 부어야 해. 뜨거운 물이 닿는 순간 쪽 오므라들면서 단번에 끝장나는 걸 너도 봐야 하는데. 락스처럼 요란을 떨지도 못하고 불로 태우는 것처럼 냄새도 나지 않지. 물론 청소하다 말고 벌레를 없애겠다고 물을 끓여야 하는 번거로운 일은 없었어. 이제 우리집에 벌레는 없으니까.

어쨌든 나 혼자 청소를 끝냈다는 건 인정해줘야 해. 그러니까 너는 내가 얼마나 잘해놨는지 나와서 보기만 하면 되는 거야. 한다고 했는데 제대로 된 건지 모르겠어서 그래. 어느 정도 깨끗해야 정말로 깨끗한 건지 아직도 잘 모르겠어.

집을 깨끗하게 유지하면서 사는 건 정말 힘든 일이야. 조금만 방심하면 금세 지저분해지거든. 집은 어떤 기억력을 갖고 있는 것 같아. 냄새를 기억하고 소리를 기억하고 위치를 기억하고. 그 기억력이 어찌나 강력한지, 자꾸만 예전 집으로 돌아가려고 하잖아. 그러니까 항상 주위를 둘러보고 지저분한 곳은 없는지

경계를 늦추지 말아야 하는 법이야. 아무데나 옷을 벗어놔도 안 되고, 돌아다니면서 밥을 먹어서도 안돼. 책가방은 제자리에 두어야 하고 쓰레기통은 자주자주 비워줘야 하지. 냉장고에서 반찬통을 꺼낼 때는 뭐가 떨어지지 않나 주의해야 하고, 음식을 하고 나면 가스레인지에 묻은 국물을 곧바로 닦아내야 해. 그래야 집이 지저분해지는 걸 막을 수 있어. 그렇게 주의를 기울이는데도 걸레질을 하면 더러운 게 묻어나오니 참 문제지 뭐야.

참, 걸레가 없어서 네가 입던 옷 썼다. 여름 내내 입던 그 낡은 티셔츠 말이야. 물어보지도 않고 걸레로 만든 건 미안해. 하지만 버렸어도 진즉에 버렸어야 했던 옷이야. 그 옷이 걸레보다 더러웠다는 건 너도 인정할걸? 그 옷 다시 입을 생각은 마, 내가 솔기를 다 뜯어냈거든. 팔은 찢어서 변기 닦는 데 쓰고 버렸어. 네가 안 나오면 다른 옷들도 다 걸레로 써버릴 거야, 그래도 좋아?

넌 정말 고집불통이야. 이렇게 깨끗한 방을 놔두고 왜 그 비좁은 장롱 속으로 들어가냔 말이야. 배도 안 고파? 네 몫으로 남겨둔 밥은 너무 딱딱해져서 그냥 버려버렸어. 실은 내가 뚜껑 닫는 걸 깜빡했거든. 딱딱한 부분만 떼어버리고 먹을까 했는데 안 되겠더라구. 음, 김치찌개도 버렸어. 쉰내가 나는 것 같아서 냄비째로 쓰레기봉투에 처넣었지. 거기 무슨 세균 같은 게 남아 있을 수도 있으니까. 네가 자꾸 밥을 안 먹으니까 냄비랑 그릇을 자꾸 버리게 되잖아. 알았어, 알았다구. 네 탓 하지 않을 테니 거기서 나오기나 해. 거기서 나오면 너 좋아하는 계란프라이 해서 밥 차려줄게. 조금 있으면 그들이 들이닥칠 텐데, 정말 어쩌려고 그래?

네가 그들을 싫어한다는 거 나도 알아. 하지만 전에는 네가 더 좋아했잖아. 그들한테 잘 보이려고 온갖 아양을 부릴 땐 언제고 이제 와서 그러냔 말이지. 좋은 사람들이라고 네 입으로 말하지 않았어? 그래 지금 네가 변덕스럽게 싫어졌다고 해도, 그렇다고 그렇게 피하고만 있을 수는 없잖아. 네가 도망갈수록 그들은 더 자주 와서 귀찮게 할 거라는 거 몰라? 친구네 집에 갔다는 거짓말도 이젠 안 통해. 지난번에 왔을 때 오늘은 나가지 말고 집에 있으라고 신신당부하고 갔단 말이야. 너 올 때까지 기다리겠다고 아예 자리잡고 앉으면 어떻게 할래? 그건 더 싫지?

옆집 여자가 아니었다면 그들도 안 왔겠지. 그러니 탓을 하려면 그 여자 탓을 해. 우리만 보면 못마땅한 얼굴이 되던 그 뚱뚱한 여자 말이야. 처음엔 그 뚱녀가 초인종을 눌러대며 우리를 불러냈지. 코를 막고선 고개만 삐죽 내밀고는 알 수 없는 소리를 지껄여댔어. 우리가 콧방귀도 안 뀌니까 나중엔 경비아저씨를 데리고 왔어. 그러곤 무슨 복지사라는 사람들을 끌고 와서는 우리집을 홀딱 뒤집어놓고 갔잖아. 그때 치운 쓰레기가 가장 큰 쓰레기봉투로 네 개나 되었지 아마? 정말 대단했어. 가스레인지 얼룩이랑 씽크대에 낀 곰팡이를 없애겠다고 한나절을 매달려 있었지 뭐야. 그다음엔 방송국 사람들이 왔지. 그들이 치워놓은 집을 우리가 단 십일 만에 원상복구해놓은 다음에. 그들은 무슨 잠복근무중인 형사들처럼 우리 주변을 맴돌다가 갑자기 카메라를 들이대곤 했어.

다른 사람을 못마땅한 시선으로 바라보는 것은 옳지 않아. 하지만 말이야, 못마땅하게 바라보는 것보다 눈길조차 주지 않는 것이 더 나쁜 일인지도 몰라. 눈길조차 주지 않는 건 무시하는 거잖아. 우리는 우리 외에 다른 사람들은 다 무시하고 살았어. 그래서 우리집이 쓰레기집이 된 걸 거야. 만약 그 뚱녀가 우릴 못마땅하게 바라보지 않았다면, 그래서 우리를 무시하고 살았다면, 우리는 여전히 그 쓰레기집에서 살아야 했을 거야. 그러니까 내 얘긴 네가 그곳에 틀어박혀 그들을 무시하는 건 옳지 않다는 얘기지. 그들은 우리를 위해 일부러 시간을 내서 와주는데, 너는 장롱 속에 들어앉아 그들을 무시하고 있잖아. 우리 건강과 행복을 위해서 오는 사람들인데 그러면 안되는 거야. 그들은 우리가 무시하고 소리지르고 밀쳐내도 끝까지 포기하지 않았어. 다른 사람을 위해 어떤 노력을 한다는 건 정말 대단한 일이야. 우리처럼 남들을 무시하고 사는 사람들을 위해 노력을 한다는 건 몇배나 더 어려운 일이지.

우린 쾌적한 환경에서 행복하게 살 권리가 있어. 쾌적이라는 말이 썩 마음에 들지는 않지만, 그래도 그들 덕분에 우리집이 깨끗해진 건 사실이잖아. 이제 어느 누구도 우리집을 쓰레기집이라고 부르지 못할 거야. 행복해질 권리. 그래, 바로 그 권리를 일깨워준 게 그 사람들이잖아.

설마 너 쓰레기집으로 돌아가고 싶은 건 아니겠지. 이불이며 옷가지들을 질근질근 밟으며 굴러다니고 싶은 거야? 쓰레깃더미에서 밥 먹고, 밥 먹은 자리에서 잠을 자고, 그 이불 위에서 뒹구는 게 좋아? 빈 통조림 깡통에 발라먹은 닭 뼈다귀에 귤껍질이 너저분하게 쌓인 식탁에 앉아 생라면에 빵조각이나 뜯어먹고, 말라빠진 김치에 굳은 밥을 먹는 게 정말 좋단 말이야? 정말 그러고 싶은 거야? 그래서 온갖 잡다한 물건들을 가지고 장롱 속으로 들어간 거야? 그래선 안돼. 그건 불행한 거야. 몇번을 얘기해야 알겠어? 행복에는 어떤 기본적인 조건이 있어. 그 조건을 충족시키지 못하면 그게 바로 불행인 거야.

너 때문에 거짓말하는 것도 지겹다. 지겹다는 말은 우리 같은 애들이 할 말이 아니라고 그들이 말했는데. 에이, 지겹다는 말을 또 하게 되어버렸잖아. 모두 다 네 고집 때문이야. 하지만 정말 지겨워. 그렇게 처박혀 있는 너도 지겹고, 그런 널 데려다놓으라고 졸라대는 그들도 지겹고, 혼자서 청소해야 하는 것도 지겹고, 집이 더럽지 않은지 걱정해야 하는 것도 지겨워.

애들은 지겹다는 말을 써서는 안돼. 애비라는 말을 써서도 안 되고. 우리 애비는 집에 안 와요,라고 내가 말했을 때 그들 표정 기억나니? 입을 반쯤 벌리고 우리 얼굴을 번갈아보는 게 정말 어이없다는 표정이었잖아. 한동안 말을 잃고 서 있던 그들 중 하나가 아버지는 안 오셔요 이렇게 해야지,라고 했어. 그러곤

누가 그렇게 얘기하던? 엄마가 그랬니? 하고 물었지. 물론 우리
는 대답하지 않았어. 그들의 물음 속에는 어떤 정답이 들어 있
었으니까. 그 정답을 말하는 것은 엄마를 배반하는 일이라는 것
쯤은 눈치채고 있었으니까. 우리가 대답을 안하자, 그들이 애비
라는 말은 우리에게 어울리지 않는 말이라면서 마무리를 지었
어. 우리가 대답을 안한 건 잘한 일이지만, 애비라는 말을 쓰는
건 어쨌든 안돼.

이제 우리는 입밖에 내면 안되는 상스러운 말들은 모두 잊어
버려야 해. 우리에겐 우리 나이에 어울리는 말이 있거든. 예를
들어보라고? 그걸 어떻게 일일이 다 얘기하니? 아무튼 중요한
건 지겹다는 말도 애비라는 말도 안된다는 거야, 알았지? 나도
이제 지겹다는 말 안 쓸게.

그리고 또 뭐가 있을까. 그래, 우린 예쁘고 반듯한 걸 먹어야
예쁘고 반듯하게 클 수 있어. 이를테면 순대 꼬다리 같은 건 먹
지 말아야 해. 예전에 우리는 그게 더 쫄깃쫄깃하고 구수해서
서로 먹겠다고 싸우곤 했잖아. 닭튀김의 연골 같은 것도 마찬가
지야. 그 살 먹겠다고 손에 기름 잔뜩 묻혀가며 뼈를 발라먹는
건 예쁘지 않아. 오래된 반찬을 먹어도 안되고, 통조림 같은 걸
먹어도 안돼. 거긴 방부제 같은 게 많이 들어 있어서 몸에 해롭
거든. 그들이 가져다주는 음식들 봤지? 그건 다 유기농식품들이
야. 유기농은 농약도 쓰지 않고 방부제도 쓰지 않은 좋은 음식
을 말해. 그렇게 좋은 음식이 아니고서야 몇번이나 강조해서 말

하겠어? 우리도 이제 좋은 것만 먹고 좋은 말만 쓰며 사는 거야, 알겠지?

　그런데 정말 배 안 고파? 계란프라이가 싫으면 기다렸다가 그들이 가져오는 걸 먹자. 그들은 빈손으로 오는 법이 없잖아. 오늘도 분명히 밑반찬이나 다른 것들을 가져올 테지. 빈손으로 와도 밥은 먹었느냐고 꼭 물어볼 테니까, 그때 너 좋아하는 순대나 피자 같은 거 사달라고 하면 되겠다. 그들이 집에 오면 먼저 우리집이 깨끗한지 훑어보고, 그다음에 냉장고를 열면서 밥은 제때 먹었는지 물어보지. 피자는 좋은 음식이 아니라면서 망설이긴 하겠지만 우리가 실망한 표정을 지으면 그들도 어쩔 수 없을 거야. 그러니까 오늘은 피자하고 통닭도 시켜달라고 할까? 너도 좋지? 슬픈 표정 짓는 건 네가 선수잖아. 네가 나오기만 하면 피자나 통닭쯤은 문제도 아니야.

　그러고 보면 밥을 제때 먹는다는 건 행복의 두번째 조건인 모양이야. 첫번째는 깨끗한 집에서 사는 것. 그리고 두번째, 깨끗한 집에서 맛있는 음식을 먹는 것. 그게 바로 우리가 누려야 할 진정한 행복이지. 행복이고말고.

　그러니까 이제 네가 결정할 차례야. 지금 나와서 맛있는 걸 같이 먹든가, 아니면 그 속에서 침만 꼴딱꼴딱 삼키며 숨어 있든가. 친구 집에 갔다고 했는데 네가 갑자기 장롱문을 열고 튀어나오면 안되니까, 안 나올 거면 그들이 갈 때까지 숨소리도 내지 말고 숨어 있어야 돼. 알겠어? 나는 그들이 오기 전에 얼른 쓰레기봉투 내다놔야겠어. 음식이랑 냄비까지 버린 걸 알면 또 잔소리를 늘어놓을 테니까 말이야. 쓰레기봉투 버리고 올 테니까 그동안 거기서 나와 있어야 해! 그들이 떠난 후엔 아무 소용 없어, 알겠지?

2

나는 안 나가. 언니가 무슨 말을 해도 꼼짝 안할 거야. 대답은 기대하지도 마. 앉은뱅이가 돼도 좋아. 벙어리가 된다 해도 상관없어. 거기 나가서 그들 얼굴을 보느니 차라리 여기서 장님이 되고 말겠어. 나한테 손댈 생각은 하지도 마. 언니가 문을 열고 나를 끄집어내려고 하면 손을 콱 물어버릴 테니까. 내가 물기대장이란 거 언니도 잘 알지?

언니가 뿌려대는 락스 냄새도 역겨워 죽을 지경이야. 그 냄새만 맡으면 살이 막 썩어들어가는 기분이 들어. 반짝반짝 빛나는 유리창이며, 단정하게 자리잡은 물건들이며, 반질반질한 방바닥이 내 목을 조르는 것 같다구. 내가 뭘 흘리지나 않나 안절부절못하는 언니 때문에 숨통이 막힐 지경이야. 입을 꼭 다물고 노려보는 심통맞은 노인네 같지 뭐야. 냄새나는 노인네!

언니는 그들이 하늘에서 보낸 천사라도 되는 것처럼 호들갑을 떠는데, 웃기지 마. 그들은 악마야! 악마들, 마귀들, 요괴들, 흡

혈귀들! 우리 같은 애들을 달콤한 말로 꾀어서 이용해먹는 사악한 악마들이란 말이야. 아직도 모르겠어? 포동포동하게 살찌워서 잡아먹으려는 수작인지도 모르지. 언니는 그들 장단에 맞춰 춤추고 노래 부르다가 쥐도 새도 모르게 잡혀먹히고 말걸?

그들 앞에서 실실대는 언니 꼴은 정말 못 봐주겠어. 그들이 주는 거 다 받아먹고 뒤룩뒤룩 살이나 쪄라. 그 밥맛없는 옆집 뚱녀처럼. 그래서 언니도 실쭉하니 눈 치켜뜨고 괜한 간섭이나 하면서 살아. 사람을 못마땅하게 바라보는 건 정말 부당하다는 거 몰라? 눈길도 주지 않는 게 뭐가 문젠데? 우린 적어도 남들에게 해를 끼치지는 않잖아. 그런데도 그들은 우릴 벌레 보듯 경멸하고 비난했어. 지금 언니 눈빛도 꼭 옆집 여자 같아. 나한테 이래라저래라 하는 거 도저히 참을 수가 없어. 언니 맘대로 날 조종할 수 있다는 생각은 안하는 게 좋을 거야. 난 절대로 안 넘어갈 테니까.

내 말을 귀담아들어야 하는 건 언니야. 잘 기억해봐. 그들이 오기 전까지 우린 잘살고 있었어. 언니 나 그리고 엄마, 이렇게 셋이서 정말 행복했잖아. 설마 그 시간들을 모조리 잊어버린 건 아니겠지? 우리가 정말 우리였던 때 말이야. 그때 우린 말을 하지 않아도 서로가 뭘 원하는지 알고 있었어. 함께 밥을 먹고 함께 욕을 하고 함께 뒹굴면서, 그저 함께 있으면 그걸로 되었잖아. 우린 한몸이었어.

우리는 엄마 발걸음 소리만 들어도 기분이 어떤지 금세 눈치챌 수 있었지. 그래서 엄마가 아침부터 쿵쿵 소리를 내고 걸어다니면 우리는 이불 속에 가만 누워서 전에 봤던 만화 얘기를 하곤 했잖아. 요괴들을 물리치는 변신요정이나 악마들과 싸우는 마법소녀들 얘기 말이야. 아침 열시쯤 걸려오는 전화는 소리만 들어도 언니네 선생이 건 전화라는 걸 알 수 있어서, 우리 모두 안 들리는 척 시치미를 떼고 놀았잖아. 전화벨 소리가 끊길 때까지 라디오를 크게 틀어놓고 아무거나 집어던지면서 춤을 추곤 했는데. 그 신명나던 때를 언니는 정말 다 잊은 거야?

우리가 힘을 합치면 못할 것이 없던 그때를 기억해봐. 옆집 뚱녀가 와선 우리집에 냄새가 난다고 뭐라 할 때도 엄마랑 언니가 소리를 질러서 물리쳤잖아. 그 여자 끽소리도 못하고 줄행랑을 치는 모습이란. 우린 의기양양하게 문을 닫아걸고선 우리가 생각해낼 수 있는 모든 욕들을 뚱녀에게 퍼부었지. 눈물이 날 정도로 신나게 욕을 한 다음 서로의 얼굴을 보며 또 한참을 웃었잖아.

홀랑 벗고 뛰어놀 때는 또 얼마나 좋았게. 엄마가 목욕을 마치고 나오면 우리는 베이비오일이나 바디로션 같은 걸 준비해놓고 있다가 엄마 몸에 발라주곤 했어. 엄마가 목욕을 한다는 건 최고로 기분 좋다는 뜻이었으니까. 그럴 땐 우리도 옷을 벗어던지고 서로에게 오일을 묻히느라 정신이 없었잖아. 그렇게 키득거리며 정신없이 놀다가 진이 빠지면 아무데나 누워서 과자도 먹고 과일도 먹고 그랬어. 손만 뻗으면 어디든지 먹을 게 있었고, 조금 추워진다 싶으면 아무거나 당겨와서 덮으면 그만이었지. 얼마나 풍족하고 얼마나 편하고 얼마나 행복했는데. 발가벗고 뛰어노는 걸 누구보다 좋아한 사람이 바로 언니였어. 그건 부정 못하겠지?

그때 우리가 함께했던 그곳은 그야말로 낙원이었어. 그땐 누구도 이래라저래라 하지 않았어. 먹고 싶으면 먹고 놀고 싶으면 놀고 울고 싶으면 울고. 강물에 흘러가는 배처럼 자유로웠어. 그리고 행복했지. 그런데 지금 언니 모습 좀 봐봐. 나를 졸졸 쫓아다니면서 이건 안돼 저건 안돼 사사건건 시비잖아. 어울리지 않게 고상한 척이나 하고. 언니 잔소리는 정말 지겨워.

지겨워, 지겨워, 지겨워! 난 언니가 쓰지 말라는 말은 다 쓸 거야. 애비라는 말이 어때서. 그럼 우리 모두 머리를 맞대고 애비 욕을 하던 때는 뭐야? 애비가 모든 걸 망쳐놨다고 엄마가 소리지르면, 여시 같은 년하고 눈맞아 자식새끼도 버린 애비놈은 욕 들어먹어도 싸다고 언니가 맞받아쳤잖아. 그러다보면 불안하게 눈동자를 굴리던 엄마도 어느새 안정을 되찾고서 우리 어깨를 다독여주었잖아. 떠난 애비 욕을 실컷 하고 난 뒤에는 배가 막 고파져서, 중국음식을 잔뜩 시켜놓고 배가 터지기 직전까지 마구 먹어댔어. 우린 입가에 짜장을 잔뜩 묻힌 채 나란히 누워 퉁퉁 배를 두들겼어. 퉁퉁.

그때 우린 정말 행복했는데. 그들이 온 후에 모든 게 달라지고 말았어. 그들은 우리의 행복을 곱게 보지 않았어. 우리가 누리는 행복을 불편해하고 불쾌해하는 것까진 그렇다고 쳐. 자기들이 불편하고 불쾌한 건 도무지 가만둘 수가 없었던 모양이지? 우리가 누리던 행복은 깡그리 무시하고 새로운 행복을 찾으라니. 우리가 있는 곳이 낙원이 아니라는 걸 증명하려고 애를 쓰면서까지 말이야.

그들은 정말 집요하고 치밀해. 우리집 한복판에 설치했던 그 기계를 생각하면 소름이 끼쳐. 그건 우리 낙원의 공기를 측정해주는 기계라고 했어. 시간이 조금 지나고 난 뒤에, 그 기계에 표시된 수치와 그들이 정상이라고 규정지은 수치를 비교해서 보여주었어. 우리가 숨쉬는 공기 속에는 안 좋은 세균들이 득실거린다고, 우리는 평균치의 몇십배나 많은 세균들 속에서 살고 있다고 의기양양하게 말했어. 우리의 낙원이 세균으로 득실거리는 불행의 공간으로 전락하는 순간이었어. 그것은 우리의 불행을 표시하는 명백한 증거물이었어.

우린 낙원에서 쫓겨났어. 마치 선악과를 먹은 이브처럼 말이야. 우리가 누렸던 행복은 불쾌한 것이고, 부끄러운 것이고, 그러니까 버려야 하는 무엇이었어. 정말 그랬어? 정말 그때가 행복하지 않았다고 장담할 수 있어? 그들이 제시한 새로운 행복이 정말 행복이라고 생각해? 우린 그 새로운 행복을 찾아 낙원을 포기하고 만 거야.

우린 불행해선 안된다고 했지. 우린 행복해야 한다고. 그래서 우리에게 선행을 베풀겠다는 그들의 말. 그건 정말 벗어나기 힘든 무서운 명령 같았어. 선행을 받아들이지 않으면 지독한 벌을 받게 되리라는 엄포. 왜 그들의 잣대로 우리의 운명을 강요하는 건지 모르겠어. 행복과 불행을 왜 하나의 관점에서만 평가해야 하는 거야? 그 부름에 응하지 않으면 부끄러워해야 하다니. 틀어박혀 있고 싶고, 되는대로 살아가고 싶어. 그게 내 행복인데, 왜 그들은 그들의 행복만을 강요하는 걸까?

새로운 낙원의 모습에 우리 모두 넋이 빠져 있었다는 거 인정해. 모든 관심이 우리한테 집중되고, 사람들이 찾아와 맛난 것도 사주고, 선물도 안겨주고, 텔레비전에도 나왔으니까 그럴 수밖에. 우린 그들이 주는 달콤한 환상들에 빠져서 정신을 차릴 수가 없었어. 다 같이 합심해서 집을 치우고 근사한 음식을 해먹기도 했어. 무엇보다도 엄마가 좋아했으니 그것만으로도 충분했어.

그래, 그때만큼 예쁜 엄마를 본 적이 없었던 것 같기도 해. 그것만큼은 나도 인정해. 그들이 주선해준 쎈터에 가서 춤과 노래를 배우기 시작한 엄마. 곱게 차려입고 나가는 엄마. 팔짝팔짝 뛰면서 어떤 탤런트들보다 훨씬훨씬 예쁘다고 말해줬던 우리 엄마. 쎈터에서 돌아온 엄마는 우리를 앉혀놓고 춤을 추곤 했어. 우린 어깨를 나란히 기대고 앉아 엄마의 열정적인 춤을 구경했지. 그전엔 우리에게 춤을 보여준 적이 없었는데 말이야. 그때까지 우린 엄마가 먼 나라에 있는 학교에서 무용을 배웠다던 때의 이야기를 그저 전설처럼 들었을 뿐이었어. 엄마에게 춤

을 춰달라고도 하지 못했지. 엄마가 무용을 그만둔 것은 그 잘
난 애비와 결혼을 하기 위해서였기 때문이니까, 무용 얘기를 꺼
내면 엄마의 화를 북돋우게 될 테니까. 어쨌든 엄마가 다시 춤
을 추게 된 건 정말 잘된 일이었어. 그렇지 않아?

그들은 우리를 대견해했어. 내 시커먼 발바닥에 카메라를 들
이대며 인상을 찌푸리던 방송국 사람들은 신명나게 춤을 추는
엄마를 찍으면서 흐뭇해했지. 우리 중에 어느 누구도 새로운 행
복을 의심하지 않았어. 정말 완벽해 보였어. 그게 다 그들이 꾸
며낸 가짜란 것도 모른 채 말이야.

우리가 새로운 행복에 취해 있는 동안 그들은 그런 우리를 마
음껏 비웃고 경멸하고 조롱했어. 텔레비전에 나온 우리 모습,
기억나? 거기서 우린 엉덩이를 까 보이는 원숭이나 밀림에서 늑
대 젖을 먹고 자란 야생동물과 다르지 않았어. 그들은 우리의
낙원이 얼마나 불결하고 위험한 밀림이었는지, 그 밀림에서 우
리를 구출하기 위해 얼마나 많은 노력을 기울였는지에 대해 말
했지. 그들이 보여주는 엄마는 신경질적이고 변덕스럽고 무책
임하고 무능력한 사람이었어. 그리고 우리는 더럽고 버르장머
리없고 제멋대로인 문제아들이었고. 다행히 춤을 추는 엄마의
모습으로 우리 얘기가 끝나기는 했지만.

우리 다음에 나온 오빠를 보니까 우리가 원숭이였다는 게 확
실해졌어. 컴퓨터게임에 빠진 어떤 오빠 얘기였는데 기억나지?
그 오빤 방에 처박혀서 게임만 하다가 엄마를 때리고 욕하고 가

구를 부수는 사람이었잖아. 감히 엄마를 때리다니, 그런 생각을 하는데 갑자기 부끄러워지는 거야. 왜 내가 부끄럽지 하고 곰곰이 생각해봤어. 그러니까 우리는 말이야, 엄마를 때리는 그런 파렴치한 오빠와 다를 바가 없는 거였어. 말하자면, 그 오빠와 우린, 다르지만 같은 문제를 지닌, 골칫덩어리란 뜻이었지.

그런데도 언니는 그들이 좋아? 우린 농락당한 거야. 알량하게 먹을 거나 싸가지고 와선 실실거리는 그들이 정말 천사같이 보여? 아직도? 아무래도 언니가 악마의 주문에 단단히 걸려든 모양이야. 그래서 혼이 쏙 빠져버린 거지. 그렇지 않고서야, 그 모든 걸 다 잊고 그들 말이라면 깜빡 넘어가서 꼭두각시처럼 뒤뚱거리겠어? 그들은 정말 집요한 악마야. 남의 집에 허락도 없이 쳐들어와서는 제멋대로 해놓고는 천사 같은 미소를 짓는 그 가증스러운 얼굴들 좀 보라지. 여기저기 카메라를 들이대면서 우리를 욕보이고 엄마를 빼앗고 언니까지 바보로 만든 그들은 최고로 지독하고 최고로 사악한 악마들이야. 언니에게 건 주문도 그래서 안 풀리는 거구. 아, 언니를 어떻게 하면 좋을까?

난 낙원으로 돌아갈 거야. 지금 내가 갈 수 있는 낙원은 여기 장롱 속뿐이야. 엄마 냄새가 남아 있는 곳은 여기밖에 없거든. 내가 뒤집어쓰고 있는 이건 엄마가 벗어두고 간 치마야. 엄마 냄새가 그대로 남아 있어서 이걸 쓰고 있으면 금방이라도 엄마가 돌아올 것처럼 느껴져. 여긴 엄마 핸드백도 있어. 핸드백 속엔 언젠가 우리가 외식을 하고 받은 영수증이 있고, 제비꽃 생화가 박힌 예쁜 손거울도 있고, 언니랑 나랑 몰래 훔쳐 바르곤 하던 립스틱이 들어 있어. 그것들을 만지고 있으면 우리가 낙원에 있었던 때로 돌아가는 것 같아. 이 속에서는 모든 물건들이 함께 떠들고 웃고 이야기하고 노래해. 그 수선스러움이 나를 살아 있다고 느끼게 해준다구. 여긴 어둡지 않아. 깜깜해도 빛이 나.

그러니까 제발 좀 날 그냥 내버려둬. 언니가 락스를 뿌려대든 쓰레기를 갖다버리든 나도 상관 안할 테니까, 알았어?

3

들어봐. 영국에 어떤 사람은 말이야, 옷을 홀딱 벗고서 일년 동안이나 도보여행을 했대. 신발만 신고 천사백 킬로미터를 걸었다는 거야. 지나가던 사람들이 신고를 해서 열네 번이나 체포되었는데, 일년 중에 오개월은 감옥에서 보낸 셈이래. 그 사람의 알몸 도보여행은 앞으로도 계속될 거라나봐. 그런데 그 사람이 알몸으로 걷고 있는 이유가 뭐냐면, 음, 인간성 회복이래. 인간성 회복이 뭐냐면, 음, 잘은 모르지만 나쁜 건 아닌 것 같아. 나쁜 거라면 그렇게 옷을 홀딱 벗고 걸어다니지는 않겠지.

내가 꾸며낸 얘기 아니야. 아까 쓰레기 버리러 갔다가 올라오는 길에 우편함에서 잡지를 하나 가져왔거든. 거기서 본 내용이야. 사진도 있었는걸. 그 책이 어디서 났느냐고? 실은 1405호

건데 별로 중요한 책은 아닌 것 같아서, 네가 거기 처박혀 있으니까 심심하기도 하고 해서, 그래서 살짝 가져왔어. 잘 읽고 도로 갖다놓을 거니까 훔친 건 아냐. 봉투도 조심스럽게 뜯어서 티 하나 안 나게 붙여놓을 수도 있어. 사실은 있잖아, 너한테만 하는 말인데, 처음부터 돌려줄 생각은 없었어. 1405호 애가 잘못한 일에 대한 약간의 처벌을 한 것뿐이니까. 보복이랄까. 그 계집애가 무슨 잘못을 했느냐고?

그래, 그 얘기 해줄게. 내가 쓰레기 버리고 온다고 그랬잖아. 쓰레기봉투를 버리고 있는데 누가 내 등뒤에서 쓰레기집 애다! 하고 소리를 지르는 거야. 그래서 뒤돌아보니까 어떤 쬐끄만 계집애 하나가 롤러블레이드를 타고 가다가 서서는 히죽히죽 웃고 있는 거야. 우리가 텔레비전에 나간 사실은 웬만한 아파트 사람들은 거의 다 알고 있으니까, 뭐 놀랄 만한 일도 아니었어. 하지만 그애에게 우리집이 더이상 쓰레기집이 아니라는 걸 알려주고 싶었어. 그래서 그애에게 다가가서 어디 사느냐고 물어봤지. 그랬더니 자기는 1405호에 산다면서 손가락으로 자기네 집 창문을 가리키더라고. 그러곤 자기네 집은 깨끗하다면서 혀를 한번 내밀고 놀이터 쪽으로 갔어. 롤러블레이드를 타고 갔기 때문에 붙잡을 틈도 없었어. 그래서 그냥 터벅터벅 집으로 올라오려는데 1405호 우편함이 눈에 들어오잖아. 그래서 우편함에서 잡지를 꺼내 점퍼 속에 숨기고 다른 우편물들은 반송함에 넣어버렸어. 잘한 거지? 이번엔 이 정도로 끝냈지만, 다음번에 또 그런다면 가만두지 않을 거야. 우리집을 쓰레기집이라고 부르는 사람들은 절대로 용서할 수 없어.

그런데 참 이상한 일이야. 옛날에 애들은 나를 보면 무서워했는데 이젠 아무도 무서워하질 않아. 어쩌다 내가 학교에 나가면 나를 흘끔흘끔 훔쳐보면서 슬슬 피해다녔는데. 그애들은 내가 무슨 병균이라도 옮길 것처럼 두려워했어. 하지만 난 그애들 눈빛에 숨은 다른 감정을 알고 있었거든. 뭔지는 모르지만 부러워 죽겠는 표정 있잖아. 그래, 그애들은 나를 시기하고 있었던 게 분명해. 두려우면서도 부럽고, 꺼려지면서도 궁금한 거지. 하나의 눈빛 속에 동시에 나타나는 그 반대되는 감정이라니. 그런데 이젠 시기심과 두려움은 사라지고, 뭔가 웃음을 참는 듯한 표정만 남아 있더란 말이야. 하지만 그게 무슨 상관이야. 내가 이렇게 행복한데.

나도 가끔은, 그래 가끔은, 옛날이 그리울 때가 있어. 엄마와 함께 지내던 때 말이야. 그들이 아무리 맛난 것을 사가지고 와도 엄마가 없으니까 너무 허전해. 물론 쓰레기집으로 돌아가고 싶은 건 아니야. 그러니까 깨끗한 집에서 엄마와 함께 살면 좋겠다는 거야. 내가 열심히 청소를 하면 엄마도 돌아오겠지.

알몸으로 걷는 남자 얘기가 나와서 말인데, 생각해보면 엄마도 옷 입는 걸 참 거추장스러워했던 것 같아. 밖에 나갔다 돌아오면 현관에 들어서면서부터 옷을 벗어던지곤 했잖아. 치마를 벗고 셔츠를 벗고 브래지어를 벗고…… 언젠가는 아예 엘리베이터를 타고 올라오면서부터 옷을 벗어버리고 알몸으로 들어온 적도 있었어. 그날은 무지하게 추운 날이었고, 그래서 발가벗은 엄마 몸은 꽁꽁 얼어서 시뻘겋기까지 했어. 우린 엄마가 무슨 나쁜 일이라도 당한 건 아닌지 걱정이 됐지만, 엄마 표정을 보곤 안심할 수 있었어. 슬픈 기색 같은 건 없었고, 오히려 한없이 편안하고 자유로운 표정이었으니까.

엄마는 우리를 데리고 야외온천에 가는 걸 좋아했어. 우리한 테 그 자유를 느끼게 해주기 위해서였을 거야. 옷을 홀딱 벗고 야외온천에 서 있을 때 기분 기억나니? 야외온천에서 한참 서 있다보면 볼이 떨어질 것같이 춥다가도 어느새 온몸이 따끈해 지는 걸 느끼게 되잖아. 온몸에 소름이 돋으면서 오줌을 쌀 것 같은 기분. 솜털 하나하나가 다 일어서는 그런 기분. 우리가 아 주 많이 추워져서 엄마를 찾으면, 엄마는 폭포수 근처에서 기지 개를 켜며 사뿐사뿐 걸어다니고 있었어. 춤추는 여자무용가처 럼 말이야.

나중에 말이야, 내가 커서 돈을 많이 벌게 되면, 배를 한척 사 서 여행사를 차릴 거야. 그래서 그 배에 우리처럼 발가벗기 좋 아하는 사람들을 모두 초대할 거야. 세상에는 우리처럼 그리고 그 남자처럼 발가벗고 사는 걸 좋아하는 사람들이 또 있을 테니 까. 발가벗고 돌아다닌다고 비웃거나 손가락질하지 않는, 다른 사람 시선 따윈 신경 안 써도 되는 그런 여행을 하는 거야. 그래 서 세계 각국에서 모인 사람들과 몇날 며칠 바다를 항해하면서 밥도 먹고 수영도 하고 춤도 춰야지. 어때 정말 괜찮은 생각 같지?

우리 애들은 꿈을 가져야 한다고 그들이 그랬어. 그래서 난 그들에게 가수가 될 거라고 말해줬어. 알몸 여행사를 차리겠다고 할 수는 없으니까. 여행사를 차리기 전에 돈을 벌어야 하니까, 뭔가 다른 게 필요하기도 했어. 어쨌든 내가 가수가 되겠다고 했더니 그들은 꼭 그렇게 될 거라면서 내 머리를 쓰다듬어주었어. 내가 엄마 닮아서 다리도 길고 허리도 곧다고 엄마가 그랬잖아. 내가 엄마를 닮았다면 춤추고 노래하는 데 소질도 있을 거고, 그 소질을 잘 살리면 가수가 되는 건 문제없어. 나는 이미 방송국 사람들하고 친해졌으니까 그들 도움을 받을 수도 있을 거야. 쓰레기집 애가 커서 가수가 되었다! 사람들 모두 나를 주목할 테고, 나는 으쓱해서 사람들을 내려다보겠지.

너도 나중에 커서 뭐가 될지 생각해봐. 엄마가 되겠다는 건 꿈이 아니야. 엄마는 여자라면 누구든지 되는 거야. 좀더 근사하고 멋진 걸 생각해봐. 꿈이라고 할 수 있는 건 화가나 무용가나 가수 같은 거야. 의사나 간호사나 판사 같은 것도 괜찮구. 아니면 그들처럼 방송국에 들어가거나 복지사가 되는 거야. 네가 방송국에 들어가면 내가 노래 부르는 걸 찍게 되겠지? 아, 정말 근사하다.

가수가 되기 위해 해야 할 일들을 고민해봐야겠어. 정말 유명한 가수가 되려면 지금부터 연습을 많이 해둬야 할 거야. 세계적인 가수가 되기 위해서는 엄마처럼 외국에 나가서 공부도 해야겠지? 옆집 뚱녀처럼 되지 않기 위해서 몸관리도 철저히 해야 해. 근데 그걸 나 혼자 어떻게 다 하지? 외국에서 공부하려면 학교도 가야 하는 건가? 학교는 누가 보내주지? 엄마도 없는데……

그래, 그들이 오면 방법을 물어봐야겠다. 그들은 전문가들이 잖아. 그런데 그들은 왜 이렇게 안 오는 걸까? 분명히 온다고 그랬는데. ……사실은 그들이 언제 온다고 했는지 잘 모르겠어. 어젠지 오늘인지…… 그러고 보니 언제 왔었는지도 기억이 안나. 온다고 하긴 했는지…… 잘 모르겠어. 설마 그들이 우리를 잊은 건 아니겠지? 아닐 거야. 어떻게 우릴 잊을 수 있겠어. 아마 오늘이 아니라 내일인 모양이야.

그런데 그들이 안 온다고 생각하니까, 갑자기 뭘 해야 할지 모르겠다. 청소를 한번 더 해야 할까봐. 아니면 장롱 속에 든 걸 다 꺼내서 정리를 해도 될 것 같아. 그래 장롱 청소를 해야겠어. 네가 하도 오래 들어가 있어서 거긴 손도 못 댔잖아.

자, 이제 내가 장롱문을 열 거야. 너를 나오게 하려는 게 아니고, 청소를 하려고 그러는 거야. 내가 청소를 다 끝내고 나면 넌 다시 들어가도 돼. 입다 넣어둔 옷을 꺼내서 빨고, 먼지를 털어내고, 혹시나 있을지 모를 벌레들을 없앨 거야.

그런데…… 청소를 다 끝낸 후에는 뭘 하지?

4

　다 언니 때문이야. 언니가 그렇게 장롱 옆에 딱 붙어 있으니까 내가 나갈 수가 없잖아. 쓰레기 버리러 나간 김에 좀 오래 있다가 오지. 그럼 언니가 없는 동안 얼른 일을 보고 다시 들어왔을 텐데. 막 나가려는 참에 언니가 온 거야. 좀 참아보려고 했는데 어쩔 수가 없었어.

　그래도 볼일을 보고 나니까 시원하기는 하다. 걱정하지 마. 그리로 새지 않게 옷들을 두툼하게 깔고 볼일을 봤으니까. 나중에 그것만 빨면 돼. 언니가 청소해놓은 거 더럽히지는 않았어. 그러니까 너무 흉보면 안돼, 알았지? 언니가 조금이라도 뭐라고 하면, 정말로 죽을 때까지 안 나갈 거야.

　바지가 너무 축축해서 벗어야겠어. 내가 쿵쿵거린다고 너무 놀라지 마. 오줌에 젖은 바지를 입고 있는 건 정말 기분 나빠. 쌀 때는 정말 기분 좋았는데. 서서 오줌 싸는 거랑은 좀 달라. 뜨뜻한 오줌이 엉덩이를 적시고 바지를 타고 허벅지로 내려가는 느낌이 근질거리면서도 포근해. 언니도 한번 해봐. 어쨌든 이 옷은 그만 벗어버리는 게 좋겠어. 뜨뜻할 땐 좋았는데 식고 나니까 허벅지가 자꾸 쓸려서 따가워. 젖은 옷을 벗어버리니까 훨씬 낫다. 옷을 벗어도 춥지는 않아. 여긴 따뜻해. 덮을 수 있는 옷도 충분히 있어.

근데 엄마가 되는 건 왜 꿈이 아니야? 그거 말고 되고 싶은 건 없는데. 나는 그냥 엄마가 될래. 나중에 내가 엄마가 돼서 언니를 보살펴주면 되잖아. 내가 커서 엄마가 되면 잔소리 같은 건 안할 거야. 청소하라거나 공부하라거나 하지도 않을 거구. 우리 엄마처럼 말이야. 난 정말 좋은 엄마가 될 수 있어.

그런데 엄마는 언제쯤이나 돌아오는 걸까? 엄마는 정말 우리를 떠나버린 걸까? 언니는 정말 우리가 더 깨끗해지고 더 예뻐지면 엄마가 돌아올 거라고 생각해? 그럼 얼른 나가서 이 옷들을 빨아야 되겠지? 하지만 내 생각엔, 그래 내 생각엔…… 아무래도 엄마는 오지 않을 것 같아. 그렇게 해서 올 거였으면 진즉에 왔을 거야.

엄마가 떠나기 전에 우리를 보던 그 눈빛을 난 잊을 수가 없어. 엄마는 우리를 부끄러워하고 있었어. 그리고 귀찮아 죽겠다는 표정이었어. 그들이 오기 전까지 엄마가 우리를 부끄러워하거나 귀찮아한 적은 단 한번도 없었는데 말이야. 엄마에게 우린 친구였고 남편이었고 보호자였는데. 왜 우릴 귀찮아하게 된 걸까.

어쩌면 엄마는 우리가 걸림돌이 된다고 생각했는지도 모르겠어. 엄마가 행복하기 위해서는 말이야. 그들이 알려준 행복은 아무 걸림돌이 없는 부끄럽지도 불쾌하지도 않은 어떤 것이었으니까. 우리를 내다버릴 수는 없었겠지. 걸림돌을 없애는 대신, 엄마가 떠난 거야. 우리들 애비가 엄마를 떠난 후에도 우리를 떠나지 않던 엄마가, 그런 엄마가 결국 우리를 떠났어. 엄마는 영영 돌아오지 않을 거야.

그들이 온 후에 모든 게 변해버렸어. 도대체 어떻게 해야 언니가 주문에서 풀려날 수 있을까? 언니가 빨리 제정신으로 돌아와야 힘을 합쳐서 엄마를 찾아올 텐데. 주문을 풀 수 있는 방법이 분명히 있긴 있을 거야. 내가 그걸 알아내서 언니를 구해내고, 엄마도 찾아오면 좋을 텐데 말이야. 하지만 내겐 그런 힘이 없어. 난 그저 장롱 속에 숨은 어린애일 뿐이니까.

내게 아무 힘이 없다는 게 화가 나. 이제 남은 건 언니뿐이야. 난 언니마저 잃게 될까봐 너무 겁나. 언니까지 없어지면 그땐 진짜로 나 혼자잖아. 그땐 정말 아무것도 할 수 없을 거야. 언니가 사라진 후엔, 나도 사라지겠지? 그러지 말고 언니가 이리로 들어오는 게 어때?

5

내가 이렇게 안아주니까 따뜻하지? 그러게 고집피우지 말고 나오지 그랬어. 그럼 이런 일은 없었을 거 아냐. 내가 꼭 이리 들어와서 너를 돌봐야겠어? 아무튼 네 고집은 알아줘야 해. 어쨌든 생각보다 그렇게 좁지는 않다. 젖은 옷들은 저리 좀 치워버려. 그러다가 엄마 핸드백까지 젖겠어.

방바닥으로 던져도 돼? 언니가 하루종일 걸레질해서 깨끗한

데 괜찮겠어? 깨끗한 방이잖아. 나중에 뭐라고 하면 안돼, 알았지? 언니도 여기 들어오니까 좋지? 앉은뱅이는 안될 테니까 걱정하지 마. 자, 봐, 내 다리는 멀쩡해. 장님도 아니야. 귀머거리도 아니고.

괜찮아, 나중에 치우면 돼. 청소 하난 자신있으니까, 금방 치울 수 있어. 일단 그 축축한 옷들이나 던져버려.

이것 봐, 여기 엄마가 바르던 립스틱이야.

그래. 이건 엄마가 참 좋아하던 색인데. 내가 입술 그려줄까? 에, 하고 입 벌려봐 어서.

좋아. 그런데 그 계집애 말이야, 롤러블레이드 타고 도망갔다는 그 계집애. 몇호에 산다고 그랬지? 그런 계집애는 혼 좀 나야돼. 나중에 언니랑 나랑 나가서 혼내주자. 우리 둘이 힘을 합치면 못할 것도 없잖아.

입 좀 다물고 있어. 네가 자꾸 말을 하니까 똑바로 그릴 수가 없잖아. 롤러블레이드만 아니었으면 쫓아가서 한대 쥐어박았을 거야. 그까짓 계집애 혼내주는 건 나 혼자서도 충분해.

쥐어박기만 해? 그년의 주둥이에다 쓰레기를 확 쑤셔넣어버려. 어, 상스러운 말 쓰면 안된다고 했는데, 미안.

그들도 없는데 뭐. 그런데 말이야, 우리집이 언제부터 쓰레기집이 된 건지 기억나니? 그게 애비가 떠나기 전이야 후야? 애비가 떠난 후에 쓰레기집이 된 건지, 아니면 쓰레기집이 된 후에 애비가 떠난 건지 기억이 잘 안 나.

글쎄, 아마 애비가 떠난 후에 쓰레기집이 된 걸걸? 무슨 상관
이야. 언니 말대로 우리집은 더이상 쓰레기집이 아닌데.

그래 맞아. 자 이제 다 그렸다. 거울 볼래?

이햐, 맘에 들어. 그나저나 이 옷들 좀 밖으로 밀어버리자 언
니. 둘이 있으려면 아무래도 공간을 넓히는 게 낫겠어. 그리고
그 립스틱 줘봐, 이젠 내가 언니 입술 그려줄게. 언니도 에, 하
고 입 벌려. 에.

욕망에서 사랑으로

신형철

1

천운영의 등단작 「바늘」(2000년 동아일보 신춘문예)은 타니자끼 쥰이찌로오(谷崎潤一郎)의 「문신〔刺青〕」(1910)이 발표된 지 정확히 90년 뒤에 씌어졌다. 타니자끼가 쓴 것은 한 문신사가 순결한 소녀의 몸에 문신을 새기면서 필생의 예술적 목표를 이루고 소녀의 육체까지 소유하게 된다는 식의 이야기다. 맹목적으로 아름다움을 추구하고 있으니 일단은 탐미주의라 하겠으나 거의 반강제적으로 문신을 당한 소녀가 돌연 요부로 거듭나 사내의 품에 안긴다는 이야기이니 갈데없는 남성 판타지의 재현이기도 하다. 이 경우 바늘은 남근 외의 다른 것일 수가 없다. 긴 시간의 격차가 있으니 불공정한 비교가 될 수도 있겠지만 「바늘」은 그 기량면에서 「문신」에 비할 바가 아닐 뿐 아니라 「문신」의 고루한 남성 판타지를 매력적으로 전복한 수작이다. 예컨대 남자의 몸에 바늘로 바늘 모양의 문신을 새기고, 그것을 "어린 여자아이의 성기 같은 얇은 틈새"(『바늘』, 창작과비평사 2001, 33면)에 빗대는 대목은 허를 찌르는 데가 있었다. 이 등단작이 어찌나 강렬했던지 바늘은 지금까지도 천운영의 '개인 상징'처럼 간주되고 있는 모양이다.

물론 이 소설이 해낸 것은 남근 이미지의 전복 이상이다. 천운영의 좋은 소설들에서 두루 나타나는 장점들이 여기에서 이미 탄탄했다. 적어도 한국소설에서는 전례를 찾기 어려운 강렬한 여성 캐릭터, 문신 시술현장의 세부를 그야말로 문신을 새기듯 감각적으로 묘사하여 확보한 리얼리티 등은 이 작품을 2000년대 한국문학의 첫번째 화제작이 되게 했다.* 물론 문학사는 돌연변이를 인정하지 않는다. 천운영 소설의 유전자는 90년대 이래 여성소설의 성과와 한국소설의 본류 중 하나인 남성적 리얼리즘의 공력이 결합된 곳에서 생겨났다고 해야 한다. 이를테면 오정희와 전경린의 어떤 것이 황석영과 김소진의 어떤 것과 만나 일으킨 화학작용이라고 해도 좋다. 그 화학작용의 결과물은 평단

---

* 이 전복적 여성상과 취재형 묘사는 이후 천운영 소설의 트레이드마크가 된다. 이에 대한 새삼스러운 논평은 불필요해 보인다. 전자에 대해서는 남진우 「늑대의 후예」(『문학동네』 2003년 여름호)와 김형중 「Vagina Dentata」(『변장한 유토피아』, 랜덤하우스중앙 2006)를, 후자에 대해서는 황종연 「탈승화의 리얼리즘」(『문학동네』 2001년 가을호)과 김영희 「천운영을 읽는 한가지 방식」(『창작과비평』 2004년 여름호)을 참조할 수 있다.

의 대대적인 환영을 받았다. 페미니즘은 그녀의 소설에서 90년대 여성소설의 여성상을 넘어서는 가능성을 보았고, 리얼리즘은 그녀의 소설에서 리얼리즘의 갱신을 위한 단초를 보았다.

독자들에게 그녀의 소설이 준 인상은 대개 '강렬하다'는 느낌으로 수렴될 것이다. 이 강렬함은 어디에서 온 것일까. 그녀의 좋은 소설들에는 순도 높은 욕망의 서사가 내장되어 있었다. 물론 인간을 인간이게 하는 힘을 이념이 아니라 욕망에서 찾으려는 취지는 탈이념시대 소설의 공통된 입지에 가깝다. 그러나 그 욕망을 몽롱한 헛것으로 신비화하지 않고 철저하게 육체적인 것으로 끌어내려 드잡이하는 태도는 유난스러웠다. 그녀에게 욕망은 지성의 두통이나 내면의 소란 같은 것이라기보다는 피부를 찢고 튀어나오는 고집스러운 괴물인 듯했다. 그 괴물을 불러내기 위해 인간의 피부에 바늘을 들이대는 일이 그녀의 소설 쓰기가 아니었을까. 남자의 알몸에 바늘을 갖다대고 지금 막 첫 땀을 뜨려 하는 여자, 바늘끝을 잘라 넣은 녹즙을 꾸준히 마시게 해서 스님을 살해하고 자살하는 어미가 요청하는 것은 욕망의 사회학이 아니라 욕망의 물리학이다. 욕망의 물리학은 욕망의 질을 성찰하지 않고 강도만을 계측한다. 바늘이라는 강렬한 욕망의 상관물만이 그곳에서 눈금처럼 떨리고 있었다.

사회학이 아닌 물리학도 은연중 당대의 기운을 반영하게 마련이다. 한 평론가가 천운영 소설의 그로테스크한 외양 이면에서 멜랑꼴리(우울증)라는 '전략'을 읽어내기도 했지만(차미령 「그로테스크 멜랑콜리, 상실에 대응하는 한가지 방식──천운영의 소설 세계」, 2005

년 서울신문 신춘문예), 실로 천운영의 소설에는 상실과 결핍에 대한 첨예한 감각이 있었고 회복과 충족을 방해하는 세계에 대한 단호한 원망과 항의가 있었다. 그것들은 대개 "가족 단위의 어두운 운명론"(이광호 「그녀들, 우주를 빨아들이는 틈새」, 『바늘』, 250면)과 결부되어 있다. 이는 1997년 이래로 한국사회에서 개인의 불행이 실제로 가족 단위에서 발생했다는 사실과 무관하지 않을 것이다. 이전 시기의 불행이 이념적 토대의 격변 속에서 발생하는 정체성의 위기와 결부되어 있다면, 1997년 이래의 불행은 대체로 경제적 토대의 붕괴 속에서 발생하는 생존의 위기와 연결되어 있는 것이었다. 집요한 욕망의 서사가 한 시대의 불행한 공기와 만나서 천운영 소설의 강렬함을 낳았다. 소설가 자신은 그 강렬함으로 무엇을 하려 했을까. 그녀는 당신의 욕망을 이해한다고, 당신의 잘못이 아니라고 말하고 싶었던 것 같다. 욕망이란 본래 그런 것이 아닌가, 그래서 징그럽고 슬프고 심지어는 아름다울 수도 있는 것이 아닌가, 라고 말이다.

8년의 시간이 흘렀다. 그녀는 이제 네번째 책 『그녀의 눈물 사용법』을 세상에 내보낸다. 본연의 취지만큼은 달라지지 않은 것 같다. 변한 것은 다만 사랑의 방식일 것이다. 첫 장편 『잘 가라, 서커스』(2005)를 읽고 그렇다는 것을 알았다. 의외의 작품이었다. 화끈한 욕망의 서사를 기대한 이들에게는 혹시 당혹스러웠을까. 여전히 지독한 욕망들이 있었으나 욕망들이 모여 있는 풍경은 달라져 있었다. 욕망과 욕망이 마주보고 있었다. 나의 욕망을 냉혹하게 고집하기보다는 너의 욕망 앞에서 마음이 기울고들 있었다. 작가는 '작가의 말'에서 그 소설을 온전히 사랑의 서사로 읽어주길 바라고 있었다. 어쩌면 천운영 소설의 밑자리는 욕망에서 사랑으로 조금씩 옮겨온 것인지도 모른다. 이번 책은 『바늘』과 『명랑』(2004)과 『잘 가라, 서커스』를 쓴 세 사람이 골고루 나눠 쓴 것처럼 보인다. 새로운 소설들을 욕망과 사랑의 이야기로 나눠 읽어보려 한다. 그녀가 어디에서 왔고 어디로 가고 있는지를 마지막에 알게 되면 좋겠다.

2

욕망의 서사라는 말은 동어반복일 수 있다. 모든 욕망은 그 자체가 하나의 서사다. 욕망은 개체보다 크다. 내가 욕망의 주인이 아니라 욕망이 나의 주인이다. 그래서 욕망은 제 갈길을 '서사'의 형식으로 걸어간다. 맨 앞자리에는 어떤 상실이 있다. 그 상실이 욕망을 낳고 욕망이 대상을 부르는 것이다. 특정한 욕망이 작품 속으로 들어온다는 것은 그 욕망의 기원(상실)과 출구(대상)가 동시에 설정된다는 뜻이다. 욕망을 깊이 사유하는 작가라면 그 기원과 출구를 치밀하게 설정할 것이다. 존재의 근원적 허기 운운하는 몽롱한 기원이나 일상에서의 탈출 운운하는 애매한 출구에 투항하지 않을 것이다. 천운영의 소설들은 이 점에서 철저하다. 「눈보라콘」(『바늘』)과 「세번째 유방」(『명랑』)이 특별히 선명하지만 다른 작품들도 많건 적건 그렇다. 상실의 맥락이 확실하고 (제목에서 이미 그러하듯) 대상의 정체가 분명하다. 천운영 소설의 두 가지 특질인 전복적 캐릭터와 취재형 묘사가 이 욕망의 물리학에 기여한다. 기형과 불구의 신체는 그 '결핍'의 육체성을, 환경과 직업에 대한 강박적 묘사는 '대상'의 물질성을 떠받친다.

하나의 욕망이 하나의 대상을 만나 '충족'에 이르기만 한다면 욕망의 서사는 멈출 것이다. 그러나 욕망의 서사에서 그런 일은 일어나지 않는다. 욕망은 반성을 모르고 후진을 알지 못한다. 그것은 최종적인 목적어가 없는 동사다. 욕망은 그저 다른 욕망에 의해 대체되거나 끝장에 이르러 자폭할 수 있을 뿐이다. 어떤 대상도 애초의 상실을 복구하지 못하기 때문이다. 대상은 그저 위태로운 대체물로서만 가까스로 있다. 내가 원하는 그것을 너는 갖고 있지 않다는 것, 그것이 욕망의 서사를 대체로 비극으로 만든다. 애착은 불안을, 불안은 집착을, 집착은 파괴를 부를 것이다. "나는 당신을 사랑합니다. 그러나 불가해하게도, 나는 당신 안에 있는 당신 이상의 어떤 것을 사랑하기 때문에, 당신을 파괴합니다."(Lacan, *The Seminar XI*, page 268) 이 문장의 주어는 그 자신을 '사랑'이라 믿고 있는 '욕망'이다. 이 문장은 모든 욕망의 서사를 단숨에 요약한다. 리비도가 쓰는 소설은 피로 마침표를 찍는다. "내가 마지막으로 칼을 찔러넣은 곳은 너의 세번째 유방이야. 비너스의 세번째 유방."(「세번째 유방」, 『명랑』 158～59면) 이 모든 것은 일반론이다. 이번 책에서 욕망의 서사는 어떤 방식으로 펼쳐지고 있는가.

「내가 쓴 것」을 먼저 읽는다. 세 편의 짧은 이야기와 〈작가후기〉로 구성돼 있다. 곁다리 텍스트인 〈작가후기〉가 세 편의 짧은 이야기를 하나로 통합하고 논평한다. 세 편의 이야기를 엮어 읽으면 이렇다. 그녀는 '냉정할 것'을 창작의 제1원칙으로 내세우는 쿨한 소설가다. 그러나 "지나친 도도함과 우아함은 조롱거리가 된다"(165면)는 것을 모르는 그녀를 학생들은 은밀히 경멸한다(〈나와 롤리타〉). 학생들이 아니더라도 그녀의 상태는 지금 말이 아니다. 5년 전에 열 살 연하의 청년을 만나 밀회를 즐겨왔다. 그런데 이제 소설가가 된 청년이 그녀를 떠나려 하고 그녀는 청년을 붙잡으려 한다. "자기연민 같은 건 버려요. 당신이 늘 하던 말 아니었어요?"(173면) 쿨했던 여자는 마음의 진흙탕으로 떨어진다(〈마우스피스〉). 실상 그녀는 5년간의 밀회로 남편을 잃기도 했다. 아내의 불륜현장을 목격한 남편은 친구 집에서 스스로 목숨을 끊었던 터다(〈사내와 개와 오동나무〉).

서술자가 〈작가후기〉에서 자신을 "학생들에게 조롱을 받는 퇴색한 여교수"이자 "이제 나를 흥분하게 만드는 어린 남자애도 없"는 상태이며 "남편을 죽음으로 몰고 간 나쁜 아내"(191면)라 지칭하고 있기 때문에 이와 같은 독법이 가능하다. 이 이야기들을 통해 그 자신 작가인 서술자는 일종의 자기모독을 감행한 셈이다. 왜 그랬는가. 타인을 내 소설의 모델로 이용하기만 했을 뿐 내가 누군가의 소설에 이용되어본 적은 없었다. 모델이 되어본 뒤에야 그간 자신이 해온 일이 어떤 것인지를 알게 되었다.

"소설을 위해서라면 어쩔 수 없는 일"(190면)이라는 명목으로 나는 얼마나 많은 사람들에게 상처를 주었던가. 소설가에게 과연 그럴 권리가 있는가. 그래서 "세상에 진 빚을 갚는"(191면)다는 기분으로 욕망의 화살을 자기 자신에게 돌려, 세 편의 짧은 이야기를 썼다. 덕분에 매우 독특한 형식의 '소설가 소설' 한 편이 씌어졌다. 이 소설은 소설가의 욕망을 대상으로 한 매우 흥미로운 성찰의 산물이다. 욕망의 진실이 무엇인가를 묻는 소설이 한 편 더 있다.

「내가 데려다줄게」의 사내는 지금 자살을 하기 위해 늪 앞에 서 있다. 제자와 성관계를 맺은 일이 와전돼 권력형 성 스캔들로 번진 탓이다. "내 죽음이 진실을 대신하리라"(106면)라는 문장을 유서에 쓰고 늪으로 들어간다. 그리고 작가는 이런 문장을 적어두고 있다. "꿈과 생시, 이승과 저승, 삶과 죽음, 그 좁은 듯하면서 광활한 사이 혹은 틈새."(111면) 이어지는 이야기를 이 '광활한 틈'에서 벌어지는 것으로 간주하고 읽어달라는 주문이다. 사내는 한 가족에 의해 구조되었다. 어딘가 비현실적인 데가 있는 가족들이다. 이후 사내는 이승도 저승도 아닌 공간에서 산 것도 죽은 것도 아닌 상태로 일련의 사건들을 겪는다. 소설을 읽어나가다보면 그 사건들이 일종의 재생을 위한 제의라는 것을 알게 된다. 늪에서 허물을 벗는 뱀의 이미지가 반복 출몰하는 까닭이 여기에 있다. "뱀들은 허물을 벗기 위해 흐린 안개눈을 하고 늪으로 온다."(115면) 아닌게아니라 사내는 누군가의 인도라도 받은 양 안개를 따라 늪으로 온 터다. 그리고 늪의 여자를 만나게 된다. 그녀에 대한 사내의 욕망은 진퇴를 반복한다. 그 과정에서 사내는 일방적인 이혼을 당한 후 그가 제자에게서 느꼈을지도 모를 무의식적 욕망들의 기복을 되돌아보게 된다. 좁게는 제자와의 관계를, 넓게는 자신의 삶 전반을 압축 복습했을 것이었다. 그 결과 다음과 같은 질문을 던질 수 있게 된다.

사내는 문득 자신이 남기고 온 유서가 생각났다. 내 죽음이 진실을 대신하리라. 진실. 사내가 믿고 있던 것이 과연 진실이었을까? 힘과 권력과 지위를 전혀 쓰지 않았다는 것이 사실일까? 스스로 옷을 벗도록 사내가 종용한 것은 아니었을까?(131면)

사내는 비로소 자신의 욕망을 들여다보고 자신이 일방적인 피해자라는 생각을 접게 된다. 이제 무엇이 진실인지 알 수 없게 되어버렸다. 사내는 진실을 알기 위해 '노래하는 탑'으로 간다. 한 총각이 한 처녀를 사모해 그녀의 마음을 얻고자 수없이 늪을 건너며 만들어낸 탑이었다. 처녀가 슬플 때는 부드러운 노래로, 기쁠 때는 발랄한 노래로 감싸준 탑이었다. 아마도 그 탑은 사랑의 탑일 것이다. 노래하는 탑 속에서 사내는 비로소 진실을 알게 된다. "사내의 눈에서 한줄기 눈물이 흘러 바닥에 떨어졌다. 그 순간 탑 안에는 포로록, 맑은 실로폰 소리가 조용히 울려 퍼졌다."(133면) 사내가 원했던 것은 언제나 변함없는 위안을 주는 그 탑과 같은 사랑이었을 것이다. 아내와 이혼한 이후에도, 제자와 가까워졌을 때에도, 국도변을 달릴 때에도, 사내가 원했던 것은 "추위를 막아주는 그 따뜻한 늪"(134면)이었을 것이다. 진실을 깨달은 사내는 다시 늪 앞에 서서 옷을 벗는다. 그가 이승과 저승의 틈에 있는 것이라면 이제 제대로 죽을 수 있게 될 것이고, 꿈과 생시의 틈에 있는 것이라면 다시 태어나게 될 것이다.

「소년 J의 말끔한 허벅지」는 아마도 이번 책에서 『바늘』의 세계와 가장 가깝고 욕망의 서사 일반론에 가장 근접해 있는 작품일 것이다. 그는 사진사다. 부부관계가 심각한 위기에 처해 있다. 남자에게는 아내의 젊음이 부담스럽고 여자에게는 남편의 늙음이 불만스럽다. 남자에게 결핍되어 있는 것이 젊음이기 때문에 남자는 젊음이 부럽고 또 그만큼 증오스럽다. 예비부부의 누드 사진을 찍고 난 뒤부터, 그들의 젊은 육체에서 강렬한 양가감정을 느낀 뒤부터 사내의 존재론적 불안은 더욱 커진다. "어떤 맹금류의 발톱이 그의 심장을 거머쥐고 있는 것 같았다."(19면) 그 무렵 열여덟의 소년을 만나게 되고 그를 사진관의 조수로 채용한다. 젊음에 대한 양가감정은 소년에게 고스란히 적용된다. 소년의 젊음을 동경하면서도 자신의 욕망의 대상이 된 소년을 증오한다. 동경보다 증오가 더 커지게 된 것은 아내 때문이었다. 아내와 소년의 사이가 의심스러웠기 때문이다. 그러나 소년이 아내의 누드를 찍고 있으리라 생각한 장소에서 남자는 예상치 못한 풍경을 목격하게 된다.

아내는 없다. 조명 아래 쑥스럽게 웃고 있는 여자는 아내가 아니다. 상의를 벗고 앉은 여자는 바로 늙고 야윈 노파다. (…) 그는 조명 아래에서 노파의 몸이 살아나는 것을 본다. 그것은 그가 여태 상상하고 단정지은 추악하고 안쓰러운 늙음이 아니었다. (…) 조명 아래에서 노파의 몸은 부끄러워하고 시샘하고 달아오르는 소녀의 몸이었다. 소멸과 생성이 공존하는 원숙한 자연이자 소녀인 노파의 몸.(39~40면)

소년이 카메라에 담고 있는 피사체는 소멸과 생성이 공존하는, 원숙한 자연이자 소녀인, 노파의 몸이다. 소년은 할머니의 몸이야말로 가장 아름다운 누드라고 생각했고 그래서 찍은 것이었다. 남자의 내면에서 "무언가 와르르 무너지는 소리가 들린다."(40면) 그의 편협한 욕망의 체계가 무너진 것이다. 젊음은 아름답고 늙음은 추한 것이라 생각했다. 그래서 중년의 그는 되찾을 수 없는 젊음을 동경하고 또 증오했다. 여기서 욕망의 서사가 관철되었더라면 남자는 소년을 대상화(이를테면 '허벅지')하여 파괴하는 길로 나아갔을지 모른다. 그러나 이 소설은 인용한 대목을 경계로 방향을 꺾는다. 소년 덕분에 아름다움과 추함의 경계가 흔들리고 젊음과 늙음의 경계도 흔들리게 된다. 이제 그는 자신의 늙음을 받아들일 수 있게 되면서 자신과 화해하게 될 것이다. 비로소 소년을 애증의 눈이 아니라 기꺼운 눈으로 바라볼 수 있게 될 것이다. 욕망의 서사가 파국의 방향으로 직진하지 않고 성찰 혹은 성숙의 방향으로 꺾이는 이와 같은 양상은 「내가 쓴 것」「내가 데려다줄게」「소년 J의 말끔한 허벅지」에서 공통적으로 나타난다. 천운영의 욕망의 서사에 어떤 변화가 생긴 것이다. 이 변화를 사랑의 발견이라 부를 수 있을까.

3

　욕망과 사랑을 구별하는 일은 간단치 않지만 욕망의 서사와 사랑의 서사를 구별하는 것은 가능하다. 욕망의 논리를 고집할 경우 사랑의 서사는 성립될 수 없고 그 역도 마찬가지다. 사랑의 서사는 '주체와 타자'의 층위에서, 욕망의 서사는 '주체와 대상'의 층위에서 발생한다. 욕망은 타자를 대상으로 축소한다는 뜻이다. 그렇기 때문에 대상(부분)을 위해서 타자(전체)를 파괴하는 파국의 서사가 가능한 것이다. 욕망이 반성 없는 흐름이라면 사랑은 숭고한 단절이다. 내가 원하는 그것을 네가 갖고 있지 않을 때, 나의 결핍을 네가 채워줄 수 없다는 것을 알았을 때, 사랑은 외려 그 결핍을 떠안는다. 두 결핍의 주체가 각자의 결핍을 서로 맞바꾸는 것이 사랑일 수 있다. 사랑은 부분을 위해 전체를 파괴하지 않고 부분을 채워 전체를 만든다. 욕망은 환유이고 사랑은 은유라는 명제의 뜻이 거기에 있다. 욕망은 가까운 '부분'을 향해 계속 자리를 옮기지만 사랑은 유사한 '전체'끼리 자리를 바꾸는 것이기 때문이다. 마지막 순간에 욕망은 '이

것이 아니다'라고 말하지만 사랑은 '나는 너다'라고 말한다. 이
것은 사랑의 서사 일반론이다. 아직 읽지 않은 소설들이 좋은
각론이 되어줄 것 같다.

　「그녀의 눈물 사용법」을 먼저 읽는다. '그녀'가 일곱살일 때 남
동생이 태어났다. 칠삭둥이 미숙아였기 때문에 인큐베이터가
필요했다. 그러나 부모에게는 그럴 능력이 없었다. 장롱 속에서
갇힌 채 단 하루를 살고 아이는 죽는다. 3년 뒤, 열살이 된 그녀
가 홍역을 앓던 어느날, 미숙아가 아니라 우량아의 모습으로
'그애'가 돌아온다. 그애는 7년 동안 성장하여 일곱살 소년이 되
었고 거기서 성장을 멈춘 채로 다시 20년을 그녀의 곁에 머문
다. 그애는 지금 "서른일곱살 여자의 몸속에 살고 있는, 단 한번
도 울지 않은 영원한 일곱살 소년"(52면)이다. 가족들은 그녀의
오라비가 원인불명의 병으로 고통받고 있는 것이 그애의 원혼
때문이라고 생각한다. 도대체 죽은 아이는 그 옛날 어찌되었던
가. 아비는 그애의 시신을 한강에 띄워보냈노라고 뒤늦게 고백
한다. 그애가 중음신으로 떠돌았던 까닭은 제대로 매장되지 못
했기 때문이었을 것이다. 가족들은 30년 만에 때늦은 천도재를
지내고, 거짓말처럼 오라비는 평온을 되찾는다. 이제 '그애'는
떠났다. 그녀를 울지 않게 했고 살 수 있게 한 그애는 없다. 그
렇다면 그녀는 그 어떤 것을 잃기만 했는가. 아니, 한가지는 얻
었을 것이다.

그래 이상해. 눈물 흘리는 여자들이라면 질색이었는데, 그 여잔 자꾸만 등을 쓰다듬어주고 싶어. 머리칼도 쓸어올려주고 싶고. 옛날 그애가 한 대로 뜨거운 입김도 불어넣어주고 싶고. 아니면 함께 눈물 흘려도 좋고.(69면)

그녀는 본래 눈물을 흘리지 않았다. "눈물은 감정의 늪이다. 유약한 인간들만이 제가 만든 늪에 빠져 허우적거리는 법이다." (57면) 그녀만 그런 것이 아니다. 이 가족의 여자들은 어느 땐가부터 눈물을 흘리지 않았다. 자신을 버린 남편을 저세상으로 먼저 보낸 후 할머니가 그랬고, 유방절제수술을 한 이후 어머니가 그랬다. 삶의 간난신고 속에서 누구에게도 의지할 수 없었던 여자들의 고투였다. 눈물을 흘리지 않는 것이야말로 자기 자신을 지켜내는 방법일 수 있는 그런 삶이었다. 그녀에게는 그애가 있어서 다행이었다. 삶이 힘들어도 계집애처럼 울지 않고 차라리 사내애처럼 오줌을 쌌다. 그녀와 그애는 한몸이었기 때문이다. 그런 그애가 떠났으니 이제는 '유약한 인간'이 되어 울기나 하는 못난 서른일곱의 여자가 되려는가. 아니, 그녀는 이제 눈물의 의미를 알게 되었을 뿐 아니라 레즈비언으로서의 성 정체성까지 찾게 되었다. 그러니 그애는 갔지만 가지 않은 셈이다. "내 위에 누운 여자가 나를 바라보며 눈물을 흘렸다. (…) 눈꼬리로 떨어진 눈물이 내 것인지 여자의 것인지 분간이 되지 않았다." (71면) 그녀는 이제 눈물을 사용하는 방법을 알게 되었다. 그것은 사랑하는 방법을 배우게 되었다는 말과 같다.

「알리의 줄넘기」를 읽는다. 애틀랜타에서 무하마드 알리가 성화점화를 하던 해인 1996년에 태어났으니 소녀는 열세살이다. 소녀의 이름은 '김알리'다. 할머니가 '제니'라는 가명을 쓰며 노래를 부르던 처녀 시절 흑인군인과 결혼해서 혼혈아를 낳았다. 그 아이가 자라 열두살 소년이 되었을 때 권투선수 무하마드 알리가 한국을 방문했다. 소년은 아이를 낳으면 이름을 알리라 짓고 권투를 시키겠노라 결심한다. 그래서 태어난 혼혈소녀가 알리다. 알리는 씩씩하다. 혼혈을 배척하는 또래 녀석들과의 싸움에도 당당하고, 치매에 걸린 할머니에게도 다정하고, 거친 남자들과 사랑에 빠졌다가 상처받기를 되풀이하는 고모에게도 어른스럽고, 삼년째 소식이 없는 아빠를 원망하지도 않는다. 알리의 이와 같은 씩씩함이 이 소설 전체의 톤을 결정한다. 일찍이 알리의 아버지는 말했다. "유머를 잃어서는 안돼, 알리." 알리는 말한다. "유머 있는 알리가 될 순 없어도 슬퍼하는 알리가 되어서는 안돼."(81면) 슬퍼하는 것은 삶과의 싸움에 지는 것이다. 유머를 잃지 않는다는 것은 삶을 사랑한다는 것이다. 알리는 철이 없는 소녀가 아니라 철이 너무 빨리 든 소녀일 것이다.

이 소설이 의도하는 바가 민족주의, 인종주의, 혼혈차별 등에 대한 항의라는 것은 명확하다. 할머니의 몽고반점을 둘러싼 대화에서 그 메씨지는 다소 직접적으로 노출된다. 그러나 그보다 더 눈여겨봐야 할 것은 혼혈 1세대와 2세대의 차이일지도 모른다. 혼혈 1세대인 알리의 아버지에게 무하마드 알리는 '아메리카의 심장을 겨눈' 흑인 영웅이다. 그래서 딸 알리에게 권투(줄넘기)를 가르치려 한다. 거친 세상과 싸워 이겨야 한다고 믿었기 때문이다. 그에게 삶은 싸움이고 줄넘기는 그 싸움의 상징일 것이다. 반면 혼혈 2세대인 알리는 소설의 결말부에서 이렇게 말한다. "더블더치를 하려면 두 개의 줄넘기와 적어도 세 사람이 필요하다. (…) 줄넘기를 사면 손잡이에 더블더치를 할 '우리'의 이름을 또박또박 적어야지. 나는 지금 '우리'를 만나러 간다."(102~103면) 더블더치는 더이상 권투를 하기 위한 줄넘기가 아니다. 세 사람 이상의 인원이 멋진 조화를 이루는 일종의 게임이다. 말하자면 '알리'의 줄넘기가 아니라 '우리'의 줄넘기인 것이다. 이런 줄넘기라면 사랑의 연습이라고 불러야 하지 않을까. 사랑만이 저 '우리'에서 작은따옴표를 떼어낼 수 있을 것이다. 물론 그것은 알리의 몫이기도 하지만 더 많게는 말 그대로 '우리'들의 몫일 것이다.

「노래하는 꽃마차」를 사랑의 서사로 읽어볼 수 있을까. 봄이 오면 미친 듯이 제 몸을 긁어대다 온몸에 피꽃을 피우고 마는 한 여자가 있다. 어떤 상처가 그녀를 그리 만들었는가. 유년시절 그녀의 가족은 '찬양사역단'이었다. 어미의 신앙은 거의 광신에 가까웠다. 부재하는 남편의 자리를 그 광신의 힘으로 견디려 한 것일까. 어미의 눈에는 '거인가족'에 어울리지 않는 작고 가녀린 막내딸이 하나님의 은총을 받지 못한 것으로 보였다. 애정을 바라는 소녀를 어미는 밀쳐내기만 하는 것이어서 어미는 딸이 꺾어준 봄꽃으로 외려 딸을 후려친다. 소녀는 여자가 되고 상처는 더욱 깊어진다. 어미는 자라면서 피어나기 시작하는 딸의 아름다움을 죄악의 근원이라 저주하고, 오빠는 하나님을 빙자해 여동생을 겁탈하고, 노래하는 사람이 되어 주점에서 일하기 시작한 이후에는 또한 많은 남자들이 그녀를 범한 뒤 침을 뱉고 돌아선다. 이 모든 것들이 그녀의 영혼을 병들게 하였다. "왜 이렇게 봄을 두려워하는지, 꽃피는 봄이 오면 왜 봄을 피해 숨어야 하는지……"(142면)

이 상처를 이겨내게 하는 것은 그녀 자신이 부르는 노래와 한 남자의 사랑이다. 전체가 12개의 절로 되어 있는 이 소설에서 그녀의 목소리를 직접 들을 수 있는 곳은 2, 4, 10, 12절인데, 완연한 1인칭이라 할 수 있는 곳은 10, 12절뿐이다. 아름다운 그 두 절의 문장들은 다른 절의 문장들과 미세하게 다르다. 그 문장들은 노래가 되려는 듯 보인다. 작가는 상처투성이인 삶에서 가까스로 흘러나왔을 그 노래를 아름답게 복원하려 한다. 바로 이 대목을 위해 이 소설은 씌어진 것이 아닐까. 더불어 이 작가는 아마도 한 여자를 상처뿐인 삶에서 이끌어내기 위해 '그 남자'를 창조했을 것이다. 이 소설의 홀수 절은 모두 그 남자의 목소리로 되어 있다. 짝수 절들을 채우고 있는 여자의 고통스러운 상처들을 어루만지기 위해 남자의 말들은 나타났다 사라지고 다시 나타난다. 한때 남자는 봄이 오면 실종되는 그녀의 기벽 때문에 의심과 집착으로 고통받으면서 그녀를 학대하기도 했었다. 그녀를 사랑하는 방법을 배우면서 남자는 저 자신을 사랑하는 방법도 배우게 된다. 끝부분에서 남자는 이렇게 말한다.

나는 지금 당신 만나러 간다. 동면에서 깨어 기지개를 켜고 있을 당신. 몸속의 독기를 꺼내 소진시킨 당신. 숨만 겨우 쉬어가며 반수면상태로 견뎌냈을 당신.

어쩌면 당신은 봄을 낳기 위해 동굴 속으로 숨어든 것인지도 모른다. 봄을 피해서 간 것이 아니라 봄을 낳기 위해 온몸에 꽃을 피우면서 산고를 겪는 것인지도. 당신은 제 살 찢어 꽃망울을 터뜨리는 나무다. 온몸으로 열병 앓으며 싹을 틔우는 대지다. 봄을 잉태하고 봄을 낳는 당신.(157면)

이 대목이 이 사랑의 서사를 완성한다. 이것은 어째서 사랑의 서사인가. 한 여자의 결핍과 한 남자의 결핍이 맞서 있었다. 그런 순간에 욕망의 서사와 사랑의 서사는 서로 다른 길을 갈 것이다. 결핍이 대상을 파괴하면서 제 결핍을 재확인하는 길은 욕망의 길이고, 결핍이 다른 결핍을 어루만지면서 제 결핍마저 넘어서는 길은 사랑의 길이다. 이 작가의 변화를 여기서 발견한다. 예전의 소설들에서는 뒤돌아보지 않는 욕망이 (1인칭 단일 화자와 더불어) 직진하는 서사를 낳기도 했지만, 이제는 서로의 빈자리를 찾아들어가는 사랑이 (다수의 주인공 및 복수의 화자와 더불어) 곡선으로 휘어지는 서사를 낳는다. 뿐인가. 예전에 그녀는 해피엔딩을 믿지 않았다. "행복한 결말은 날계란보다 더 비리다."(「그림자 상자」, 『명랑』, 229면) 그러나 이제 그녀는 어떤 경우 행복한 결말은 반드시 있어야 한다고 믿게 된 듯하다. 그 절박함이 그녀를 사랑의 서사로 이끈다. 이제 소설의 끝에서 천운영의 주인공들은 사랑하는 이와 함께 눈물을 흘리고, 사랑하는 이를 찾아 여인숙으로 가고, 줄넘기로 더블더치를 연습한다. 그것은 자신의 삶을 사랑하는 그들만의 방법이고 그들이 이 세상의 약하고 아픈 이들을 사랑하는 방법이기도 할 것이다. 천운영의 행복한 결말은 비리지 않다.

4

소설을 쓰는 것은 소설가의 손인가. 핏물이거나 눈물일 것이다. 끓어오르는 욕망의 에너지이거나 넘쳐흐르는 사랑의 에너지일 것이다. 소설의 질료는 액체 같은 것일지도 모른다. 그렇다면 두 종류의 소설이 있다고 말해도 좋지 않을까. 핏물이 쓰는 소설과 눈물이 쓰는 소설. 비유컨대 그녀의 세번째 소설집에 더 많이 함유되어 있는 성분은 핏물이 아니라 눈물인 것 같다. 그녀가 핏물보다는 눈물을 더 많이 '사용'했기 때문일 것이다. 이 변화를 '욕망에서 사랑으로'라는 말로 정리하면 어떨까. '네 안에 있는 네 이상의 것'을 향하는 욕망의 서사에서 '네 안에 있는 네 이하의 것'을 향하는 눈물의 소설로의 변화. 천운영은 변화를 선택했다. 그래서 어떤 것을 버렸고 어떤 것을 얻었다. 써왔던 세계에 안주하지 않고 써야 한다고 믿는 세계로 나아가려

한다. 모든 작가는 그 자신의 이름이 보통명사가 되려는 순간에 다시 한번 고유명사가 되기를 선택해야 한다. 이제 천운영이라는 이름에서 우리가 떠올리곤 했던 한정된 수식어들을 내려놓을 때가 되었다. 이것은 한 작가의 성숙이기 이전에 어쩌면 한 인간의 성숙일 것이라는 생각을 감히 한다.

조심스럽게 말하자면 이 성숙은 지금 우리에게 필요한 것일지도 모른다. 1990년대 이래 우리를 사로잡은 것은 '다름'에 대한 열정이었다. 그보다 앞선 시대가 불가피하게 '같음'을 강조한 것에 대한 반작용이었을 것이다. 그러나 이제는 다시 '같음'을 사유해야 할 때가 온 것 같다. 다름을 억압하는 과거의 같음을 복권하자는 뜻이 아니다. 다름을 인정하되 더 넓은 같음으로 나아가는 길을 고민해야 할 때라는 뜻이다. 타자와의 대화와 만남을 강조하면서 같음을 말하는 기왕의 소설들이 우리에게는 만족스럽지가 않았다. 다름을 충분히 사유하지 않고 같음을 말하고 있었기 때문이다. 그 소설들이 사용하는 눈물에는 피냄새가 나지 않았다. 욕망(핏물)을 충실히 탐구하지 않은 사랑(눈물)은 힘있는 자들의 거드름이거나 위선이기 쉽다. 천운영의 소설이 사랑의 보편성을 말할 때 그 사랑은 위험해 보이지 않는다. 그녀의 소설은 욕망의 개별성을 너무나 잘 알고 있기 때문이다. 욕망은 가까운 곳에서 천 개의 얼굴을 하고 있지만 사랑은 먼 곳에서 단 하나의 얼굴로 빛나고 있다. 천운영의 소설이 그곳으로 갈 것이다.

申亨澈 | 문학평론가

이번만은 아무에게도 감사의 말을 전하지 않겠다.
안부를 묻지도 않겠다. 근황을 알리지도 않겠다.
나는 그립지도 밉지도 미안하지도 후회하지도 않는다.

수식어를 잊는다. 주어와 목적어와 서술어만 생각한다.
명사와 동사만 생각한다. 형용사와 부사와 감탄사를 잊는다.
'내가 소설을 쓴다.' 이것이 완전한 문장이다.
이것만이 완벽한 조합이고 유일한 선택이다.
가끔 서술어가 헷갈리기도 했다.
그럴 때면 주어나 목적어까지 방향을 잃었다.
내 완전식품, 완전문장. '내가 소설을 쓴다.'

하고 싶은 말이 많았다. 하지만 안하겠다.
겸손하지도 잰 척하지도 눈치보지도 않겠다.
과장하지도 감추지도 설명하지도 않겠다.

그래도 이 말은 해야겠다.
그대들이 있어 행복하다는 말.
'내가 소설을 쓴다.'를 가능하게 만드는 그대들.
성분을 잊지 않도록 채찍질하는 세상의 모든 그대들.
그대들 생각하니 자꾸 감사하고 싶어진다.
나는 어쩔 수 없이 나다. 그런 '내가 소설을 쓴다.'
그래서 이번만은 아무에게도 감사의 말을 전하지 않는다.

2008년 1월
천운영

| 수록작품 발표지면 |

소년 J의 말끔한 허벅지 …『문예중앙』 2006년 여름호

그녀의 눈물 사용법 …『창작과비평』 2007년 가을호

알리의 줄넘기 …『세계의 문학』 2007년 겨울호

내가 데려다줄게 …『문학동네』 2007년 여름호(발표 당시 제목은 '틈')

노래하는 꽃마차 …『문학사상』 2006년 11월호

내가 쓴 것 …『한국문학』 2007년 가을호

백조의 호수 …『동서문학』 2004년 겨울호

후에 …『문학과사회』 2006년 봄호